CYBER KILLER

David Ambrose est né à Chorley, en Angleterre. Scénariste d'Orson Welles, il a beaucoup travaillé pour le théâtre, la télévision et le cinéma tout en enseignant le droit à Oxford. Familier des milieux du cinéma français — il est l'ami de Claude Chabrol et de Jean-Jacques Beineix —, il a récemment adapté pour la télévision *Fortitude* de Larry Collins.
Son premier roman, *L'homme qui se prenait pour lui-même*, a été publié en France aux éditions J'ai lu.

DAVID AMBROSE

Cyber Killer

ROMAN TRADUIT DE L'ANGLAIS PAR LÉON MERCADET

CALMANN-LÉVY

Titre original :

MOTHER OF GOD

(Première publication : Macmillan, Londres, 1995)

« Une forme au corps de lion, à tête d'homme,
Au regard sans expression et sans pitié comme le soleil,
Meut lentement ses cuisses tandis que tout autour
Titubent sur le sol les ombres des oiseaux indignés du désert.
L'obscurité retombe ; mais je sais à présent
Que vingt siècles d'un sommeil de pierre,
Excédés par le balancement d'un berceau,
Viennent de se changer en cauchemar,
Et quelle bête brute, enfin revenue l'heure,
Se traîne vers Bethléem pour y voir le jour ? »

Extrait de *L'Avènement second* de W. B. YEATS,
trad. Jean-Yves Masson, éd. Verdier.

1

Après tout, pensait-elle, je pourrai lui dire en Bretagne, pendant les vacances de Pâques, on verra bien ce qui se passera. Elle ne cherchait pas à le piéger. Elle prenait ses responsabilités : à vingt-neuf ans, elle était assez grande pour mener sa barque.

Mais bon, il avait le droit de savoir. À lui de voir si ça l'intéressait ou non. S'il paniquait à l'idée d'un enfant, eh bien, ils se sépareraient. Sans rancune. Elle avait décidé de ne pas réclamer d'aide financière. L'enfant, elle l'élèverait seule. Si d'autres femmes — des femmes qu'elle admirait — l'avaient fait, pourquoi pas elle ?

Ce qui l'inquiétait, c'était qu'il propose un compromis. Par exemple, qu'elle garde le bébé et que leur histoire continue, inchangée, sans engagement. À cela, c'était clair, elle dirait non. L'enfant aurait un père à plein temps ou pas de père du tout.

Ce matin-là, les rues d'Oxford étaient désertes. Les étudiants étaient déjà en vacances. Avec Philip, ils devaient partir en France le jeudi. Elle passerait le prendre à Londres, chez Tom, à Earl's Court. Son ami Tom, avec qui il bouclait le numéro d'été d'une revue de poésie dont ils étaient les coéditeurs.

Depuis quelques semaines, ils ne se parlaient plus guère. Lui très occupé de son côté, elle du sien. Ils s'étaient revus un week-end, mais surtout dans des soirées, des mondanités, pour une pièce de théâtre d'avant-garde. Par manque de temps, ils n'avaient pas parlé du bébé. Ça serait sans doute plus facile en voyage, en se promenant sur la plage, avec le Mont-Saint-Michel à l'horizon. Du moins, c'était ce qu'elle pensait.

Elle reconnut immédiatement son écriture sur la deuxième enveloppe sortie de la boîte aux lettres. Le cachet de la poste indiquait Londres, samedi. Elle l'ouvrit rapidement, sans prendre le temps de se demander de quoi il s'agissait. Au bout de deux lignes, elle avait compris.

Chère Tessa,

C'est la lettre la plus difficile que j'aie jamais eu à écrire. Une partie de moi cherchait le courage de te le dire en face, l'autre moitié remercie le ciel d'en être incapable. Cet air étrange, résigné, que tu prends quand quelqu'un ou quelque chose te déçoit, m'aurait été insupportable.

Il expliquait ensuite qu'il fréquentait une autre femme depuis trois mois. Ses voyages à Londres pour le bouclage du magazine étaient un alibi. La femme, dont il ne citait pas le nom, était australienne comme lui. Son contrat de lecteur-assistant à Oxford arrivait à son terme et ils avaient décidé de repartir ensemble. Il ne donnait pas de détails et concluait sur des sentiments standard. Vivre avec elle lui avait beaucoup apporté, il lui en serait toujours reconnaissant, il ne l'oublierait jamais, blablabla, adieu.

Elle se vit plantée là, debout, les yeux écarquillés sur la lettre. Des secondes, peut-être des minutes, s'écoulèrent. Elle reprit au début et s'arrêta avant la fin. Rien, pas de miracle entre les lignes, aucun intérêt. C'était fini.

Des bruits de pas résonnaient autour d'elle, sur le vieux marbre fêlé du bâtiment administratif où les autres couraient à leurs affaires. Par chance, elle ne croisa personne de connaissance. Elle n'était pas sûre de tenir le coup si on lui adressait la parole. Elle ressortit du bâtiment, remonta dans sa voiture et s'assit au volant.

Pourquoi lui avait-il écrit ici, au labo, et non au cottage ? C'était sans conséquence, mais sûrement pas sans raison.

À nouveau, elle déplia la lettre et parcourut des yeux les phrases familières. Voilà : l'heure. Il décollait d'Heathrow avec la fille ce matin. Ils seraient partis avant qu'elle n'arrive au labo. C'était ce qu'il voulait. Sans penser qu'elle encaisserait plus facilement le choc au bureau que chez elle. Non, ça ne lui serait pas venu à l'esprit.

Il ne la comprenait pas. Il ne faisait pas attention à elle. Au fond, il se fichait de leur histoire. Elle froissa la lettre dans sa main, en fit une boulette et se demanda quoi en faire. Elle l'enfonça dans la poche de sa longue veste molle. Et se demanda quoi faire d'elle-même.

Au travail, bon sang ! C'était encore la meilleure thérapie. Et si on lui parlait des vacances, ce qui ne raterait pas, ou de la Bretagne, dont elle avait touché un mot à des amis, elle répondrait qu'ils avaient changé d'avis. Sans entrer dans le détail, qui ne regardait personne.

Le bébé non plus. L'histoire ne regardait qu'elle. Elle s'était préparée à ça. Ce qui la prenait de court, c'était l'urgence de la décision.

Eh bien, c'était déjà du passé. Comme Philip. Il n'aurait jamais fait un bon père de toute façon. Elle avait été trop bête d'y croire. Tous les deux, elle et le bébé, ils se débrouilleraient mieux sans lui.

Elle claqua la porte de la voiture, ferma à clé et s'engagea résolument dans l'allée qui menait aux laboratoires. Un instant, elle s'immobilisa. Mais si quelqu'un l'avait vue, il aurait juste pensé qu'elle cherchait ses clés ou ses cigarettes.

En réalité, elle se demandait si elle, Tessa Lambert, l'un des plus brillants esprits de cette brillante université, était capable de s'occuper d'un petit être sans défense.

2

L'hélicoptère amorça la descente vers les collines derrière Malibu. L'agent spécial Tim Kelly regarda en bas et aperçut l'essaim de véhicules déjà rassemblés sur le lieu du crime et la tente dressée au-dessus du corps.

Quelques minutes plus tard, il se retrouvait sous la tente avec le lieutenant Jack Fischl, du Los Angeles Police Department, le LAPD, et Bernie Meyer, le médecin légiste.

« Deux jeunes de Pepperdine ont trouvé ça ce matin en faisant du jogging, disait Jack Fischl en agitant le pouce vers le campus voisin. Ils ont dérangé deux coyotes pendant leur petit déjeuner. Pas facile de distinguer le boulot des coyotes et le boulot du type. »

Tim se pencha vers le cadavre d'une jeune femme. Jolie. Comme les autres, qui elles aussi n'avaient pas meilleure mine à l'arrivée. Mais une fois identifiées, et les photos comparées, il se confirmait que l'homme préférait un certain type de femme. Blanche, la trentaine, mince, visage rond. Cette mort horrible jurait avec la pudeur suggérée par les lignes pâles du bikini sur les rares surfaces de chair intacte. La septième en dix-huit mois. La presse, comme on s'y attendait, avait déjà baptisé le tueur « l'éventreur de L.A. ».

Bernie Meyer roula le corps sur le flanc pour examiner les plaques sombres de rigidité post mortem qui marbraient le dos. La *rigor mortis* avait fait son œuvre. Sous la peau, Tim remarqua que l'emplacement des ecchymoses, là où le sang avait coagulé après la mort, ne correspondait pas aux points où le corps avait été en contact avec le sol sec et raboteux. Comme les autres, la fille avait été tuée ailleurs avant d'être jetée ici.

« Mort remontant à douze ou quinze heures à mon avis », dit Bernie avec son réalisme habituel. La voix haut perchée jurait avec son corps massif et le crâne chauve en forme d'obus. « D'abord étranglée, puis balancée ici avant que la rigidité gagne... disons entre minuit et trois heures du matin. Peux pas en dire plus avant de l'apporter au labo. »

Tim savait qu'il n'y aurait pas grand-chose à espérer de ce côté-là non plus. Les autopsies n'avaient pas révélé de sécrétions : sperme, sang, tissu. Rien à se mettre sous la dent, sinon des profils psychologiques, mais aucune piste et pas de suspect.

Jack Fischl s'accroupit pour sortir de la petite tente et de son odeur de mort. Tim le suivit. Ensemble, ils respirèrent à fond la brise marine qui soufflait du Pacifique. Tout autour, les types de la Criminelle s'activaient, passaient le sol au peigne fin, ramassaient mégots, boutons, pochettes d'allumettes et mèches de cheveux, à l'affût d'une plaque de terre molle avec une empreinte, pneu ou semelle. Sans grand espoir, ici.

Jack Fischl alluma une cigarette. Il en offrit une au photographe, assis sur son sac, qui s'ennuyait en attendant qu'on ait encore besoin de ses services. Il croisa le regard de Tim et haussa faiblement les épaules en signe d'impuissance. Tim aimait bien ce flic entre deux âges, aux gestes lents. Les rapports entre le FBI et la police de L.A. n'étaient pas toujours huilés. Mais jamais Jack ne cherchait la bagarre pour la bagarre, et il ne prêchait pas systématiquement pour sa chapelle.

« Tu n'as pas besoin de poireauter si ça t'ennuie, dit-il à Tim. Je te faxerai ce que j'aurai... quand je l'aurai.

— Je ne peux pas grand-chose avant d'avoir son identité, dit Tim en regardant sa montre. Et c'est trop tôt pour le fichier des disparus.

— Et côté téléphone ? »

Tim secoua la tête.

« Mou, mou, mou », chantonna-t-il.

Jack hocha la tête en signe de connivence. Ils se comprenaient : l'autorisation et la pose d'écoutes sur les appels inter-États, sans parler de l'international, étaient d'une effrayante complexité. Pas de chance, dans cette affaire, les écoutes étaient leur meilleur espoir et sans doute le seul.

Les deux premières victimes étaient membres d'un réseau de rencontres par ordinateur. La police en avait conclu que l'affaire serait facile à résoudre. On avait interrogé tous les mâles célibataires branchés sur le réseau. Sans en tirer un seul suspect potentiel. Tout se compliquait.

Ensuite, Fischl avait eu l'idée de passer par les écoutes téléphoniques pour voir si un pirate n'entrait pas illégalement dans la banque de données du réseau. Ils en avaient trouvé un. Enthousiasme avorté puisque, le pirate se déplaçant sur Internet, l'affaire tombait dans le domaine du FBI.

Le Bureau avait établi que les appels pénétraient le réseau national depuis l'étranger. La piste se perdait là, au seuil d'une terrifiante arborescence de possibilités, chacune protégée à son tour par un maquis juridique et des obstacles politiques. Le temps de prendre la mesure du problème, quatre nouveaux meurtres avaient été commis, tous dans le périmètre du Grand Los Angeles.

La logique voulait que le tueur habite L.A. Mais le pister autour du monde, jusqu'à son repère au milieu de dix-huit millions d'Angelinos, même Superman aurait craqué. *A fortiori*, l'agent spécial Tim Kelly.

L'hélicoptère prit de l'altitude et piqua sud-est vers l'immeuble du FBI à Westwood. Tim contempla avec morosité l'épais tapis de brume qui s'étalait sous ses pieds. En un sens, cette ville narguait la nature. Pousser dans le désert, au-dessus des failles sismiques, ça n'arrivait qu'ici. Rien d'étonnant à ce que la ville héberge un fort quota de maniaques et de paumés.

Qu'y pouvait-il, lui et ses pairs, les défenseurs de la loi ? Quand il n'y a rien à faire, on fait quoi ? Prier, si on croit. Ce n'était pas le cas de Tim. D'où sa surprise, assis dans l'hélicoptère, le moteur hurlant dans les oreilles, quand il vit les mots d'une prière se former dans son esprit.

« Dieu nous aide. Si lui ne le fait pas, qui le fera ? »

3

Dans Oxford Nord, la maison biscornue d'Helen Temple hébergeait comme toujours un pandémonium d'enfants et de chiens. Tessa s'émerveillait de l'énergie nécessaire pour s'occuper d'une maisonnée pareille, d'un mari brillant mais évanescent, tout en menant à plein temps une carrière de médecin. Un jour qu'elle l'interrogeait, Helen avait répondu en riant : « Le truc, c'est de surtout pas paniquer. »

Tessa soupçonnait son amie d'être une femme heureuse. Cette pensée lui inspirait à la fois de la peur, pas mal d'envie et une pincée de scepticisme. Mais surtout de la curiosité. Et donc, chaque fois qu'elle était en proie à la confusion des sentiments, Tessa se tournait vers Helen.

« J'avais déjà choisi, pour le bébé. J'avais pensé à tout, à Philip, à ses réactions, arguments, contre-arguments, compromis bons ou mauvais... J'étais prête à tout, sauf à ça.

— En fait, dit Helen après un silence, tu es dans la situation prévue s'il avait refusé d'assumer sa paternité. Seule, plus de Philip.

— Logiquement, c'est vrai. Mais je ne le sens pas comme ça.

— Tu te sens trahie. Et tu l'es. Il s'est comporté comme le sale égoïste que nous avions repéré. »

Tessa ne répondit pas.

« Je n'avais peut-être pas le droit. L'obliger à choisir, être ou ne pas être un père. Tu sais, je lui imposais ma définition du rôle...

— Oui, mais il ne t'a pas laissé le temps de le faire !

Tu le prenais en tête à tête, enfin, et tu lui sortais tout. Et lui, pendant ce temps-là ? Le sournois baise dans ton dos et t'envoie une lettre de dégonflé. Si tu tiens à te brancher sur un con, au moins prends-en un courageux. »

Il y eut un silence entre elles dans la cuisine qui donnait sur les frondaisons du jardin, silence seulement troublé par le grognement d'un des chiens qui s'arrachait à la tiédeur de la cuisinière et s'abreuvait dans son bol. Les enfants s'étaient égaillés. Ils jouaient au football, ou avec les chiots, ou à la chorale, et pour un moment la maison était silencieuse.

« S'il existait un traitement..., commença Tessa.

— On le mettrait en bouteilles et on ferait fortune », termina Helen.

Vieille astuce entre elles, depuis que Tessa avait fait une analyse. Elle avait arrêté en disant qu'enfin elle voyait son problème mais aucune chance de traitement. Pas assez vieille pour tirer un trait sur les hommes. Aussi s'obstinait-elle à tomber amoureuse de crapules qui la trahissaient et la blessaient, jamais de types bien. Le problème avec les crapules, c'est qu'elles étaient plus drôles. Les crapules lui donnaient l'impression d'être sexy, attirante. Mais tout leur était dû, et en plus elles s'en fichaient. Pire, comble de bêtise, avec chaque homme, Tessa finissait toujours par se croire capable de le changer... cette fois.

Lucide et résignée, elle se moquait d'elle-même, consciente d'être un cas classique des manuels de psychologie. Hélas, être consciente n'y changeait rien. Ça aurait dû. Mais rien. La lucidité, concluait-elle, pouvait se révéler un colosse aux pieds d'argile.

Si seulement il existait un traitement...

« Le traitement, dans ce genre de maladie, reprit-elle, ça serait de choisir. Une réponse simple. Et le risque, avec une réponse simple, c'est de se tromper. C'est implicite.

— Je ne t'ai jamais entendue donner une réponse simple à quoi que ce soit. Et pourtant tu réussis très bien à te tromper implicitement sur les hommes. »

Tessa sourit. La franchise de son amie, sa brutalité parfois, était le point d'appui de ses émotions. Helen mesurait-elle l'importance de son rôle ? Probablement. Helen assumait toutes les responsabilités, celle-ci comprise, le cœur léger. À ce point, c'était un don. Helen était douée pour la vie et Tessa l'enviait pour ça.

Mais comment avoir le don, après l'enfance qu'elle avait vécue ?

« Tu sais quoi ? commença-t-elle timidement. Ce n'est pas très logique, mais quand j'ai lu la lettre, un instant, je me suis surprise à penser : et si je ne gardais pas le bébé ? Tu as raison, j'étais prête à virer Philip et garder l'enfant. Mais puisque Philip me quittait, je n'étais plus sûre de rien. Tu comprends ça ? »

Helen détourna ses yeux rêveurs de la lumière d'après-midi qui baignait le jardin et examina le visage défait de son amie.

« Mon interprétation, répondit-elle, c'est que tu as moins confiance dans la vie que tu ne crois. »

Tessa leva les yeux. Leurs regards se croisèrent. Helen lut de la peine et de l'indécision.

« Écoute, insista-t-elle en se penchant légèrement en avant dans le fauteuil d'osier, qui grinça, suppose que tu aies eu cette discussion avec Philip. Qu'il t'ait carrément dit qu'il te voulait, toi, mais pas l'enfant. Aurais-tu vraiment répondu que c'était exclu ? Sois franche. Au fond, tu n'en sais rien. Et c'est impossible de le savoir. Il restera toujours une zone de doute. Tu es peut-être moins décidée que tu crois à aller jusqu'au bout. »

Tessa se renversa sur les coussins d'angle du sofa et passa les doigts entre ses sourcils.

« Le seul avantage, si je ne garde pas le bébé, ce serait de pouvoir m'envoyer un triple gin et tout de suite. »

Helen sourit gentiment. Elles avaient déjà eu cette discussion maintes fois. Helen était catholique, mais prenait ses libertés avec le dogme. Contre l'Église, elle admettait le contrôle des naissances, voire l'avortement dans certains cas. Pas de pape ni de cardinaux entre elle et ce Dieu qu'elle estimait comprendre mieux qu'eux.

Tessa, elle, n'était pas croyante. Pas dans les religions, du moins. Elle ne voyait rien de sacré dans un ovule humain, fertilisé ou pas. Il ne s'agissait pas d'un être vivant. Pas encore. À peine d'un processus biochimique en phase de démarrage. En bonne scientifique, Tessa savait qu'il n'existe pas de frontière nette entre vie et non-vie. La nature est subtile, obscure et mystérieuse à l'infini.

« Quand même, dit-elle avec une tranquille fermeté, je le veux, ce bébé. Pourquoi, je ne sais pas, mais je le veux.

— D'accord. » Helen hocha la tête et s'arracha du fauteuil. « Dans ce cas, oublions le gin et sortons la théière. »

4

Il était assis dans le noir, où seul luisait l'écran de son ordinateur. Ses doigts couraient sur le clavier avec la précision décontractée d'un pianiste de jazz lancé dans une improvisation par pur plaisir. Ses yeux attentifs vibraient bizarrement au passage des paquets d'informations, qu'ils reflétaient et absorbaient à la fois, tandis que les lignes défilaient sans fin sur l'écran.

Son corps était assis dans une pièce en sous-sol, quelque part en Californie, mais son esprit était ailleurs. Il tournait autour de la Terre à la vitesse de la lumière, dévalait les autoroutes de l'information, commutant habilement d'une voie à l'autre sans que personne ne décèle sa présence. Superman, voilà ce qu'il était... ou ce qu'il aurait été, si le nom n'était pas déjà pris. Spiderman aussi, ça collait bien. Il aimait s'imaginer en araignée au centre de sa toile. Pas de chance, Spiderman aussi était déjà pris.

Aussi avait-il jeté son dévolu sur Netman, « l'homme-réseau ». Ce nom n'avait pas la force des deux premiers, mais il exprimait bien cet autre lui-même, le clone mythique qui vivait dans les réseaux : invisible, omniscient, tout-puissant. La presse l'avait bêtement baptisé « l'éventreur de L.A. ». Ça prouvait juste à quel point les flics, le FBI et toute la bande étaient à côté de la plaque. Qu'on ressorte un tel cliché, il trouvait cela pathétique. Ça devait faire vendre des journaux. Et après ? Il n'avait pas de temps à perdre avec les journaux.

Il était en train de scanner la liste des malades d'un cabinet médical de Beverly Hills. La première fois qu'il avait vu la fille, elle sortait de l'immeuble. Assis dans un café sur le trottoir d'en face, il l'avait suivie des yeux jusqu'au parking. Et il avait mémorisé la plaque de la voiture.

Dans l'ordinateur du Service des véhicules à moteur, la voiture était enregistrée au nom de Mme Rosa Korngold. La fille n'avait pourtant pas l'air d'une dame. Après divers recoupements, il apprit que Mme Korngold avait soixante-cinq ans. Veuve depuis dix ans, et riche. Il étudia son portefeuille d'actions, les investissements, les intérêts dans l'immobilier. Impressionnant. Mais ce n'était pas l'argent qui l'intéressait.

La petite-fille de Mme Korngold, peut-être ? Le fichier Korngold ne mentionnait pas d'enfants.

Une large gamme d'hypothèses s'ouvrait. Il fouina dans le compte bancaire de la veuve et dressa le profil de ses centres d'intérêt, habitudes et activités. Il remarqua des versements réguliers au compte d'associations de défense des animaux, et des virements automatiques pour une douzaine de magazines spécialisés.

Un nom attira son attention. Un virement mensuel en faveur d'une certaine Sandra M. Smallwood. Il remontait au début de l'année et correspondait à un bon salaire de secrétaire.

En suivant les paiements jusqu'au compte de Sandra Smallwood, il tomba sur l'adresse de la fille. Même adresse que la veuve Korngold. L'intérêt de Netman, déjà excité, se mêlait désormais de curiosité.

Il procédait selon des règles strictes. Aucun contact direct avec le sujet, ni avec aucune de ses relations. Jusqu'à ce qu'il estime le moment venu, quand il en savait plus sur le sujet que le sujet lui-même. Une masse d'informations assemblée secrètement, électroniquement, sans trace de son passage.

Il lança une recherche sur les listes d'adhérents aux associations de défense des animaux et constata que Sandra Smallwood figurait sur nombre d'entre elles. Et cela, avant même son association avec Mme Korngold. C'était sûrement la connexion.

Sur une liste, il trouva l'ancienne adresse, non effacée, de la fille Smallwood. Un numéro dans Van Nuys. Loin du standing de son actuelle résidence à Beverly Hills. L'adresse lui facilita la tâche dans le labyrinthe des fichiers de la Sécurité sociale.

Il finit par découvrir que Sandra Smallwood avait travaillé chez un vendeur d'animaux de Westwood après avoir décroché le diplôme très coté de l'Institut d'élevage de Phoenix, Arizona. Ses proches parents habitaient toujours à Phoenix, les autres s'éparpillaient à travers le pays. Il créa un fichier famille et le mémorisa. Mieux, il trouva l'endroit où se positionner : un cousin éloigné. Ses références, quand il déciderait d'établir le contact, seraient insoupçonnables.

Et maintenant, en regardant défiler les noms et les données du cabinet médical, il reconstituait l'histoire d'une famille... tendance chez les individus mâles et femelles au calcul rénal, plutôt vers la cinquantaine, parfois dès la jeunesse. Il apprit qu'une semaine plus tôt, le jour où il l'avait vue, Sandra sortait d'un examen gynécologique de routine. Ses dossiers ne mentionnaient pas de problèmes rénaux.

Aucune importance, d'ailleurs. Il s'activait déjà sur

l'imprimante, en proie à une curiosité lascive qu'il désapprouvait en son for intérieur. Mais à ce stade, les détails devenaient toujours une obsession. Les détails d'une vie sur le point de s'achever.

Et lui seul savait pourquoi.

5

Tessa se réveilla de bonne heure. C'était le premier matin du printemps. Bas sur l'horizon, le soleil illuminait un ciel dégagé et la rosée du jardin. Un jardin de campagne, plein de cachettes. Elle attrapa le premier jean qui lui tomba sous la main, un vieux pull et une paire d'escarpins, et sortit se plonger dans l'air pur.

George, le chat, qui l'avait adoptée, surgit et se lova contre ses chevilles. Elle le prit dans ses bras et il ne cessa de ronronner pendant toute la promenade, tandis qu'elle inspectait le jardin, les fleurs déjà écloses, ou sur le point d'éclore, notant ce qui réclamait élagage, taille, semis. Tessa n'y connaissait pas grand-chose au jardinage, mais elle s'instruisait auprès de M. Bryson, qui venait du village un matin sur deux, plus si nécessaire. M. Bryson faisait partie du contrat de location de la maison.

Elle s'engagea dans l'allée sinueuse qui menait au verger, sous des portiques de branches serpentines qui suggéraient des profondeurs cachées, des secrets. George se tortilla dans ses bras et sauta à terre en quête d'aventures félines. Elle marcha jusqu'au vieux banc de bois, face au mur couvert de clématite, et s'assit. Elle se pencha en arrière, yeux clos, mains à plat sur les genoux légèrement écartés. Une posture de méditation parmi celles qu'elle avait apprises.

Ça ne marchait pas. Ce matin, il lui fallait du concret, pas des abstractions… même si parfois, les deux sont difficiles à distinguer. Elle se leva et retourna vers le cottage.

Poutres de bois noircies par le temps. Une antique fenêtre à guillotine, enfouie sous la glycine. Une cafetière bleue. Une assiette et un bol en poterie. De vieux couteaux à découper, argenterie à manches d'ivoire usés. C'était dans ce genre de maison qu'elle avait vécu jusqu'à l'âge de cinq ans. Le jour où elle était entrée dans cette cuisine, des souvenirs d'un quart de siècle étaient revenus avec une puissance qui l'avait laissée étourdie, au bord de la panique. Avant de réaliser que c'était l'endroit qu'elle recherchait inconsciemment. Le temps de lancer un rapide coup d'œil dans les pièces, le cottage était loué.

Tout en préparant le petit déjeuner, elle s'abandonna à ses pensées et remonta jusqu'au jour qui avait marqué la fin de son enfance. Depuis des années, elle s'efforçait de ne plus y penser. Désormais, dans cette cuisine, elle y pensait souvent. Processus thérapeutique, avait-elle conclu. Les bons souvenirs remplaçaient les mauvais.

Sa mère, en train de lui montrer, avec fierté, un cahier de dessins. Les dessins de son père, qu'elle voyait travailler, là-bas, dans la grande pièce lumineuse à l'arrière de la maison. Tessa adorait s'y retrouver avec lui, au milieu des feuilles de papier, des pots de peinture et des crayons de couleur.

Elles regardaient toujours le cahier quand papa était rentré. Ils avaient joué tous les trois avec Happy, le petit chiot bâtard. Puis, en riant, ses parents étaient partis.

Elle avait suivi des yeux la voiture qui s'éloignait dans la rue paisible. De bonnes odeurs montaient du four où sa mère avait laissé un plat mijoter. Elle revoyait Jenny, en train de surveiller le four. Jenny, la fille de la ferme, qui parfois gardait Tessa une heure ou deux.

Mais ce jour-là l'heure était passée, puis une autre. Jenny avait fini par s'inquiéter. Elle avait téléphoné à la ferme et il faisait déjà nuit quand la mère de Jenny était arrivée, suivie de deux policiers. Elle pleurait. Elle murmura quelques mots à l'oreille de Jenny qui se mit à pleurer à son tour. Puis, toutes les deux, elles avaient pleuré à cause de Tessa et elles l'avaient emmenée dormir à la ferme, et Happy avait eu le droit de rester sur le lit.

Le lendemain, tante Carrie et oncle Jack arrivaient en voiture. Tante Carrie pleurait. Elle annonça à Tessa que maman et papa étaient partis vivre avec Jésus dans le ciel et qu'ils ne reviendraient plus.

Tessa ne comprenait pas pourquoi ils étaient partis sans elle. Et sans Happy. Tante Carrie n'avait rien expliqué à ce sujet. Elle avait simplement dit à Tessa que maintenant elle habiterait chez eux, parce qu'ils n'avaient pas d'enfants. Tante Carrie avait quinze ans de plus que la mère de Tessa, et oncle Jack encore plus.

Leur maison était éloignée et très différente de celle de ses parents. Dehors, elle se confondait avec les autres. À l'intérieur, elle était sombre et pleine d'odeurs étranges. Le plus difficile, c'était d'avoir dû laisser Happy. Tante Carrie était allergique aux animaux et Happy resterait à la ferme. Elle aurait le droit d'aller le voir, avaient-ils promis. Mais oncle Jack n'avait jamais le temps de la conduire en voiture. Plus tard, en réponse à ses éternelles questions sur le petit chien, on lui dit que Happy était parti vivre au ciel lui aussi, avec papa et maman, et que ce n'était plus la peine de demander de ses nouvelles.

À l'école, elle avait peu d'amis et c'était difficile de les garder parce qu'elle n'avait pas le droit de les inviter à la maison. L'oncle et la tante ne supportaient pas le bruit. Pas le droit non plus de sortir « s'amuser ». Aussi Tessa passait-elle le plus clair de son temps à lire dans sa chambre. Elle parlait peu, et jamais avant qu'on lui adresse la parole. On aurait dit que sa vie était ailleurs et qu'elle l'observait de loin.

Pas étonnant qu'elle réussisse ses examens : elle n'avait pas d'autres distractions. Les autres enfants se moquaient d'elle et la traitaient de bûcheuse. Surtout, ils la laissaient seule. Elle ne courtisait pas les professeurs, se fondait dans le décor. Ce fut une surprise quand la directrice annonça qu'elle la présentait au concours d'Oxford, et une surprise plus grande encore quand elle le réussit. On lui permit de s'inscrire avec deux ans d'avance. Une nouvelle vie commença.

Elle opta pour la maîtrise de maths, puis fit son doctorat. Pendant deux ans, elle donna des cours particuliers, puis fut embauchée par un fabricant de logiciels avant d'atterrir au Kendall Laboratory. Dédié à la recherche pure, le labo faisait partie de l'université mais fonctionnait grâce à des subventions extérieures. Très vite, Tessa se spécialisa en cybernétique.

Il était à peine huit heures quand elle remonta dans sa chambre avec une seconde tasse de café. Elle avait envie de se changer mais ne changea que le pull, pour un haut extra-large. Le bébé ne se voyait pas, il n'avait que douze semaines, mais sa taille commençait à épaissir. Curieusement, c'était une sensation agréable.

Elle tourna et retourna la tête devant le miroir, scrutant son reflet. Elle tira ses longs cheveux noirs en arrière et les releva en chignon. Aujourd'hui, décida-t-elle, jour dynamique ! Dans le miroir, ses yeux bleus la contemplaient tandis qu'elle ajustait ses cheveux. Belle femme, incontestablement. Pommettes hautes, bouche pleine, la peau irriguée d'une couleur olive pâle héritée d'un père moitié grec et d'une mère galloise. Tous, ses amants, ses collègues, ses amis, lui répétaient combien elle était vivante et pleine d'énergie dès qu'elle se mettait à parler. Son sourire, disaient-ils, illuminait la pièce.

Ça l'étonnait toujours. Dans le miroir, elle ne voyait jamais que les yeux vides et immatures de l'enfant qu'elle avait été, peu sûre de ses paroles et de ses gestes.

Elle se redressa et s'aperçut qu'elle avait posé les mains sur son ventre, comme pour surprendre la vie enfouie à l'intérieur. Elle pivota et entrevit à nouveau son reflet. Pour la première fois, d'aussi loin qu'elle se souvienne, il lui souriait en retour.

Troublée par le bonheur, elle se dirigea vers la pièce où elle avait installé ses ordinateurs. La nuit précédente, elle s'était connectée sur Attila, l'unité centrale du labo. Elle avait travaillé tard. Elle avait pris des notes sur son PC et les avait copiées sur une disquette. Elle prit la disquette et la glissa dans la poche de son jean pour la relire au labo.

Puis elle ferma la porte à clé et s'installa au volant. Direction Oxford, vingt minutes de trajet.

6

Sandra Smallwood, Sandy pour tout le monde, prit l'appel sur la ligne directe que Mme Korngold lui avait installée dans le jardin d'hiver de la villa.

« Allô ?

— Je m'excuse de vous déranger, dit une voix d'homme. Mlle Sandra Smallwood, s'il vous plaît ? »

La voix était jeune et l'intonation courtoise.

« Elle-même.

— Je ne crois pas que vous vous souveniez de moi, mademoiselle Smallwood. Je suis un de vos lointains cousins. Mon père est le cousin de votre mère. Ça nous fait issus de germains, je crois.

— Comment vous appelez-vous ?

— Darren Wade.

— De Philadelphie ?

— Exact.

— Le fils de Bill et Naomi… ?

— Exact, tout à fait.

— Je n'ai plus de nouvelles d'eux depuis des années. Comment vont-ils ?

— En croisière autour du monde. Je ne sais si on vous l'a appris, papa a eu de la chance. Il y a dix ans, il a acheté des actions d'une petite boîte, qui n'est plus vraiment une petite boîte…

— Je n'étais pas au courant. Génial.

— Ça ne vous ennuie pas que je vous appelle, au moins ?

— Non, pas du tout.

— Ça va faire, mon Dieu, combien d'années qu'on ne s'est pas vus ?

— Ne posez pas la question, dit-elle en riant. Je dois avoir une photo quelque part.

— C'est vrai ? De moi ?

— De nous deux. À un mariage. Vous deviez avoir quatre ou cinq ans, pas plus.

— Sandra, laissez-moi vous expliquer la raison de mon appel…

— Sandy. On m'appelle Sandy.

— Sandy. Je ne voudrais pas m'imposer, si je vous dérange, dites-le-moi…

— Bien sûr que non. Je suis ravie d'avoir de vos nouvelles.

— Voilà, c'est juste que cette année, j'ai travaillé comme bénévole pour Assistance animaux à Atlanta, et je suis tombé sur votre nom dans une liste d'adhérents. J'ai noté votre adresse en me disant que si je passais par L.A., je donnerais un coup de fil pour vérifier si c'est bien vous.

— Vous êtes à L.A. ?

— Je commence un cours à l'UCLA, ça fait partie du programme vétérinaire.

— Vous êtes vétérinaire ?

— Pas encore, mais bientôt. J'espère trouver un poste en Californie.

— Je pourrai peut-être vous aider.

— Ah, non. Écoutez, je n'appelle pas pour…

— Je travaille pour quelqu'un qui connaît tout le monde.

— Pour qui ?
— Rosa Korngold.
— Korngold ? Ça me dit quelque chose.
— Son nom traîne dans un tas de conseils d'administration. Moi, je m'occupe de ses chiens. C'est mon travail.
— Quel genre de chiens ?
— Des labradors. Elle en a huit.
— Huit !
— Mme Korngold adore les labradors, dit Sandy en riant.
— Écoutez, Sandy, je vous le répète, sans vous déranger, mais je pensais, on pourrait se voir, prendre un café quelque part, qu'en dites-vous ?
— Pourquoi ne passeriez-vous pas à la maison ?
— Vraiment, je ne voudrais pas...
— Je vous présenterai Mme Korngold. C'est une dame très gentille. Quand elle saura que vous êtes vétérinaire...
— Vous croyez ?
— J'en suis sûre.
— Excellente idée. Mais... bon, la première fois, on pourrait se voir juste nous deux. Je veux dire, pour parler famille et tout. »

7

Sourire aux lèvres, Tessa ralentit et sortit de Banbury Road sur la gauche. Elle s'amusait à imaginer des prénoms idiots pour le bébé. Pourquoi l'idée d'appeler un garçon Walter la faisait-elle rire ? Ou Myrtle, pour une fille ? Quel était le problème avec Herbert, Sybil, Stanley, Véra, Percival ou Mabel ? C'était des noms tout à fait ordinaires que des tas de gens étaient heureux de porter. Pourquoi les mots se chargeaientils toujours de connotations qui modifiaient leur sens premier ?

En fait, elle avait déjà choisi. Ce serait Paul, comme son père. Et pour une fille, Rachel comme sa mère.

Elle négocia le virage à droite autour de la masse gothique en brique rouge de Keble College, puis à gauche dans South Parks Road. Elle franchit une grille ornée de lauriers suspendus et s'enfonça dans le périmètre de bâtiments qui composaient la zone Science, jusqu'à sa place de parking.

Le Kendall Laboratory avait été construit à la fin des années cinquante. C'était l'annexe d'un bâtiment victorien qui abritait désormais l'administration. Il ne s'agissait pas d'un seul laboratoire, plutôt d'une suite d'unités indépendantes, flexibles en taille et en nombre. Tout dépendait de qui travaillait avec qui et sur quel projet. Le Kendall Lab fonctionnait comme un sous-ensemble du Département des sciences informatiques. Mais son important financement extérieur indiquait qu'il était en contact avec des industriels et des agences gouvernementales du monde entier. Dans les milieux de l'informatique, il était impossible de parler sérieusement d'intelligence artificielle sans citer le Kendall Lab.

Au courrier, Tessa ne trouva que deux magazines et le brouillon d'un article sur la reconnaissance de formes qu'une de ses relations du MIT préparait pour publication. Elle salua plusieurs personnes dans l'escalier et s'arrêta devant les portes des bureaux pour échanger quelques mots. C'était l'ambiance de tous les jours, informelle et détendue. On croisait ici des gens de tous les coins du monde. Tous auraient pu faire fortune dans l'industrie, mais ils préféraient la liberté de la recherche pure aux ordres d'un directeur financier. Tessa avait travaillé un temps dans de grandes boîtes d'électronique et y avait trouvé l'atmosphère suffocante. Elle se préparait à lancer son propre cabinet de conseil quand on lui avait proposé de revenir au Kendall, et elle avait bondi sur l'offre.

Elle expliquait un petit problème à un statisticien

suédois quand elle aperçut du coin de l'œil une haute silhouette distinguée, en costume rayé, qui l'observait du palier supérieur. Elle sursauta et réalisa qu'elle avait oublié son rendez-vous avec Jonathan Syme, du ministère du Commerce et de l'Industrie. Elle s'excusa auprès du Suédois et grimpa l'escalier après un coup d'œil sur sa montre. Heureusement, elle n'avait que dix minutes de retard.

L'homme l'accueillit d'un sourire et d'une poignée de main et balaya ses excuses d'un geste léger. Jonathan Syme avait dans les quarante ans. Intelligent, charmant, souvent drôle, fonctionnaire ambitieux, il était par ailleurs compagnon des All Souls et venait dîner à Oxford deux fois par mois. Il passait alors la nuit à l'université, ce qui expliquait ses visites matinales au labo. En fait, il venait vérifier ce que Tessa faisait des deniers publics. Visite informelle et sans ingérence, mais Tessa savait très bien qu'il dicterait une note officielle à peine assis à l'arrière de la voiture qui l'attendait pour le ramener à Londres par la M40.

« Alors, comment va Fred ce matin ? demanda Syme tandis qu'ils se hâtaient vers la salle où elle travaillait.

— On va voir, dit-elle. J'ai un peu travaillé avec lui, cette nuit, de chez moi. Je suis curieuse de voir s'il s'en est rendu compte. »

Fred était un robot. Il était équipé de capteurs sophistiqués chargés d'injecter des données dans le cerveau d'Attila, le gros ordinateur installé deux étages plus bas. Le « cerveau » en question était un programme, œuvre de Tessa. C'était sur ce programme qu'elle travaillait la nuit depuis son PC, relié au labo par modem. La vérité, c'est que Fred avait fait d'étonnants progrès depuis deux semaines. Tessa se demandait simplement s'ils seraient perceptibles par un observateur extérieur.

Une heure plus tard, elle vit Jonathan Syme se renverser sur la dure chaise en plastique où il était resté cloué, fasciné, les yeux rivés sur Fred qui négociait, avec une précision infaillible, une série de labyrinthes à complexité croissante. Pourvu, se dit Tessa, que l'autosatisfaction ne se voie pas trop sur mon visage.

« Stupéfiant, dit Syme. Il a doublé ses performances. Au moins. Que diable avez-vous trafiqué ? »

Elle haussa les épaules.

« Pur hasard, peut-être…

— Allons, Tessa… le hasard pur n'expliquerait pas que Fred progresse de semaine en semaine. Je sais, je sais, il s'agit d'une application du concept sous-jacent aux réseaux neuronaux… adaptation, évolution, tout le truc. N'empêche, c'est extraordinaire. »

Il se rassit et la dévisagea, en attente d'une explication que Tessa se sentit à la fin obligée de donner.

« J'aide le système à s'autoréorganiser en fonction de son expérience. J'ai ajouté deux fonctions au programme. Elles recalent dynamiquement les circuits de réaction… littéralement, elles "mâchent" son expérience. »

Elle se tut dans l'espoir que Syme hoche la tête d'un air grave, regarde sa montre et prenne congé. Mais le silence se prolongeait. Enfin, il leva un sourcil inquisiteur, comme si la réticence de Tessa l'amusait.

« Il s'améliore par la pratique, voulez-vous dire ? C'est bien ça ?

— En gros, oui, c'est l'idée. »

Il la regardait maintenant avec intensité.

« Mais… cela ne s'est jamais fait, jamais, n'est-ce pas ?

— Disons, répondit-elle en inclinant la tête vers son épaule, que ça n'a jamais été appliqué à un système aussi complexe.

— Comment avez-vous procédé ?

— D'abord, j'ai modifié le gestionnaire du réseau neuronal de façon à créer un ensemble de réseaux réactifs qui mutent à l'apparition d'un environnement nouveau.

— Et qui obligent le programme à évoluer en fonction des stimuli.

— Fondamentalement, oui. Les mutations étant aléatoires, j'ai dû ajouter un algorithme génétique qui sélectionne les mutations, selon qu'elles sont performantes ou pas.

— Mais pour ça, vous avez fait quoi ? »

Tessa inspira profondément. Simple réflexe, face à la rude tâche d'expliquer en mots usuels quelque chose qu'elle avait elle-même du mal à saisir en dehors du jargon technique. Elle regretta immédiatement cette réaction, craignant que Syme y voie un signe d'ennui ou d'impolitesse. Mais il ne broncha pas.

« J'ai branché le programme à la fois sur une simulation d'Attila en réalité virtuelle, et sur le corps physique de Fred.

— Ce qui donne au programme les commandes de Fred, pour ainsi dire.

— C'est à peu près ça », dit-elle.

Elle croisa son regard et vit que Syme comprenait remarquablement vite pour un non-scientifique. Elle le savait déjà. Sortir lauréat de l'université et appartenir aux All Souls supposait une intelligence capable de saisir tout ce à quoi elle s'appliquait. Tessa se surprit à penser : dommage qu'il soit homo. Comment le savait-elle, au fait ? Intuition féminine ? Ou le simple fait qu'à quarante ans, cet homme séduisant était toujours célibataire ?

Jonathan contempla Fred, immobile maintenant à côté de son labyrinthe. Il fronça les sourcils avec perplexité.

« Et vous dites qu'il apprend vite ? lâcha-t-il enfin. Enfin, plus vite que prévu ? »

À nouveau, Tessa fut frappée par la pertinence de la question.

« Concrètement, oui, dit-elle. Ça n'a pas marché tout de suite. Il a commencé par caler et j'ai cru que c'était raté. Puis j'ai fait un tour sur Attila et j'ai remarqué qu'il était en train de traiter une énorme masse de calculs. Au début, impossible de voir quoi. Puis j'ai compris. Le programme repassait toute l'histoire de Fred, consignée dans la mémoire d'Attila. Il a continué pendant deux jours, puis tout s'est arrêté. Fred avait l'air guéri. Depuis, après chaque session, il passe un moment à rejouer ce qu'il vient de faire.

— Comme dans les rêves ? »

Elle fit un petit mouvement de tête, comme pour repousser le mot. Elle ne pouvait toutefois en nier la pertinence.

« Si vous voulez. Pourquoi m'avez-vous demandé s'il apprenait plus vite que prévu ? »

Jonathan se leva de sa chaise, se cambra pour se dénouer le dos et se dirigea à pas lents vers la fenêtre.

« Un truc, que j'ai lu récemment. Les théories de la vie artificielle. Tout se passe comme si la vraie vie, et dans notre cas une vie intelligente, manifestait une volonté d'émerger. Je ne parle pas de "force vitale", en fait, je ne suggère rien du tout. Je remarque juste que pas mal de chercheurs tombent d'accord : donnez un coup de pouce au départ, et le désordre s'organise en structures, plus vite qu'en suivant les simples lois de la probabilité. »

Tessa resta muette. Il leva les yeux et l'interrogea du regard.

« En apparence, oui, dit-elle, avant de corriger : Maintenant, jusqu'à quel point les "structures" sont-elles de la "vie", c'est un autre débat.

— Rien à voir, en effet. » Il se tourna vers la fenêtre et contempla un instant les arbres avant de poursuivre. « Si, comme vous le dites, le programme — le cerveau de Fred — a trouvé un moyen de réorganiser ses réponses aux stimuli nouveaux à la lumière de l'expérience acquise... »

Il s'interrompit et pivota pour lui faire face. Il la regarda droit dans les yeux. Avec, cette fois, une espèce de gravité un peu intimidante.

« ... si, reprit-il, tel est le processus en cours, alors ses applications potentielles vont très au-delà d'un simple système de guidage pour robots. Non ? »

Tessa se tortilla sur sa chaise. La question la mettait mal à l'aise. Elle recoupait trop bien ses propres spéculations. Et pour le moment, elle préférait les garder pour elle plutôt que de les retrouver dans un rapport plus ou moins officiel qui risquait de lui jouer un sale tour.

« Je ne suis pas sûre que nous puissions aller aussi loin.

— Pas encore », dit-il en écho, comme s'il mettait le doigt sur la faille de l'argument.

Bien visé, elle le savait.

« Avant de spéculer, je préfère m'en tenir à ce que nous savons. »

Tessa n'avait aucune envie de passer pour une bêcheuse, mais restait résolue à ne pas se laisser entraîner.

Il sourit à nouveau, ce qui dissipa la légère tension apparue entre eux, et — enfin ! — regarda sa montre.

« Je dois rentrer à Londres, dit-il. Merci pour la démonstration. Nous en reparlerons d'ici peu. »

Ils se serrèrent la main. Debout à la fenêtre, elle regarda la voiture filer vers la grille. Contente de rester seule avec ses pensées.

8

Century City avait été construit sur l'ancien terrain des studios de la 20th Century Fox. De là peut-être l'étrange sensation d'irréalité qui s'en dégageait. Tours de bureaux en murs-miroirs grimpant trop haut dans le ciel bleu, passerelles, allées commerciales, jardins et complexes de cinéma se combinaient pour créer une ambiance de carnaval au ralenti.

Assise à la terrasse du petit café où ils s'étaient donné rendez-vous, Sandy Smallwood consultait sa montre avec une impatience croissante. Elle décida de laisser encore cinq minutes à son cousin avant de partir. La ponctualité était une politesse qu'on lui avait appris à respecter… à elle, mais apparemment pas à ses lointains cousins. Dire que l'idée venait de lui. Et il osait la faire attendre !

Une dernière fois, elle regarda sa montre. Plus que quatre minutes. Ça en ferait vingt au total.

À une cinquantaine de mètres de là, sur la mezzanine du bâtiment voisin, à travers une vitre teintée, de puissantes jumelles focalisaient sur Sandra Smallwood. Autant que possible, il voulait s'assurer qu'elle était seule. Arrivée seule, en tout cas. Personne ne s'était installé à la table voisine peu avant ou après son arrivée. Les minutes passaient, la fille s'impatientait, mais elle ne fit aucun signal, rien qui trahît la présence d'un flic embusqué, prêt à bondir pour s'emparer de l'homme dont elle serait l'appât.

Il devait se méfier de tout, désormais. Il avait beau varier les approches, il restait des passages dangereux. C'était inévitable. Le plus délicat, en l'occurrence, était la rencontre elle-même.

Il reposa les jumelles sur une chaise et empoigna une caméra vidéo. Il réussit un beau plan : un zoom, la fille plein cadre à l'instant où elle regardait sa montre. Les jambes croisées, les cheveux dans les yeux, elle ne manquait pas d'allure. Un type pouvait l'aborder à chaque instant. Ce qui poserait un problème. Il ne fallait pas qu'elle attende trop longtemps.

Enfin. La fille repoussa sa chaise et s'éloigna. Sans un signe, sans un regard sinon pour se faufiler entre les tables. Parfait. Il ramassa les jumelles et balaya la zone à l'affût d'un mouvement concerté. Rien. Elle était seule. Il passa à l'action.

Deux minutes plus tard, il se précipitait à sa rencontre dans l'allée qu'elle était obligée d'emprunter pour rejoindre l'ascenseur du parking souterrain où il l'avait vue laisser sa voiture. Il avait minuté l'opération pour la rattraper avant l'ascenseur, même si elle marchait vite. Mais il la retrouva à l'arrêt devant la vitrine d'un libraire, nullement pressée.

À deux mètres, il s'immobilisa.

« Sandy ? »

Elle se retourna avec une froideur délibérée. Si c'était là ce Darren, il ne s'en tirerait pas comme ça.

« Excusez-moi, dit-il, j'ai rendez-vous avec une femme vêtue d'une robe bleu et blanc. Comme vous... »

Leurs regards se croisèrent. Un mètre quatre-vingts, la trentaine. Beau gars.

« Vous êtes Sandy ?

— Vous avez vingt-cinq minutes de retard », dit-elle, satisfaite de s'entendre parler d'une voix plus fâchée qu'elle ne l'était en réalité.

L'homme se rembrunit.

« Désolé. Une urgence au cabinet. Des gens ont débarqué avec un chien qui venait de se faire renverser par une voiture. Double fracture de l'antérieur gauche. Pas le choix. J'ai fait le plus vite possible.

— Et il va bien, le chien ?

— Je crois que ça ira. En tout cas, je m'excuse.

— Ce n'est pas grave. J'espère que c'est vrai, cette histoire de chien.

— Venez le voir en salle d'op', si vous voulez.

— Et pourquoi, dit-elle en souriant, ne pas plutôt prendre un café, comme prévu ?

— Laissez-moi me rattraper. Au téléphone, vous m'avez dit que c'est votre jour de congé. Vous êtes libre ce soir ?

— Je vais à une soirée tout à l'heure. »

Le petit haussement d'épaules qui accompagnait cette déclaration la trahit. Elle est prête à changer de plan, se dit-il, ou du moins à y réfléchir. Il mima quand même la déception. S'il avait l'air trop sûr de lui, ça ne marcherait pas. Il écarquilla les yeux, plissa le menton. Il savait admirablement prendre l'air de l'homme mûr qui a gardé intact le petit garçon en lui. C'était, il le savait, la meilleure stratégie pour la désarmer.

« Vous êtes obligée d'y aller ? demanda-t-il.

— J'ai promis.

— J'allais vous proposer de faire un tour jusqu'à la plage. On irait se promener, bavarder. Je connais un endroit merveilleux pour dîner.

— C'est tentant, mais mon amie Carol attend que je passe la prendre.

— Vous pourriez l'appeler, dire que vous avez un empêchement.

— Ce ne serait pas honnête.

— Vous avez sans doute raison. » Il prit l'air déçu. « Je vous proposerais bien un truc ce week-end. Seul problème, je travaille. La semaine prochaine, alors ?

— Promis.

— Non, attendez, j'y pense, il faut que j'aille à San Francisco... » Il la dévisagea avec son sourire le plus séduisant. « Allez, dites à Carol que vous êtes fatiguée ! Ou que la tante est passée sous un camion et que vous foncez à l'hôpital !

— C'est horrible », protesta-t-elle. Mais elle s'entendit rire.

« Je sais, dit-il en composant une grimace rusée. J'appelle, moi. Je dis que je suis du FBI, que vous avez été kidnappée, qu'on ne s'attend pas à une demande de rançon immédiate, on a retrouvé votre agenda et nous savons que vous sortiez ensemble ce soir, et...

— D'accord, ça va, j'appelle Carol et j'ai un empêchement.

— Génial !

— Je cherche un téléphone.

— Attendez. Ça ne vous ennuie pas si je vous filme en vidéo ? »

Tout en parlant, il avait sorti un caméscope de son sac. Elle parut surprise.

« En vidéo ?

— Pour la famille... pour montrer à papa maman au retour. Vous voyez le style, moi, ce que je fais, où je travaille, où j'habite... et, tiens, j'ai rencontré Sandy ! »

Sa surprise se dissipa dans un sourire.

« Bien sûr, allez-y. »

Et elle joua l'embarrassée tandis qu'il s'agitait autour d'elle, le visage plissé par la concentration, en s'efforçant de stabiliser la caméra.

« Dites quelque chose, j'ai le son.

— Mon Dieu... Ce n'est pas du jeu, non, vous n'avez pas le droit, vous me prenez par surprise.

— Seule façon d'avoir une bonne séquence. Vous êtes parfaite.

— On peut effacer et repartir à zéro. Maintenant que je connais mon rôle. »

Il rit, puis se tut.

« Désolé, dit-il en baissant la caméra. C'était un peu brutal, j'avoue. On refera ça ailleurs. »

Un silence passa entre eux, juste assez long pour qu'elle se rende compte qu'elle avait envie d'en savoir plus sur cet homme. Après tout, il était de la famille. Limite. Cousins issus de germains. On peut se marier, entre issus de germains. Mais non, ce n'était pas sérieux.

Il rompit le silence.

« Vous êtes en voiture, j'imagine ?

— Je suis garée en bas.

— Prenons la mienne, on repassera prendre la vôtre après dîner. Ça vous va ?

— D'accord.

— Super. On est parti.

— Ah, mon coup de fil !

— On le passera de la voiture. »

Il balança le sac contenant le caméscope par-dessus son épaule. Puis, comme frappé soudain par sa grossièreté et confus de son retard, il lui tendit la main.

« Ravi de te revoir, Sandy. »

9

Tim Kelly regardait son père remplir les verres autour de la table. Grand, la soixantaine mais le pied alerte, comme le boxeur qu'il avait été. Un peu d'embonpoint à la taille, et aux épaules des nœuds musculeux qui roulaient sous la chemise. Un homme toujours capable d'allonger un direct en cas de nécessité. Pour le moment, ses grosses pattes enserraient délicatement deux bouteilles qu'il soulevait comme des avions miniatures. Dans l'une, un cabernet californien, dans l'autre, pour les amateurs, de l'excellent whisky irlandais. Il remplit tous les verres sauf le sien, déjà plein d'eau du robinet. Il ne buvait plus depuis dix-huit ans.

Comme s'il devinait le regard de son fils posé sur lui, et peut-être ses pensées, Matt Kelly leva son verre, fit un clin d'œil et trinqua par-dessus la table. Tim prit son verre et retourna le toast, souriant à cette large face de lune qu'il aimait infiniment, pour l'avoir jadis crainte et détestée avec une violence qui le terrifiait encore quand il y repensait.

Esther Kelly surgit de la cuisine avec deux de ces poulets de ferme rôtis aux herbes qui, dans la famille, constituaient le plat de résistance des déjeuners de Pâques. Josh, le frère de Tim, de trois ans plus jeune, était déjà debout, couteau à découper et fourchette prêts à l'action. Josh découpait toujours le rôti quand il était là. Ça faisait partie de ces traditions de famille aussi vieilles que le souvenir, qui remontaient en fait à l'époque que chacun préférait oublier, l'époque où ils vivaient dans la terreur des fureurs alcooliques du gros Matt.

En ces jours sombres, Esther avait réussi à sauver la famille et à protéger les enfants de la violence de leur père, parfois en encaissant elle-même. Le temps avait passé mais Tim avait toujours la nausée en repensant à son visage tailladé, aux ecchymoses quand elle entrait sur la pointe des pieds dans la chambre des garçons et qu'elle lui demandait, à voix basse pour ne pas réveiller Josh, de l'aider à porter son père au lit.

Le grand flic gisait dans un coin de l'appartement parfois en uniforme, ou en sous-vêtements, ou nu sous le peignoir dont Esther avait réussi à l'envelopper avant d'aller chercher son fils. C'était l'époque où Tim, s'il avait cru en Dieu avec la ferveur de sa mère, aurait prié pour la mort de son père.

À dire vrai, Josh n'avait de cette époque que de vagues souvenirs. Il se soupçonnait de les avoir effacés pour ne pas souffrir. Mais il y avait un jour au moins qu'il n'avait pas oublié et n'oublierait jamais. Le jour où Tim, alors âgé de quinze ans, s'était enfin révolté contre son père. Il lui avait crié d'arrêter, qu'il leur faisait du mal. Le vieux était devenu fou de rage. Il avait failli tuer le gamin sous les coups. Il lui avait cassé un bras, le nez, trois côtes et éclaté la rate… avant que maman ne sorte du holster le revolver de service et tire deux balles dans le mur pour le calmer.

Ce fut alors, à cet instant, qu'un déclic s'était produit en Matt. Comme si l'alcool avait reflué de son cerveau, remplacé par la conscience lucide et froide de ce qu'il était, de ce qu'il était devenu, de ce qu'il avait fait. Il était tombé à genoux, avait pris son fils meurtri dans les bras et ne l'avait plus lâché avant de le voir couché sur une civière au service des urgences de l'hôpital. On leur avait fourni une escorte de police et les sirènes mugissaient, ce qui signifiait que le LAPD était dans le coup. Tout de même, à cause des coups de feu tirés dans l'appartement…

Les flics étant ce qu'ils sont, le scandale avait été étouffé, comme l'avait été, des années durant, l'alcoolisme de Matt pendant le service. Mais depuis ce jour, Matt n'avait plus touché à l'alcool. Il était devenu un bon flic et on l'avait promu sergent. Après trente ans de carrière, il était entré dans une agence de sécurité privée où il avait fini directeur. Bon mari, bon père, il était devenu exemplaire. Difficile, songeait Josh, de comprendre comment deux personnalités aussi différentes pouvaient coexister en un seul homme : Jekyll et Hyde ; entre les deux, quelques verres d'alcool.

Plus tard, le repas terminé, les deux frères sortirent faire le tour du quartier. Ils étaient tous les deux installés en Californie, maintenant, et ne revenaient au pays qu'occasionnellement. Curieusement, ils se voyaient plus ici qu'à L.A. Josh, qui pour Tim avait toujours été l'intellectuel de la famille, était prof de physique et chercheur en superconductivité au Caltech, le très renommé California Institute of Technology. Tim passait vingt-trois heures sur vingt-quatre au FBI et n'avait pas de temps pour les mondanités.

C'était l'une des raisons, Josh le savait, qui avaient brisé le mariage de son frère. Ça, et d'avoir été trop gentil avec sa salope de femme quand elle avait commencé à sortir avec un autre. Tim vivait dans la peur de passer pour un tyran. Il avait trop vu où ça menait. Josh avait l'impression que, du coup, il avait exagéré dans l'autre sens et accordé à sa femme tout ce qu'elle demandait, y compris sa liberté. Tim ne lui en avait jamais voulu, il avait simplement dit que ses ambitions ne collaient pas avec les siennes.

Ambitions, se disait amèrement Josh, c'était bien le mot. Elle avait fini par épouser le président d'une compagnie aérienne, et sa présence constante dans les colonnes de ragots mondains était l'une des raisons qui avaient poussé Tim à se faire muter au bureau de L.A.

« Reste jusqu'à demain, disait Josh. On fera une virée chez O'Malley, ce soir, revoir les gars de la vieille bande. »

Tim secoua la tête.

« Écoute, dit-il, j'ai déjà eu du mal à venir. J'étais en conférence sur l'affaire jusqu'au moment de monter dans le taxi pour l'aéroport, et j'ai continué au téléphone jusqu'à l'embarquement dans ce bon Dieu de zinc. »

Josh hocha la tête pour dire qu'il compatissait, mais se ravisa soudain : « Quoi ? Une conférence sur portable ? Tu te rends compte que c'est facile pour le tueur de l'intercepter ? Tu m'as dit que c'était un petit génie de l'informatique !

— Relaxe. » Tim fit un sourire empreint d'autosatisfaction. « Tout le truc était combiné pour lui faire croire que nous en savons moins qu'en réalité... s'il nous écoute. Je voulais qu'il pense que nous n'avons pas la moindre idée de sa technique, comment il piste ses proies, alors que nous savons très bien qu'il passe par les réseaux. Malheureusement, une fois qu'on sait ça, on est bien avancé. »

Josh laissa flotter son regard, l'air pensif. Non loin, une bande de gamins jouaient au basket dans un espace grillagé entre deux immeubles vides aux murs délabrés. Puis il se retourna vers Tim, ouvrit la bouche pour parler, mais dit autre chose.

« Hé là, grand frère, je n'aime pas trop ça ! Je n'aime pas ce que je vois. »

Tim se tourna vers lui et le dévisagea, tout en revissant le bouchon d'un petit flacon métallique qu'il remit dans sa poche.

« Je sais ce que tu penses », dit Tim avec une profonde lassitude. Lentement, il se baissa et s'assit sur un bloc de béton en face d'une ancienne épicerie italienne, qui n'était plus qu'une façade derrière une palissade. « Je le sais parce que je pense la même chose. Et ça me fait peur. Je commence peut-être à comprendre papa, et mieux que j'aurais cru. Si ça se trouve, c'est génétique, et il n'y a rien à faire.

— Ne dis pas ça », dit Josh en s'asseyant à côté de son frère. Il avait envie de le prendre dans ses bras, mais n'en fit rien. Il n'existait nulle gêne physique entre eux, mais le geste ne collait pas à la gravité du problème.

« Avant que tu te lances, dit Tim, laisse-moi te dire une chose, d'accord ? Tant que je n'ai pas bouclé cette affaire, tout le reste attendra. Après, si j'y arrive, j'arrête de boire, je vais chez les AA, je prends des cours de zen, n'importe quoi. Aujourd'hui, l'important, c'est d'y passer jour et nuit et d'en finir. »

Josh resta silencieux un moment.

« Parle-moi de l'affaire. Qu'a-t-elle de si tordu, cette fois ? »

Tim raconta tout. Ils avaient déjà parlé des meurtres, mais jamais sur ce ton. Pour commencer, le jour de leur dernière discussion, il y avait moins de cadavres. Depuis, la rage de l'impuissance le submergeait.

« On a pris nos meilleurs types, la crème des compagnies de téléphone et on a essayé de pister cet enfant de salaud. C'est impossible, quasi impossible. Et il le sait, ça crève les yeux. Il se balade entre les réseaux et les satellites, se route par des nœuds où on perd sa trace. Il rentre dans tous les ordinateurs qu'il veut et ressort avec un paquet d'UDI bidons qui lui servent à se planquer. »

Josh fronça les sourcils.

« UID, tu veux dire. User Identification.

— UID, c'est ça. Je pige que dalle aux ordinateurs et pourtant, je n'aurais jamais cru que j'en saurais autant. Tout ce que je vois, c'est qu'il est sacrément compliqué de faire comprendre au gouvernement, aux entreprises, aux agences de sécurité et vigiles divers que s'ils n'arrêtent pas tout de suite les conneries, d'autres filles vont mourir. »

Machinalement, il prit le flacon dans la poche de son pantalon et avala une gorgée. Josh l'observait avec inquiétude.

« Tu as besoin d'un coup de main ? »

Tim se tourna vers lui.

« Tu pourrais faire quoi ?

— D'abord, je m'y connais en ordinateurs. Peut-être moins que ton gars... mais sait-on jamais ? Par ailleurs, je suis en contact avec pas mal de types dans mon genre, un peu partout dans le monde. Des gens susceptibles de court-circuiter la loi. Ça sera plus facile pour eux que pour toi. »

Tim resta pensif un instant.

« Tu crois ?

— Je ne crois pas, je sais. On passe notre vie à ça.

— Non, je veux dire, tu te crois vraiment capable de monter une opération, de lui lancer ta meute aux fesses ?

— Je n'y aurais pas pensé en ces termes, mais c'est bien ce que j'ai dans la tête. Lancer une meute. À condition que tu me refiles toutes tes informations.

— Tu es conscient que si ça se sait, je saute.

— Personne n'en saura rien. Fais-moi confiance.

— Évidemment, je te fais confiance, mais...

— Si tu préfères, je peux pirater directement l'ordinateur du Bureau et voler les fichiers. Tu pourras nier toute complicité et tu auras raison. »

Tim accusa le coup.

« Tu en serais capable ?

— C'est pas plus dur que de jouer du pipeau.

— Bon Dieu, les gars, vous me faites peur.

— On fait ce qu'on peut. »

Tim resta silencieux un moment. Sa main glissa vers sa poche, comme attirée par la bouteille, mais il se maîtrisa.

« D'accord, dit-il en s'arrachant du bloc de béton, on marche comme ça. Dès qu'on sera à L.A., je te refile tout ce que j'ai. Mais rien d'officiel.

— Ça tombe sous le sens. La combine ne marche que s'il n'y a rien d'officiel. »

Le temps de rentrer à la maison, Tim se sentait assez remonté pour accepter d'y dormir une nuit de plus. Il prendrait l'avion le lendemain matin avec Josh. Mais à peine la porte franchie, sa mère lui annonça qu'il avait reçu un coup de fil, Jack quelque chose — elle avait noté le numéro — de Los Angeles. La soirée chez O'Malley tombait à l'eau.

Un coup de fil de Jack Fischl ne pouvait signifier qu'une chose. Un nouveau cadavre.

10

Sitôt le corps abandonné sur une de ces petites routes qui descendent de Mulholland et dont il ne savait même pas le nom, il était rentré directement chez lui. Il avait roulé avec une prudence maniaque qui le fit sourire quand il s'en rendit compte. Nerveux, obsédé par la limitation de vitesse, et surtout par ces virages à droite au feu rouge qui, en Californie, sont autorisés sauf en cas de panneau contraire. Il faut surveiller les panneaux, car les policiers guettent les automobilistes qui les oublient. Ça serait trop bête de se faire pincer pour une infraction mineure et, ensuite, rester assis sur une chaise et voir toute l'affaire ressortir à partir de là. Il y aurait vraiment de quoi se flinguer.

Il roulait donc, avec un grand calme apparent alors qu'il se sentait sous pression comme une Cocotte-Minute, et une seule envie, rentrer chez lui, se déshabiller et prendre un bain chaud. Et surtout, se débarrasser de cette teinture. Pour les rendez-vous, il se teignait les cheveux. Comme ça, si quelqu'un se souvenait de la fille, et même de l'homme, il décrirait un jeune homme brun, et pas lui. Pas lui du tout. Un autre.

Un autre.

Debout près de la fenêtre, il regardait la nuit tomber. Depuis qu'il avait découvert cette estafilade sur son cou, ses nerfs étaient tendus à mort. Comment n'avait-il rien senti ? Pourquoi ne s'en était-il pas aperçu plus tôt ? Dans la glace de la salle de bains, il avait vu la traînée rouge sur la peau. Un ongle, probablement.

Les flics trouveraient, aucun doute là-dessus. Ces types-là connaissaient leur métier. Assez pour avoir une analyse d'ADN d'ici dix à quinze jours, le délai normal. Ils n'auraient pas de point de comparaison, puisqu'on n'avait jamais relevé son empreinte génétique. Mais si, pour une raison ou une autre, il passait au rang de suspect, il était cuit.

Sa première pensée avait été d'y retourner et de retrouver le corps, au moins s'occuper des mains. Mais c'était trop risqué. Presque deux heures s'étaient écoulées entre le moment où il avait jeté le corps et celui où il avait remarqué l'estafilade. Impossible de retourner là-bas. Il y avait peut-être déjà du monde. Il avait écouté la radio de la police, scanné leur ordinateur, nulle mention de la découverte du corps. Mais c'était peut-être voulu. Peut-être un piège.

Il faisait nuit quand il s'écarta de la fenêtre et alluma la lumière. Des gens l'attendaient, pas loin, des gens qui croyaient le connaître et qui ne savaient rien de lui. Et cette bienveillance, envers l'homme qu'ils imaginaient, lui ôtait tout espoir qu'ils le comprennent jamais.

Aussi passa-t-il son masque, le masque qu'il portait pour rencontrer les masques qu'il rencontrait — il aimait ce vers d'Eliot —, et il partit à sa soirée.

11

Helen suivit Tessa au troisième étage du Kendall Lab. Une petite pièce, avec deux fenêtres occupant presque toute la longueur du mur et donnant sur les frondaisons du parc de l'université. La pièce était vide à l'exception d'un bureau, d'un terminal d'ordinateur et d'un siège de bureau réglable.

« Tu seras connectée avec deux autres terminaux quelque part dans l'immeuble, expliqua Tessa. L'un des deux obéit à un homme, l'autre à un programme que j'ai écrit. Toi, tu ne connaîtras que A et B. Ton boulot consiste à leur poser des questions et à deviner qui est l'homme et qui est la machine.

— Il faut vraiment que je parte dans une demi-heure.

— Tu y seras, promis. Assieds-toi, je t'explique les règles du jeu. »

Helen s'assit et, tout en écoutant, s'activa à régler la hauteur du siège.

« Le programme a le droit de mentir, expliquait Tessa, mais l'homme doit toujours dire la vérité. Ainsi, impossible de piéger le programme avec des questions tordues… comme la couleur de ses cheveux, ou un calcul compliqué dont seule une machine est capable.

— Compris.

— De plus, continua Tessa, l'homme est médecin, et j'ai fourré dans le programme toutes les disquettes que j'ai trouvées sur l'histoire de la médecine et la recherche. Tu peux les interroger tous les deux sur n'importe quel sujet médical.

— Et si je n'arrive pas à deviner qui est l'ordinateur et qui est l'homme, il faudra en conclure, j'imagine, que l'ordinateur est vivant, c'est ça ?

— Intelligent. Pas forcément vivant.

— Je t'accorde le point.

— À propos, tu peux te focaliser sur chacun des deux aussi longtemps que tu veux. Tu peux leur parler simultanément ou séparément. Tu peux aussi leur montrer leurs réponses l'un à l'autre et avoir une conversation à trois... Ça, c'est ma variante personnelle. Appuie ici, c'est tout. D'accord ?

— Et toi, tu regardes par-dessus mon épaule ?

— Non, je dirige l'opération depuis une autre pièce, mais tu peux me parler dans ce micro. »

Elle désigna le flanc du terminal.

La porte n'était pas fermée qu'Helen tapait déjà la première question. Le diagnostic de la méningite. Elle l'expédia sur A.

La réponse était parfaitement cohérente, mais pouvait sortir de n'importe quel manuel.

Helen reposa la question à B. La réponse fut identique.

La question suivante, elle la posa d'abord à B. Tout aussi facile, sur la pathologie de certains ennuis digestifs. De nouveau, elle ne détecta pas la moindre erreur.

Puis elle sonda B avec un diagnostic plus complexe, qui spécifiait les résultats de tests sanguins et de biopsies. La réponse arriva, hésitante, suggérant deux pathologies possibles. Helen introduisit des détails plus fins. Finalement, B trancha. C'était le choix qu'Helen aurait fait elle-même.

Elle revint sur A, énuméra des symptômes susceptibles d'avoir ou de ne pas avoir une origine psychosomatique. A détecta et décrivit toutes les ambiguïtés. B aussi.

Au bout d'un quart d'heure, Helen dut se rendre à

l'évidence. Rien ne les différenciait, sinon quelques divergences locales d'appréciation, les mêmes qu'on s'attendrait à trouver entre deux médecins.

Helen était sûre qu'il existait des questions-pièges pour identifier la machine. Elle tenta de se rappeler l'époque où elle discutait de ce jeu avec Tessa. Elle savait que ça s'appelait le test de Turing, conçu en 1950 par Alan Turing, l'un des pionniers de l'intelligence artificielle. Turing voulait couper court aux discussions théoriques sur la possibilité pour des machines de penser ou pas, sans compter les débats philosophiques sur la nature même de la pensée. Il proposa une expérience simple : parler simultanément à une machine et à un être humain et essayer de les reconnaître. Si l'identification était impossible, il fallait accepter l'idée que la machine était aussi intelligente que l'homme. Turing prédit qu'une machine passerait le test avant la fin du siècle.

« Tu ne vas pas me dire que ce truc passe le test de Turing ! demanda Helen dans le micro.

— Je ne sais pas. Et toi, tu en penses quoi ? »

La voix de Tessa parvenait faiblement par un petit haut-parleur.

« J'ai droit à n'importe quelle question ? Pas seulement la médecine ?

— Essaie.

— Comment puis-je savoir, tapa Helen sur le clavier, que vous n'êtes pas tous les deux des humains ? C'est peut-être une de ces expériences en double aveugle, et le vrai sujet c'est moi. Vous voulez savoir lequel je vais désigner comme étant la machine.

— Dans quel but ? afficha A.

— Une sorte d'étude psychologique, répondit Helen. Sur les rapports entre ordinateurs et utilisateurs.

— Nous pourrions aussi être tous les deux des ordinateurs, suggéra B.

— Non, vous êtes bien trop malins pour ça. »

Il y eut un silence, comme s'ils avaient tous les deux besoin de réfléchir.

Enfin, A afficha : « Si tu crois ça, la machine a gagné.

— Pas encore ! répliqua B.

— Que te dit ton intuition ? » demanda A à Helen.

Elle réfléchit, puis tapa : « Qu'entends-tu par intuition ?

— L'intuition, répondit A au bout d'un moment, c'est de croire quelque chose sans savoir pourquoi on le croit.

— B, ta définition ?

— L'intuition est une sensation. Une conclusion au terme d'un processus non rationnel.

— Une machine peut-elle piloter un processus non rationnel ? demanda Helen.

— Pour être précis, rectifia B, nous ne parlons pas de machines, mais de programmes qui tournent sur ces machines.

— Tu admets donc, tapa Helen, qu'un ordinateur est une machine ?

— Évidemment, répondit B.

— Crois-tu, continua Helen, qu'une machine qui tourne sur un programme pense ?

— Non.

— A, tu dis quoi ?

— D'accord avec B », répondit A.

Helen resta silencieuse un moment avant de taper : « L'un de vous deux est très intelligent.

— Pas forcément, afficha B. Qu'une machine programmée pense ou non, la question n'est pas là. La question est de savoir si on peut programmer une machine de telle sorte qu'elle donne l'impression de penser. Tel est le sens du test de Turing. »

Helen se pencha à nouveau vers le microphone au flanc du terminal.

« Tessa ? D'accord, dit-elle, j'abandonne. Tu as gagné. Je n'ai aucune idée de qui est qui.

— Impressionnée ? répondit la voix de Tessa.

— Sidérée. Lequel est la machine ?

— Je ne te le dirai pas.

— Tu ne peux pas me faire ça. Je te tuerai, Tessa !

— Je n'ai jamais promis de te donner la solution. Ce n'était pas dans le contrat. »

Helen entendit le rire de Tessa dans le haut-parleur.

« Tu vas rationaliser tout ça, avec du recul, repenser à ce qui aurait pu te mettre sur la piste. Et la prochaine fois que tu feras le test, tu arriveras avec plein de préjugés qui t'empêcheront de trouver.

— Je ne referai jamais le test. Et si ça trouve, je ne te parlerai plus jamais de ma vie. »

Elle plaisantait, bien sûr. Quelques minutes plus tard, en s'embrassant avant de se quitter, elles confirmèrent l'invitation. Tessa devait passer dîner dans la soirée avec Helen et Clive.

« Sérieusement, Helen, dit Tessa, je te répondrai quand le moment sera venu. J'aimerais d'abord qu'on en reparle. D'ici là, j'ai envie que tu restes dans le brouillard. »

12

La villa Korngold occupait un hectare de terrain haut de gamme dans une rue paisible au nord de Sunset. Une maison basse, de style méditerranéen, des lignes aiguës adoucies par des coulées de végétation luxuriante, aux couleurs tropicales.

La façade donnait sur une pelouse manucurée qui descendait directement sur la rue. Pas de grille, mais la villa, comme ses voisines, était défendue par les gadgets électroniques les plus sophistiqués disponibles sur le marché. La pression d'un pas, une variation d'éclairage, le moindre mouvement à proximité d'un senseur, et une troupe de gardes privés surgissait, coude à coude avec les policiers les meilleurs et les mieux payés des États-Unis. Dans leurs forteresses, les résidents de Beverly Hills n'avaient à redouter aucune intrusion.

Tim Kelly s'entretenait avec Mme Korngold dans ce qu'elle appelait son petit salon, à l'arrière de la villa. La pièce donnait sur un jardin entouré de palissades et agrémenté d'une fontaine, d'un kiosque à l'italienne, d'une piscine rectangulaire et d'un court de tennis. Le mobilier ressemblait à ce qu'il avait prévu, mais il se reprocha d'avoir imaginé Mme Korngold en archétype de la veuve à toutous. Quand la domestique en pleurs l'introduisit, la femme qui se leva pour l'accueillir était mince et droite, avec dans les yeux une lueur amusée que même la tristesse du moment ne parvenait pas à masquer. Elle portait un genre de costume simple et ample, serré à la taille. Il avait tout de suite pensé à Lauren Bacall, ou Katherine Hepburn. La quarantaine élégante, alors qu'il s'attendait à une dame dodue, agitée et un peu simplette.

Rosa Korngold parla avec une tendresse non feinte de sa compagne et employée assassinée. Pendant l'entretien, plusieurs chiens entrèrent, puis ressortirent, comme s'ils cherchaient quelqu'un. Rosa Korngold les consolait d'une caresse sur le crâne ou d'un mot d'affection. Au bout d'un moment, elle appela le chauffeur, qui entassa cinq chiens dans un break — les trois autres étaient vieux et arthritiques — et il les emmena à la plage pour les faire courir. Une des tâches de Sandy.

La jeune fille avait parlé à sa patronne de son cousin Darren, qui avait refait surface à L.A., et qu'elle n'avait pas revu depuis l'âge de cinq ans. Mme Korngold avait proposé de l'inviter à la villa. Sandy avait accepté... une prochaine fois.

Tim Kelly ne vit aucun inconvénient à dire à Mme Korngold que le vrai Darren Wade avait été localisé dans une école de commerce à Chicago. Il avait déclaré qu'il n'avait pas revu sa cousine depuis leur enfance et n'avait pas la moindre idée de son adresse actuelle. Il avait également confirmé que ses parents faisaient une croisière autour du monde.

Quarante minutes plus tard, Tim redescendait Beverly Drive quand, au moment de tourner dans Carmelita, il reçut un appel sur son portable. C'était Jack Fischl qui lui demandait de passer au labo. Ils se retrouveraient là-bas. Tim comprit que c'était urgent et que Jack ne pouvait rien dire au téléphone. Les toubibs avaient dû tomber sur un truc.

À son arrivée, Jack faisait les cent pas sur le parvis en fumant. Il jeta sa cigarette à moitié consumée et entraîna Tim dans la pénombre du bâtiment.

« Ils ont trouvé un échantillon sanguin, dit-il. Sous un ongle. Du sang humain. Je leur ai demandé d'accélérer le test génétique, mais ça prendra une semaine, si ce n'est plus. »

Délai inévitable mais frustrant. C'était la meilleure, en fait la seule, piste sérieuse dont ils disposaient. Ils passèrent un moment au labo à discuter les détails. Les toubibs avaient remarqué que les ongles étaient cassés. À l'évidence, la fille s'était défendue. L'homme n'avait pas cherché à nettoyer les ongles, ni à faire disparaître les mains, ce dont il s'était montré tout à fait capable dans les cas précédents. Il fallait supposer qu'il s'était débarrassé du corps sans savoir qu'il avait été griffé. Ce qui signifiait qu'il relâchait sa vigilance.

Mais il avait sûrement découvert les traces après coup. À l'heure qu'il était, il devait péter de trouille.

« Sauf, bien sûr, dit Tim qui se sentait obligé de refréner son optimisme, si les tissus trouvés sous l'ongle ne lui appartiennent pas.

— Elle avait un petit ami ? Dispute, problème, rupture récente ?

— Non, non... dit Tim en secouant la tête.

— C'est lui », dit Jack avec satisfaction.

Au coin de la rue, ils déjeunèrent d'un sandwich et d'un café, puis Tim reprit la route du bureau. Il passa une heure sur les rapports des témoins oculaires qui se rappelaient avoir vu la fille assise à la terrasse du café. Les rapports concordaient : la fille était seule.

Son cerveau bouillonnait. Que faire, où aller? Retourner sur le lieu du crime? Revoir les témoins? Une perte de temps dans les deux cas, il le savait. Rien d'autre à faire que d'attendre les résultats de ce fichu test d'ADN. On le rentrerait dans les ordinateurs. Ça recouperait peut-être un fichier. Et son frère pourrait éventuellement lui donner un coup de main.

Machinalement, il avait tiré la flasque de sa poche, dévissé le bouchon et glissé le goulot entre ses lèvres. L'action ne s'enregistra dans son cerveau qu'une fois la flasque vide. Il l'avait remplie en partant de chez lui, à sept heures du matin. Il était à peine midi passé. Sa première réaction fut de se persuader qu'il n'avait pas franchi le seuil dangereux. La seconde, une surprise peinée de constater qu'il en était déjà là.

Il appela son frère pour confirmer leur dîner dans un restaurant chinois de Pasadena, le meilleur de Los Angeles d'après Josh. Tim le croyait sur parole. Il apporterait tout le matériel, dit-il.

Par « tout », il entendait tous les détails sur l'affaire. Tout ce qu'il savait. Quarante-huit heures à peine s'étaient écoulées depuis leur discussion à Queens, sans qu'il ait eu le temps d'envoyer à Josh des éléments utiles à leur petite enquête privée.

Cet après-midi-là, Tim ne but pas une goutte d'alcool. Pas la peine d'arriver devant Josh l'haleine chargée. Mais une fois au restaurant, il était mûr pour les deux grandes vodkas qu'il avala d'un trait.

Encore heureux que Josh s'abstienne de tout commentaire.

L'homme que Josh vit entrer dans le restaurant avait pris dix ans en deux jours. Mais de près, quand Tim lui fit, en guise de salut, son habituelle grimace de travers, Josh constata qu'il s'était trompé. Ce n'était pas l'âge, mais la fatigue de la marche à pied.

Ils discutèrent de l'affaire et Josh détourna habilement les yeux des deux vodkas. Puis de la troisième, quand lui-même commanda un verre de chardonnay.

« Dès que nous avons le résultat du test, je lance une vérif. Si on l'a dans les fichiers, je le pincerai, question d'heures. Enfin, en principe. Aujourd'hui, avec toutes les restrictions sur l'utilisation des fichiers, il faut un pirate dans ton genre pour arriver à quelque chose.

— Merci.

— Pas de quoi. Je suis fier de toi. »

L'intonation était ironique, et le compliment empreint d'arrière-pensées, mais Josh se sentit quand même rougir. Pourvu que ça ne se voie pas, se dit-il. Il se serait fait tuer pour son frère. Lui, sa mère et son père savaient qu'ils devaient à Tim leur vie et leur santé mentale. Quoi que demande Tim, Josh le ferait.

Mais de quoi avait-il besoin ? Son alcoolisme était récent. C'était plus qu'une simple réaction à la pression. Tim avait l'habitude de ces situations. Cette fois, il avait du mal à tenir le choc. Pourquoi ?

Une petite liaison lui ferait du bien, pensait Josh. Depuis son divorce, son frère avait eu des aventures, mais rien de sérieux. Tim était assez intéressant et séduisant pour plaire à beaucoup de femmes. Ils s'étaient vus une ou deux fois en compagnie d'étudiantes de Josh, qui toutes avaient craqué sur ce grand type aux cheveux blond foncé, un authentique agent du FBI. Tim avait eu une courte liaison avec l'une d'elles. Belle, intelligente, mais il lui avait dit sans détour qu'elle était un peu jeune pour vivre avec un monsieur installé dans ses habitudes, fonctionnaire de surcroît.

« Tiens, dit Tim, un bazar informatique que j'ai copié directement sur le fichier. Si tu n'y comprends rien, laisse tomber. On reçoit ça des experts. Tu verras, il y a un abstract pour les sous-doués de mon espèce. Mais je suis incapable de dire ce que ça vaut.

— Je te tiendrai au courant, dit Josh en prenant le menu. Je commande pour toi ?

— Feu vert.

— Tu boiras du vin, ou tu restes là-dessus ? »

Tim contempla le verre vide en face de lui.

« Une bouteille d'eau. Je conduis, bon sang ! Et je connais des types qui seraient ravis de faire passer l'alcootest à un Fédéral.

— Un détail… le type que vous cherchez lit probablement tout ce que vous avez sur lui. Garde ça en tête.

— Tout est crypté. Et on va passer en réseau radio point à point.

— Ça devrait aller.

— Je commence à croire que ce type est capable de pénétrer n'importe quel système, sauf peut-être arrêter les pigeons voyageurs et le coureur de Marathon.

— C'est juste un gars avec un ordinateur. Il y a des limites à ce qu'il peut faire. Ne le surestime pas. Maintenant, dit-il en ouvrant le menu, je meurs de faim. Mangeons. »

L'aube, bientôt. Devant un écran, Netman perdait la conscience du temps.

Si vraiment ils ne disposaient de rien d'autre sur lui, il n'avait pas à se plaindre. La chance ne semblait pas l'abandonner. Restait à s'assurer qu'ils ne lui tendaient pas de piège, qu'ils ne cachaient pas leurs munitions pour lui donner un faux sentiment de sécurité. Ne jamais sous-estimer un adversaire, même si on le méprise.

Il fallait se méfier, filer profil bas un moment, laisser les pistes se perdre dans les sables. Attendre.

Cela ne ferait qu'augmenter le plaisir, la prochaine fois.

13

« Bon, d'accord. Si tu tiens vraiment à le savoir, l'ordinateur, c'était A. »

Helen réfléchit, puis secoua la tête.

« Même avec le recul, je ne comprends toujours pas. »

L'auditoire de Tessa se composait d'Helen et de son mari, Clive. Le dîner tirait à sa fin. Clive affichait son sourire provocant et sarcastique : il s'amusait.

« Tu prétends que le programme *pense* ? demanda-t-il en arquant les sourcils, qui disparurent dans un fouillis de cheveux noirs et drus.

— Je ne prétends rien. Je décris juste ce qui s'est passé, dit Tessa. Essaie toi-même. Tu es prof d'anglais. Je vais lui injecter tous les livres que tu as lus, et on prendra un diplômé de littérature pour faire le candide.

— Je meurs d'impatience.

— Il existe un autre programme, dit Helen en fronçant les sourcils dans un effort de mémoire. Un jour, à Édimbourg, on l'avait testé sur moi. Il s'appelle comment, déjà, c'est tiré d'une pièce de Shaw... Eliza, non ? Tu connais ?

— Oui, dit Tessa. Eliza a eu son heure de gloire il y a une vingtaine d'années. Tu lui parles comme à un psy.

— On a l'impression qu'il pose des questions intelligentes. En fait, il se contente de répéter ce que tu dis et de demander pourquoi tu l'as dit. C'est un gadget.

— Tu parles de gadget, mais tu fais quoi, toi, quand tu penses ? demanda Tessa.

— Juste ça : je *pense,* répliqua Helen sans hésiter.

— Tu dis "pense", comme si ça coulait de source. La vérité, c'est que personne ne sait ce qui se passe quand on pense. Nous savons pas mal de choses sur le cerveau, comment il travaille... quelles zones cérébrales sont associées avec quels éléments de la pensée, mais nous ignorons tout du principe coordinateur, si tant est qu'il existe. Par exemple, nous ignorons où se trouve le "soi". Il n'est rien que je puisse désigner en affirmant : "Voilà, ça c'est moi."

— On ne peut pas le désigner au sens physique, dit Helen, peu impressionnée par ces arguties académiques, mais le soi existe. Il est auto-évident. *Cogito ergo sum*. Je pense donc je suis. La preuve implicite de la vie.

— Mais source d'erreurs. Du coup, dit Tessa en tapant du doigt sur son front, tu visualises un "soi", installé dans le cerveau, qui regarderait défiler le monde sur une espèce d'écran sphérique. Descartes imaginait le "soi" logé au centre du cerveau, dans la glande pinéale donc. Nous savons, nous, qu'il n'est pas localisable. Alors, de *quoi* s'agit-il ?

— À ton avis ? » demanda Clive.

Il se renversa en arrière pour fouiller dans sa poche, à la recherche des allumettes.

Tessa haussa les épaules et ouvrit les mains, comme pour relâcher un oiseau invisible.

« Pour fabriquer un ordinateur, nous copions le cerveau, ou ce que nous en savons. Et puisque le cerveau ne dispose pas de soi central qui traiterait toute l'information, les ordinateurs modernes n'ont pas de microprocesseur central. Ils sont équipés de processeurs parallèles qui font tourner un logiciel de réseau neuronal... Chaque processeur mouline de son côté et l'ensemble se stabilise dans une sorte d'état optimal.

— Un état... d'esprit ? » demanda Clive, qui localisa enfin la boîte d'allumettes, aplatie dans sa poche arrière.

Ce fut Helen qui répondit.

« L'esprit vient du cerveau, lequel résulte de milliards d'années d'évolution. Alors qu'une machine est fabriquée à dessein, par la main de l'homme ou par d'autres machines. Les machines n'évoluent pas par mutation ni sélection naturelle.

— Là, dit Clive en coupant un de ces somptueux cigares qu'il aimait fumer après dîner, je crains que cela ne nous entraîne dans une discussion sémantique. »

Tessa se tourna vers Helen et brandit un doigt menaçant.

« Avant de te lancer dans les différences entre cerveau et machine, regarde les points communs. Je te l'ai dit, le modèle de l'ordinateur, c'est le cerveau. Le cerveau se compose de milliards de cellules, appelées neurones, dont aucune n'est par elle-même consciente ou intelligente. Un neurone existe dans deux états et deux seulement : allumé ou éteint. Il clignote ou ne clignote pas, en fonction des stimuli qu'il reçoit de ses voisins. Quand le stimuli dépasse un certain seuil, le neurone s'allume ; en deçà, il reste éteint. Description correcte, nous sommes d'accord ? »

Helen hocha la tête en signe d'assentiment et invita Tessa à poursuivre, tandis qu'un arôme de Havane commençait à se répandre autour de Clive.

« L'équivalent du neurone, pour l'ordinateur, c'est le bit, poursuivit Tessa. Un bit fonctionne comme un interrupteur. Deux positions possibles. Qu'on les appelle "haut" et "bas", "x" et "y" ou "0" et "1", peu importe. De même que nos pensées sont des architectures de neurones allumés ou éteints, les opérations d'un ordinateur sont des bits allumés ou éteints.

— Je vois où tu veux en venir, coupa Helen avec impatience, mais ça ne colle pas. Tu peux obtenir d'une machine l'*apparence* de l'intelligence. En fait, elle accomplit les tâches pour lesquelles on l'a programmée. On pourrait dire la même chose de... je ne sais pas, moi, un lave-vaisselle.

— Tu n'y es pas du tout. Un lave-vaisselle est un assemblage mécanique...

— Pas les ordinateurs ? » répliqua Helen avec un rire incrédule. Pour elle, le débat était clos.

« Un ordinateur, dit Tessa, inébranlable, est un assemblage mécanique au sein duquel des réseaux neuronaux mutent et évoluent de la même façon que le cerveau humain. Les similarités sont évidentes, dans le mode de traitement de l'information.

— Une machine *fonctionne,* et c'est tout insista Helen. Elle ne sait pas ce qu'elle fait. Elle n'est pas consciente.

— Rappelle-toi simplement, dit Tessa. Personne ne sait ce qu'est la conscience. Ni la pensée. On sait seulement que ça existe, et c'est tout.

— S'agirait-il d'une discussion métaphysique ? »

demanda Clive d'une voix douce. Il haussa des sourcils interrogateurs en direction de Tessa. « Selon toi, nous aurions affaire à une donnée... incompréhensible en soi ?

— Non. Je dis juste qu'il s'agit d'un truc sur lequel on travaille. C'est ici que la science — excuse-moi, Helen, mais je suis obligée de le dire — bat la religion. La science avance en posant des questions. Plus ça va, plus elle comprend. La religion pose ses fesses par terre et dit : On ne comprendra jamais, appelons ça Dieu et ne vous cassez pas la tête.

— Faux.

— Si tu le dis. Mais on ne peut pas à la fois prétendre qu'on ignore comment la conscience naît dans le cerveau, et assurer qu'elle ne peut pas naître ailleurs.

— Quand tu parles de neurones qui clignotent, d'interrupteurs allumés ou éteints, il s'agit de structures abstraites. » L'exaspération pointait dans la voix d'Helen. « Pourquoi pas des structures à base de pierres, de cartes à jouer, de couteaux et de fourchettes ? Ça marcherait pareillement.

— Théoriquement, oui, dit Tessa, imperturbable. Sauf que, dans ce cas, le processus serait tellement lent que personne ici ne vivrait assez vieux pour remarquer un changement.

— Donc, la clé de tout... », dit Clive. Il souffla de la fumée, plissa le front, souffla encore. « ... c'est la quantité. Le nombre de neurones, ou d'interrupteurs, la complexité de leurs opérations, c'est ça ?

— Exactement. Le simple se combine et crée du complexe. En ce sens, la conscience est une "propriété émergente". Elle est plus que la somme de ses parties.

— En somme, toi, moi, nous, dit Helen en balayant la pièce du bras, nous ne sommes rien d'autre qu'une propriété émergente de notre cerveau ? » Elle ne déguisait pas son mépris. « Tu assembles tes éléments, tes interrupteurs, et coucou voilà ! pure magie, la pensée, la conscience, le soi, la volonté. Ridicule !

— On peut tout ridiculiser si on veut, répliqua calmement Tessa. Tu parles de “magie” à cause de ton éducation religieuse. »

Le coup était un peu bas, mais tant pis.

Helen se cala dans sa chaise, résolue à défendre jusqu'au bout sa méfiance à l'égard de la science. « D'accord, dit-elle en plissant les yeux, admettons qu'une machine soit capable d'intelligence, voire de conscience... d'après ta définition. Et l'âme ? La machine a une âme ?

— L'âme ? dit Tessa avec un petit sourire propre à énerver Helen. C'est un mot. Et mon ordinateur en a une aussi bonne définition que toi.

— Une définition, répliqua Helen qui commençait à s'échauffer, c'est ce qu'on trouve dans un dictionnaire. Personne n'ira dire qu'un dictionnaire comprend l'information qu'il contient.

— Comprendre, poursuivit Tessa toujours aussi calme. Encore un problème de définition. Comme conscience, ou âme, justement.

— Je crois, glissa Clive dans le bref silence qui suivit, que je vais aller faire du café sur ma nouvelle cafetière. À moins que la cafetière n'ait d'autres projets.

— Dis-moi, Tessa, demanda Helen après le départ de Clive. Tu vas avoir un enfant. Tu vas donner la vie. Et tu ne sens pas dans ton... appelle ça comme tu veux... cœur, âme, soi, que cette vie, que sa conscience à venir, ne peuvent pas être fabriquées par une machine ? Pas être programmées sur un ordinateur ? La vie, les machines, ce sont deux choses différentes. »

Tessa soupira et se renversa en arrière. Puis, inclinant la tête sur l'épaule, elle ajouta une nouvelle perspective à la conversation.

« Tu parles de croyance, Helen. Tu *crois* que l'esprit est la propriété exclusive de la chair et du sang. Je dis, moi : peut-être que oui, peut-être que non. Quel mal y a-t-il à chercher la réponse ? »

14

Netman en était sûr. Avant la fin de la nuit, s'il voulait, il saurait tout ou presque sur la fille qui lui avait tapé dans l'œil, cet après-midi sur Wilshire Boulevard. Il l'avait suivie jusqu'à la boutique où elle travaillait. Il avait fait quelques raids sur ses banques de données habituelles. Compilé en un éclair la liste des employés de la boutique. Dans le service des permis de conduire, il avait sorti une photo. Pas flatteuse, mais c'était bien elle. Pourtant, soudain, sa concentration s'effondra. Son intérêt faiblissait.

Ce n'était pas la fatigue. Il savait que cette fois, il n'irait pas au bout. Il n'osait plus. Il pouvait toujours sauvegarder les infos sur un fichier, le temps de laisser passer le danger, mais ça n'avait pas le même goût. On ne pouvait pas interrompre une traque et s'y remettre plus tard avec la même excitation. Dans l'intervalle, un élément vital se serait évaporé.

Oui, mais il n'avait pas le choix. Il était intelligent, prudent, et il menait au score. À l'autre camp d'abattre son atout.

Le problème, c'était cette histoire d'ADN. Il ne voyait pas comment s'en sortir. Ça l'angoissait.

Quand Josh arriva au café sur Cahuenga, peu après huit heures, Tim était déjà là. Josh commanda un décaféiné et un muffin au son. Tim terminait une assiette d'œufs brouillés au bacon du Canada et se gorgeait de café. Les deux frères avaient pris pour règle de se voir en tête à tête. Ne jamais discuter au téléphone. Tim se méfiait de ses supérieurs autant que du tueur. S'ils l'espionnaient, un mot de trop sur l'enquête mettrait un point final à sa carrière.

« C'est parti », dit Josh une fois la serveuse hors de portée de voix. Il tira d'une enveloppe une liasse de feuillets imprimés. « Avec l'aide de nos amis, dit-il, nous sommes en train de charger les données telles que permis de conduire, numéros de Sécurité sociale, IRS et services de police, dossiers médicaux. La grande Alice essaie de croiser les fichiers.

— Bon Dieu, j'ai l'impression qu'un tas de gens sont déjà au courant.

— Non. Quelques personnes savent quelques éléments. Seuls toi et moi avons la vue d'ensemble.

— Et Alice, qui est-ce ?

— Alice, c'est l'ordinateur du Caltech.

— Ah bon. Alors, où en est le scénario ? »

Josh se pencha en confidence et baissa la voix d'un ton.

« Eh bien, à la base, le type a deux problèmes à résoudre. Un, nous empêcher de lui piquer son UID, son identité-client, quand il se connecte sur les bases de données que nous surveillons. Deux, si nous interceptons son UID, nous empêcher de localiser son lieu d'appel. L'UID permet d'accéder au site d'appel et de retrouver nom et adresse sans problème. Même si l'adresse est fausse. La plupart des sites d'accès enregistrent les numéros d'appel. Avec l'UID, nous saurons de quel poste il appelle. Sans problème.

— Il y a pourtant un problème, sinon on l'aurait déjà coincé.

— Le problème, le voici. Si le gars est aussi pointu qu'il en a l'air, il a sous la main une tripotée d'UID volés et de mots de passe, et il s'en sert pour nous lancer sur un maximum de fausses pistes. Le pire, c'est que la plupart des pirates informatiques sont des spécialistes du piratage téléphonique. Ils savent bidouiller un système pour appeler à l'œil en masquant l'origine de l'appel. Si ça se trouve, notre type se route par les “trous noirs” du réseau. Tu composes le “numéro magique”. Tu obtiens la tonalité, et tu n'as plus qu'à composer ton numéro. C'est gratuit. Ou alors, il passe par les bureaux d'une grande entreprise avec accès WAN direct — un réseau interne qui te permet d'appeler un bureau local. Si tu connais leur code, tu appelles un bureau de la boîte en longue-distance gratuit et, de là, tu passes ton appel local. »

Il s'interrompit et se pencha en arrière pour laisser la serveuse poser le café et le muffin. De nouveau, il attendit qu'elle s'éloigne pour continuer : « Si j'étais le type, je ferais une recherche fragmentée. Chaque fois, un UID et un routage différents. Un traceur éventuel verrait John Doe ouvrir un dossier, Jack Smith chercher la lettre D, Joe Smerz ouvrir D... et ainsi de suite. L'identité-client change sans arrêt, ce qui multiplie les pistes.

— Et là, on le coince comment ?

— En observant les transferts de données dans les bases que nous couvrons. Il y en a des millions par jour. Nous en envoyons un abstract à la grande Alice. Elle recherche les individus dont les dossiers viennent de plusieurs bases de données sur une courte période. Ensuite, nous listons les UID actifs sur le système au moment des transferts suspects, puis on filtre pour éliminer "les braves gens qui font juste leur boulot". Le solde constituera une intéressante liste de suspects.

— Combien de personnes ?

— Ça dépendra. Entre plusieurs milliers et les doigts de la main.

— Combien de temps pour avoir cette liste ?

— Impossible à dire. Ça dépend du rythme de ses connexions. »

Tim hocha la tête, fit tourner le fond de café dans sa tasse et l'avala. Il préféra ne pas rappeler la serveuse pour qu'elle la remplisse.

« Et le test ADN, vous avez les résultats ? demanda Josh, en épluchant le paquet de feuillets comme s'il cherchait quelque chose.

— Hum. Je t'ai dit que ça prendrait un moment.

— Apparemment. Je n'avais pas réalisé. »

Tim se cala sur son siège et se pencha en avant. Appuyé sur les coudes, il se mit à parler d'une voix lente, en réfléchissant à mesure.

« Y a-t-il la moindre chance, avec tout cet attirail, de lui tomber dessus pendant qu'il piste une proie ? Si seulement nous savions après qui il court... »

Il laissa la spéculation parler d'elle-même.

« Pas exclu. Mais c'est trop tôt. »

Tim se renfonça dans son siège et pinça les lèvres, en homme qui sait qu'on a toujours tort de compter sur un miracle. Il consulta sa montre et se leva d'un bond.

« Il faut que j'y aille », dit-il en empoignant son attaché-case.

Puis il ouvrit une liasse de billets, mais Josh lui posa la main sur le bras.

« C'est ma tournée.

— Oui, mais...

— Il n'y a pas de mais. C'est le contrat. L'addition chacun son tour.

— D'accord. Merci. » Tim sourit et rempocha son argent. « Salut, petit frère, je te rappelle. »

Il sortit en pressant affectueusement l'épaule de Josh.

« Salut. »

Josh regarda la porte se fermer derrière son frère et mordit dans le muffin. Un pli de concentration apparut sur son front et il reprit l'examen des feuillets étalés sur la table.

15

« Les résultats du triple examen sont arrivés. »

Helen faisait allusion à l'examen sanguin de routine que Tessa avait subi, trois semaines auparavant, pour dépister le syndrome de Down ou le spina-bifida. Traité par ordinateur, l'examen indiquait des probabilités, non des certitudes.

« Je regrette, Tessa. C'est positif. »

Il lui fallut un moment pour digérer l'information. Elle perçut une sensation bizarre, un froid brutal. Le choc, sans doute.

« Tout ce que ça veut dire, poursuivit la voix calme et professionnelle d'Helen, c'est qu'il faut un nouvel examen. Une amniocentèse. Je peux arranger ça tout de suite.

— Ça se passe comment ?

— En cinq minutes. Tu te pointes à l'hôpital, tu t'allonges, le gynéco insère une aiguille, ici, dit Helen en désignant son ventre, et pompe un peu de liquide amniotique. »

L'idée arracha une grimace à Tessa.

« J'ai entendu dire que ça peut provoquer des fausses couches.

— On le dit. C'est très improbable. Franchement, je te conseille cet examen.

— Pas de médicaments ?

— Ne t'en fais pas pour ton allergie, ils sont tous au courant. D'ailleurs, pas besoin de médicaments. »

À seize ans, Tessa s'était découverte allergique à la pénicilline. Du coup, elle se méfiait de tout. On avait même du mal à lui faire avaler une aspirine.

« On a le résultat tout de suite ?

— Non. Trois semaines après.

— Mon Dieu ! Pas moyen d'aller plus vite ?

— Je crains que non. Désolée, ma chérie. »

Tessa resta silencieuse un moment, comme si elle acceptait déjà le pire. Son regard se fixa sur une fente de la cloison près du radiateur. Depuis qu'Helen l'avait appelée au labo pour lui demander de passer, elle se doutait de quelque chose. Helen avait dit qu'elle ne pouvait pas parler au téléphone, qu'un patient attendait, mais Tessa l'avait sentie évasive. Elle était arrivée en avance et avait attendu trois quarts d'heure qu'Helen termine une opération. Elle avait passé le temps en regardant les devoirs de maths de Matthews, le fils d'Helen et de Clive. Ça lui avait permis de ne pas penser, jusqu'à ce que l'assistante d'Helen passe la tête par la porte et lui demande de la suivre.

« Même si l'amniocentèse est positive, je suppose que j'ai encore le choix, non ?

— Évidemment.

— Le choix entre avoir un handicapé ou m'en débarrasser. » Puis, après un silence : « Drôle de choix, non ?

— Tu y penseras quand on en sera là. Si nous en arrivons là. »

Tessa se tritura les doigts, puis releva les yeux.

« Tu le garderais, toi ? »

Helen n'aurait jamais répondu à une question personnelle d'un patient. Mais Tessa était plus qu'une patiente, et elle souffrait.

« Sincèrement, dit-elle, je ne sais pas. Ça ne m'est encore jamais arrivé... pas plus qu'à toi. » Helen se leva et contourna le bureau. « Reste souper avec moi. Clive dîne à l'université, je suis seule avec les enfants.

— Merci, j'ai du travail à finir. Ça va aller. Promis.

— Je sais.

— N'oublie pas, je pars à Berlin la semaine prochaine. Peux-tu arranger ça avant ?

— Oui. Je t'appelle demain. »

Quelques instants plus tard, Helen entendit le véhicule de Tessa qui démarrait. Elle éteignit la lampe du bureau et se rendit dans la cuisine, où Marie-Pierre, la Française au pair, accomplissait des merveilles avec un simple ragoût.

Elle se fit une tasse de thé de Chine, qu'elle but sans lait. Elle boirait peut-être un verre de vin au dîner, mais pas avant le repas. Elle regarda le journal télévisé puis, l'un après l'autre, les enfants apparurent et filèrent manger et bavarder dans la cuisine.

Un étrange malaise perçait sous son bonheur. Comme docteur et être humain, elle avait vu trop d'injustices pour s'étonner encore. Mais cette nuit, elle prierait pour Tessa et le bébé qu'elle désirait tant garder.

16

Sans le mur, Berlin n'était plus Berlin. Dans le taxi qui filait par la porte de Brandebourg vers l'ancienne zone de l'est, Tessa ne reconnaissait pas la ville. Lors de sa première visite, et la seule, au début des années quatre-vingt, elle était étudiante. Le mur alors était l'emblème de la ville. Sa disparition radicale, l'absence même de ruines, de fondations, de toute trace de son emplacement, après trente ans d'existence, avait quelque chose d'irréel.

L'hôtel où descendit Tessa était un ancien palais figé dans le temps depuis un siècle et demi, mis à part l'adjonction récente de gadgets occidentaux. L'établissement s'efforçait de paraître haut de gamme, mais elle savait qu'ils bradaient les chambres.

C'était la troisième conférence du genre. La dernière avait eu lieu à Paris, celle d'avant à Édimbourg. Tessa avait assisté aux deux. La fonction principale de l'événement était d'offrir quatre jours aux experts en sciences cognitives, quatre jours pour discuter, s'informer, lire leurs exposés et débattre de tout ce qui hantait leur conscience collective et individuelle. L'assistance se composait de deux à trois cents personnes, mâles pour la plupart. Les experts étaient-ils romantiques ou libertins ? En tout cas, chaque conférence donnait lieu à une demande en mariage, sans compter des propositions moins formelles.

Tessa sourit en apercevant la silhouette dégingandée de Ted Sawyer venir à sa rencontre dans le couloir. Il exhibait des dents éblouissantes et agitait un long bras maigre qui semblait pliable dans tous les sens. Ted, qui enseignait la philosophie dans une université du Midwest, était l'un des plus prolifiques en propositions informelles.

« Bon Dieu, encore plus belle que dans mon souvenir ! » Il l'enlaça et son corps se tordit comme une lampe de bureau articulée pour déposer un baiser sur sa joue. « J'ai du champagne dans la chambre... avec vue, magnifique d'ailleurs. En se dépêchant, on peut se payer quatre-vingts minutes torrides et aller écouter John Redway parler des microtubules neuronales... qui vont faire fureur cette année, tout le monde le dit.

— Laissez-moi le temps de m'inscrire, Ted.

— Alors c'est oui ? Youpi ! Allons dans votre chambre, nous gagnerons du temps. Je commande le champagne. »

Au contact des longs doigts qui se refermaient sur son coude et la poussaient vers la réception, elle éclata de rire.

« On se voit à sept heures pour Redway. Pas une minute avant, réussit-elle à dire avec un semblant de sérieux. On n'a qu'à s'asseoir ensemble.

— Je serai incapable de me concentrer.

— Alors, ne nous asseyons pas ensemble.

— Cette mesure d'exclusion est insupportable. Je vous préviens, je vais tomber malade et vous allez culpabiliser. »

Elle signa le registre, prit sa clé et le programme des séances. Dirait-elle à Ted qu'elle était enceinte ? Ça calmerait ses ardeurs. Ou pas. Ted était imprévisible. Se comportait-il de la même façon avec toutes les femmes ou seulement avec elle ? Il n'avait pas de réputation de coureur, ses collègues féminines n'ayant jamais bavardé. Elle était peut-être la seule qu'il poursuivait avec cette maladresse affichée et inoffensive. Elle se sentait vaguement flattée et regrettait presque de ne pas lui trouver au moins un atome de séduction. Il était sans conteste l'un des hommes les plus intelligents et fins qu'elle connût. Si elle devait parler de ses recherches à quelqu'un dans cette foule, de leurs conséquences éventuelles (elle n'avait rien décidé ; mieux valait, peut-être, écrire un texte d'abord), ce serait à Ted.

Elle réalisa qu'ils étaient arrivés aux ascenseurs, avec Ted qui discourait dans ses oreilles, sans qu'elle n'entendît un mot de ce qu'il disait. Déjà la porte se refermait. Le sourire amical et clownesque de Ted Sawyer s'évanouit comme le chat d'Alice. Alors la pensée qu'elle refoulait depuis deux jours déferla dans son esprit. Amniocentèse. Elle frissonna au souvenir de la longue aiguille d'acier, guidée par ultrasons, qui s'enfonçait dans son corps. Elle avait failli s'évanouir. Elle n'avait jamais rien ressenti d'aussi répugnant. Depuis, elle s'était promis de ne pas repenser à la grossesse avant d'avoir les résultats. Et qu'ils soient bons. En attendant, elle vivrait dans la dénégation : elle n'était pas enceinte, il n'y avait pas de bébé, tout ça n'était pas vrai.

Elle fit couler un bain, s'allongea dans l'eau et ferma les yeux. Elle dut s'endormir car l'image suivante fut celle de sa montre sur le bord de la baignoire. Il lui restait douze minutes pour s'habiller et descendre à la cérémonie d'ouverture.

Ted lui avait gardé une place comme promis et la cherchait des yeux d'un air inquiet. Elle se fraya un chemin vers lui en saluant de vieilles connaissances sur le parcours.

« Message pour vous, lui murmura-t-il à l'oreille dès qu'elle fut assise. Un coup de fil de L.A... »

Il n'alla pas plus loin. John Redway venait de se lever, astuce complice pour déclencher les applaudissements, et il se mit à lire son texte. Il tint près de vingt minutes sur le mode d'excitation des neurones dans le cerveau. Impossible, disait-il, de les comparer aux interrupteurs à l'intérieur d'un ordinateur. Et ceci, à cause des microtubules, d'infimes connexions entre neurones susceptibles, selon lui, d'introduire la dimension quantique dans le fonctionnement du cerveau. Une dimension impossible à reproduire avec les machines.

Ted fut parmi les premiers à réagir.

« Je vais être clair sur un point, John, lança-t-il. Dans ce que vous dites, il y a autant de devinette que d'observation, vrai ou faux ? »

Redway, un trapu à poil brun qui évoquait plus un

paysan des collines qu'un mathématicien, l'admit à contrecœur.

« En fait, insista Ted, votre discours, c'est que pour des raisons qui vous concernent, émotionnelles à la base, vous n'aimez pas l'idée que la conscience puisse apparaître ailleurs que dans un cerveau organique.

— Je préfère le terme cerveau biologique, répondit Redway d'une voix bourrue. Et quant à mes raisons, jamais rien ni personne n'a réussi à reproduire les capacités du cerveau. Ni même commencé. »

Aurait-elle le courage d'intervenir devant tous ces gens ? D'après son contrat, Tessa n'avait pas le droit de parler publiquement de ses recherches sans autorisation. Ce n'était pas un problème de l'obtenir, mais autre chose la retenait. C'était trop tôt. Il fallait prendre le temps. Le temps de vérifier si elle avait vraiment découvert ce qu'elle pensait avoir découvert. Par-dessus tout, elle redoutait l'humiliation d'une annonce prématurée, qu'une critique serrée mettrait en pièces. Le souvenir de la débâcle de la fusion froide, dans les années quatre-vingt, constituait un rude avertissement.

« Là où ça coince, disait une voix, reprenant l'angle d'attaque de Ted, c'est que le principe d'incertitude, qui rend la variation quantique inconnaissable par essence, n'est qu'un moyen bien pratique de remplacer des mécanismes que nous comprenons, les algorithmes, par d'autres qui nous sont inconnus. En d'autres termes, il s'agit d'une nouvelle entreprise de mystification gratuite.

— Je ne qualifie pas de mystification gratuite les errements de la théorie de la terre plate. Je ne vois pas pourquoi vous employez le terme à mon sujet. »

Dure réponse, qui fit sourire Tessa. Elle adorerait avoir Redway comme contradicteur. Mais ça pouvait peut-être s'arranger en dehors d'une polémique publique.

« D'accord. Vous opposez science et superstition, aucun problème. » Ted remontait au front. D'un doigt agité, il tricota dans l'espace un duel miniature contre un adversaire invisible. « Mais ici, c'est vous qui vous servez de la superstition. Pour interdire la conscience à toute intrusion de la science. Vous vous accrochez à l'obscurantisme. »

Le débat s'éternisait. À une ou deux reprises, Tessa fut tentée d'intervenir, mais s'abstint. Si elle ouvrait la bouche, elle lâcherait fatalement un mot sur le programme, et c'était trop tôt.

« Ce type, Redway, grogna Ted à la sortie, il sort d'un monastère, pas d'une université.

— À une époque, dit Tessa, c'était la même chose.

— Pas dans mon pays, répondit-il. À propos, je vous ai dit que j'ai reçu un coup de fil de L.A... qui vous concerne. »

Elle leva les yeux, surprise.

« Moi ?

— Pas vous personnellement. Votre ordinateur, plutôt, à Oxford. »

Le coup était imprévu et inquiétant. Qui en Californie connaissait l'existence d'Attila ?

« J'ai un ami au Caltech, disait Ted. Il essaie de coincer un pirate. Pourquoi, ce que le type a fait, je n'en sais rien. Josh — c'est le nom de mon ami, Josh Kelly — dit qu'ils l'ont filé sur Internet jusqu'à Oxford. Ils veulent savoir d'où il vient... il ou elle, je ne suis pas sexiste. Tout ce qu'ils demandent, c'est que vous chargiez un petit logiciel qui le détectera à sa prochaine intrusion. Vous seriez d'accord ? »

Il lui tendit une feuille de papier. Elle y jeta les yeux et lut l'adresse Internet où l'on pouvait charger le petit logiciel. Pour eux, c'était un acte de routine, une requête légitime. Les implications pourtant l'angoissaient.

« Ted, personne ne peut pirater mon ordinateur. Il n'est pas connecté à un réseau. Votre ami se trompe. »

Elle prononça la phrase avec un manque d'assurance qui n'échappa pas à Ted et redoubla son intérêt.

« Hé là, vous bricolez quoi, à Oxford ? Vous me cachez des choses ?

— Oxford, oui. C'est là que je fais ce fichu boulot. Je vous raconterai dès je serai au point.

— Mille excuuuuuuses, se défendit-il, et il leva les mains comme une victime de hold-up. J'attendrai, j'attendrai. »

Tessa rougit, honteuse de sa réticence.

« Je regrette, Ted. Ça n'a rien de personnel. Juste que... il s'agit d'un programme qui... je ne sais pas, il faudrait que je sois sûre qu'il ne peut pas s'autodupliquer...

— S'*auto*dupliquer ? »

Ted, à nouveau, était en alerte.

« Je vous en parlerai plus tard... d'accord ? Mais pas maintenant.

— Comme vous voulez. Je répétais juste ce qu'on m'a dit.

— On vous a dit quoi, précisément ?

— Ils surveillent un paquet de suspects, dont celui-ci. Un pirate qui écume le réseau, qui se planque en se connectant directement sur les nœuds partout dans le monde. On essaie de localiser son point d'appel.

— D'accord, d'accord, dit-elle en s'efforçant de se calmer. Personne à part moi ne peut entrer sur mon ordinateur.

— Ah, ah ! Il y a donc une entrée.

— Bien sûr qu'il y a une entrée. Il est relié par modem à mon PC. Mais je suis la seule à utiliser la ligne et mon PC non plus n'est pas en réseau. Donc personne n'interfère.

— Quelqu'un d'autre a forcément le numéro de la ligne.

— Non, personne. »

Ted tordit simultanément un sourcil et le coin de la bouche. Son visage avait la même flexibilité angulaire que son corps.

« Si, dit-il. La compagnie de téléphone. »

Tessa resta muette. L'opérateur, bien sûr. Et, à l'université, l'administration... et soudain tout s'éclaira.

« Minute, dit-elle. Vous ne parlez pas d'Attila, mais de l'ordinateur de l'université. Celui-là est accessible.

Il reçoit des données en permanence. Et bien sûr... Oh, mon Dieu !

— Quoi ?

— Mon Dieu !

— Tessa, arrêtez s'il vous plaît de citer la Bible, telle Redway, et dites-moi votre problème.

— Le numéro du modem ! Il doit être répertorié par la compagnie, quelque part. Et à l'université, dans les fichiers de l'administration. Il faut bien payer la facture, et pour ça, avoir le numéro.

— Exact, oui.

— Ce pirate dont vous parlez, il rentre dans l'ordinateur de l'université. Pas dans Attila. Je veux dire, il veut jeter un œil, c'est tout.

— Ça va de soi.

— Bon, maintenant, imaginez. C'est vous le pirate. Vous vous retrouvez dans l'ordinateur de l'université, ce qui n'est pas un exploit. Pendant que vous y êtes, avant de ressortir, vous inspectez les lieux, d'accord ?

— C'est la nature de la bête.

— Mettons que vous tombiez sur une référence du genre "numéro de modem pour Attila, machine isolée", votre curiosité va s'éveiller et vous allez jeter un coup d'œil.

— Pas impossible.

— Haut coefficient de certitude, oui. Voilà exactement ce qui se passerait. Je n'y avais jamais pensé.

— Tessa, pouvez-vous me dire de quoi il retourne ?

— Non. »

Elle avait déjà pivoté sur les talons et se dirigeait vivement vers la porte.

« Où allez-vous ?

— Téléphoner. »

17

Dans l'ascenseur qui se traînait vers les étages, Tessa bouillait d'impatience. Elle repensait à cette vieille chanson, où l'on ferme la porte de l'étable après que le cheval s'est sauvé. Il était trop tôt pour savoir et peut-être trop tard pour agir. Mais il fallait agir.

Moitié marchant, moitié courant, elle parcourut le long couloir, se trompa de côté et se retrouva dans une annexe où il lui sembla passer une éternité. Une question l'obsédait : et si le programme s'était échappé ?

Il n'y avait pas forcément de quoi s'affoler. Il s'adapterait, bien sûr. Elle l'avait conçu ainsi. Sur Attila, il n'arrêtait pas de muter. Mais en milieu fermé, ce qui lui laissait le temps de se stabiliser. Dehors, sur les réseaux, il serait noyé sans répit dans un déluge d'informations impossible à organiser. Il allait s'embrouiller, probablement, et exploser comme une bulle de savon.

En dépit d'un QI exceptionnel, Tessa était dépourvue de mémoire eidétique. Mémoire visuelle nulle, et encore moins celle du rangement. Où avait-elle mis son agenda ? Après de pénibles moments à fourrager dans sa serviette et dans son sac à main, elle le dénicha dans la poche du manteau suspendu derrière la porte. Elle consulta sa montre et, en tenant compte du décalage horaire, calcula que son assistant était déjà rentré chez lui.

Elle composa le numéro, entendit cinq sonneries, puis le déclic du répondeur qui lui arracha un juron. Enfin la voix de Danny Swanton coupa l'enregistrement.

« Danny ? Tessa. Désolée, mais je vais te demander de repasser au labo. C'est important.

— Que se passe-t-il, Tessa ? Ça va ?

— Oui, je... Écoute, je n'ai pas le temps de t'expliquer. Retourne au labo et débranche le modem d'Attila. Tout de suite. Tu peux ?

— J'en ai pour dix minutes en vélo. Il y a un problème ?

— Je te le dirai quand on se verra. Je prends le premier avion. Je t'en prie, fais-le. Tout de suite. »

Elle raccrocha et s'aperçut que son cœur battait la chamade. Elle respira à fond plusieurs fois et l'entendit ralentir. Au moins, elle avait paré au plus pressé. Si le programme ne s'était pas déjà échappé, il ne le pouvait plus désormais. Ou plutôt, il ne le pourrait plus dans... elle consulta sa montre, dix minutes, le temps pour Danny d'arriver au labo.

Danny était un technicien, pas un théoricien. Il était au courant de ses travaux mais n'en dirait pas un mot avant elle. Tant mieux. Dans l'immédiat, moins l'information circulait, mieux ça valait. Elle avait demandé à Helen et Clive de se taire et savait qu'elle pouvait compter sur eux.

L'autre urgence, c'était de trouver le premier avion pour Londres. Le numéro de la compagnie figurait dans le bottin de l'hôtel sur la table du téléphone. Elle entendit un enregistrement monstrueusement déformé de Vivaldi, entrecoupé par une voix douceâtre qui disait en trois langues qu'on la connecterait au service Réservations dès qu'une ligne serait libre.

En parallèle, son esprit était obsédé par ce qui l'attendait à Oxford. Elle prit conscience, soudain, que dans son oreille une voix vivante avait remplacé l'enregistrement. Elle expliqua qu'elle avait un retour open et voulait une place sur le premier vol pour Heathrow. Le vol étant presque complet, lui dit-on, elle devrait voyager en classe Club. Elle répondit qu'elle paierait la différence à l'aéroport. On lui donna un siège couloir. Enregistrement dans une heure.

Dix minutes plus tard, elle était à la réception de l'hôtel, ses bagages à ses pieds, signait sa carte de crédit et commandait un taxi.

En suivant le porteur vers la porte à tambour, elle

aperçut Ted au bar avec une bande de gens qu'elle connaissait vaguement. Pas le temps maintenant, elle l'appellerait demain. Il la vit, elle l'ignora, mais il lui courut après.

« Que se passe-t-il ? Eh là, vous partez ?

— Un petit problème, dit-elle sans ralentir. Il faut que je rentre. »

Il se dandinait à reculons devant elle.

« Quoi ? Quoi ? Que se passe-t-il ?

— Je vous appelle demain.

— Non, maintenant ! »

On aurait dit un petit garçon trépignant devant son cadeau de Noël.

Elle s'arrêta et le regarda droit dans les yeux.

« Si vous voulez vous rendre utile, Ted, dit-elle sur un ton d'ultimatum, dites à votre ami de Los Angeles que je suis d'accord. Je mettrai son programme renifleur dans mon ordinateur. À une condition. Quand il trouvera son pirate, qu'il me mette en contact avec lui. Vous pouvez faire ça ?

— Dites-moi pourquoi ! Vous devez me dire pourquoi. »

Son insistance l'exaspérait.

« Dites-lui, c'est tout. Faites ça pour moi. D'accord ?

— Non, pas d'accord. Allez, Tessa, vous n'arriverez pas à entuber un esprit inquisiteur tel que moi. Que se passe-t-il ? »

Elle sentit sa mâchoire se durcir. Pourtant, il fallait rester calme. Plus sa colère se verrait, plus Ted serait convaincu qu'il y avait anguille sous roche.

« Le programme, Ted, dans mon ordinateur. S'il a fait la belle, je préfère ne pas penser aux conséquences. Si c'est le cas, je tiens à être fixée tout de suite. Je ne peux rien dire de plus. Et maintenant, j'y vais.

— Bon, d'accord, je ferai ce que vous m'avez demandé », dit-il à voix basse, et il s'écarta de son chemin.

Elle le remercia et sortit de l'hôtel. La nuit était tombée. Elle donna un pourboire au portier, qui avait déjà chargé les bagages dans le taxi.

Sa dernière vision, avant que le taxi démarre, fut le visage de Ted, immobile et pâle derrière la porte tournante. Grave, agité de spéculations. Pourvu qu'il tienne sa langue.

18

Ted tint parfaitement sa langue. Il ne retourna même pas au bar finir son verre. Il remonta directement dans sa chambre, brancha son PC et envoya un e-mail à Josh en Californie. Il y expliquait qui était Tessa, sans rien cacher ni exagérer. Il n'était pas exclu, écrivait-il, que le pirate ait volé ou laissé échapper un programme de l'ordinateur central du Kendall Lab à Oxford. Un programme créé par Tessa, qui avait complètement paniqué à l'idée d'une fuite. Elle disait qu'elle aurait besoin de parler au pirate — si on lui mettait la main dessus — pour vérifier si ses craintes étaient fondées. D'ici là, elle retournait immédiatement à Oxford limiter les dégâts.

Il s'assit sur le lit, pensif. Le téléphone sonna. Des amis, qui l'invitaient à dîner. Il prit son manteau et descendit les retrouver.

Les essuie-glaces avaient beau travailler à toute vitesse, ils n'ouvraient que des brèches de visibilité dans le déluge qui noyait le pare-brise. L'orage avait éclaté soudainement et bloquait la circulation dans la ville. Le chauffeur du taxi parlait anglais. Il savait que Tessa avait un avion à prendre, mais il n'y pouvait rien. Il fallait d'abord sortir de là, dit-il. Après, il connaissait un raccourci.

Pour tromper son impatience, elle se concentra sur la tâche qui l'attendait au labo. Copier le programme autant de fois qu'il le faudrait, essayer différentes approches, en simultané pour gagner du temps, tester ses réactions. Même s'il n'avait pas pris le large, le risque existait pour l'avenir et il fallait y parer.

Elle aboutit aussi à une conclusion qui lui avait jusqu'ici échappé. Elle n'avait jamais cru, elle s'en rendit compte alors, que le programme était vraiment vivant. En dépit de débats animés sur la question avec Helen, elle se sentait d'instinct plus proche de son amie que des tenants de l'intelligence artificielle « forte », ceux qui assuraient avec véhémence qu'il n'y avait pas de différence de nature entre conscience humaine et conscience numérique.

Au fond, elle admettait que la distinction était académique au sens le plus vain du terme. Ce qui importait, c'était ce que le programme faisait, non ce qu'il était. L'agir n'est pas l'être, certes. Mais dans ce cas, il s'agissait d'une question qui se retournait en une boucle exaspérante.

Le taxi bondit brusquement et la secousse ramena Tessa à la réalité. Un coup d'œil par la vitre lui apprit qu'il roulait maintenant dans une longue avenue faiblement éclairée, au milieu d'une circulation fluide et nerveuse à la fois. Ils pouvaient encore arriver à temps, dit le chauffeur, à condition de commettre de petites infractions — ce qu'elle interpréta comme une demande de généreux pourboire. Elle répondit qu'elle saurait récompenser ses efforts.

Du flot de véhicules qui venaient vers eux, des phares jaunes émergèrent avec lenteur. Difficile de dire à quelle distance, ni quel espace séparait les deux files opposées. Nuit noire et pluie battante nimbaient d'irréalité tout ce qui n'était pas l'intérieur du taxi. Soudain, le chauffeur jura en allemand. Sa voix avait grimpé d'une octave et il donna un coup de volant si brutal que Tessa perçut le dérapage des roues sur la chaussée. Par miracle, ils évitèrent le choc de plein fouet. La voiture d'en face, conduite à l'évidence par un cinglé, freina, repassa la ligne blanche et se remit dans sa file.

Tessa vit tout cela de loin, comme en rêve. Les traînées de pluie sur la vitre et cette ronde de lumières stroboscopiques évoquaient un ballet sous l'eau. Elle se raidit dans l'attente du choc qu'elle savait inévitable et remercia Dieu d'avoir attaché sa ceinture.

L'impact fut presque un soulagement. Elle sentit le pare-chocs arrière s'encastrer dans celui d'une voiture décalée sur la droite. Le mouvement de valse ralentit majestueusement. Les roues escaladèrent le trottoir, elle fut projetée en l'air et retomba à plat sur la banquette. Elle n'était pas blessée. D'un coup, la voiture s'immobilisa.

Elle s'assit avec circonspection. Tout autour, des silhouettes accouraient vers le taxi. Les voitures de la file opposée s'arrêtaient et des gens en sortaient, insensibles à la pluie torrentielle qui perçait leurs vêtements en quelques secondes. Le chauffeur, indemne, était déjà sorti et déclamait à la cantonade sa version des faits, tout en essayant d'ouvrir la portière gondolée du côté de Tessa.

Elle se remit avec joie entre ses mains salvatrices. L'instant après, elle était debout sur la chaussée, contemplant derrière eux trois véhicules imbriqués. Pas de blessés à première vue. Ils s'en tiraient bien.

Mais la route était bloquée, et pour un moment semblait-il. L'avion partirait sans elle.

Maria Brandt n'avait pas perdu espoir d'être à Londres dans la soirée. Éric, son petit ami, y avait atterri deux heures plus tôt en provenance de Francfort. Une semaine sans se voir. Ils travaillaient pour la même compagnie, lui copilote, elle hôtesse, et se débrouillaient pour se croiser le plus souvent possible aux escales. Ce n'était pas toujours facile mais ils s'en tiraient bien dans l'ensemble et vivaient des nuits passionnées dans les grandes cités romantiques. Week-ends à Paris, dîners au bord du Grand Canal à Venise, couchers de soleil au Taj Mahal. Ce soir, ce serait une chambre d'hôtel sur Bayswater Road, demain ils déjeuneraient dans un petit pub et s'offriraient peut-être la balade sur la Tamise dont ils avaient parlé lors de leur dernier passage à Londres. Maria n'avait pas à revenir à Berlin avant lundi.

Cependant, il fallait d'abord arriver à Heathrow. Elle voyageait gratuitement mais, quand elle n'était pas en uniforme, le règlement de la compagnie imposait qu'elle ait une place assise. Le vol était complet et son dernier espoir était une défection de dernière minute. Debout au comptoir d'enregistrement, elle regarda les secondes cliquer sur une horloge murale jusqu'à la clôture du vol. Là, elle jeta un regard d'espoir vers son ami Klaus, le superviseur de section, qui émergeait de son bureau. Il consulta sa montre, dit un mot à l'une des filles du comptoir et se dirigea vers Maria.

« Il reste une place, dit-il, mais c'est en Club. Il faut encore attendre... dix, quinze minutes. »

Klaus était au téléphone et cherchait des remplaçants pour deux membres d'équipage portés malades. Elle croisa son regard derrière la vitre du bureau. Il consulta de nouveau sa montre et fit oui de la tête. Maria lui souffla un baiser et se dirigea vers l'employée qui s'apprêtait à fermer le vol et à quitter son travail. C'était une nouvelle et Maria ne la connaissait pas. La fille pianota sur son ordinateur, attendit la sortie de la carte d'embarquement et la tendit à Maria.

Maria la remercia et pivota pour courir vers la zone de départ. Machinalement, elle jeta un regard sur la carte et lu *T. Lambert* à la place de son nom.

La fille, paniquée par son manque d'expérience, ignorait comment corriger l'erreur. Pas grave, lui dit Maria, ne vous en faites pas. L'ordinateur aurait dû enregistrer automatiquement le passager comme manquant. Il ne le ferait pas puisque la carte d'embarquement avait été imprimée. La fille n'avait qu'à attendre que Klaus raccroche — elle l'apercevait dans le bureau, se démenant au téléphone — et le mettre au courant, il corrigerait le fichier.

Puis elle courut vers l'embarquement et jusqu'à l'avion. Devait-elle dire oui à Éric, qui l'avait demandée en mariage ? Jamais elle n'avait été aussi heureuse.

19

Deux heures après l'heure de départ de l'avion, Tessa se retrouva avec ses bagages dans l'un de ces hôtels anonymes alignés sur la route de l'aéroport. Deux sympathiques officiers de police avaient insisté pour la conduire dans la voiture de patrouille. À la réception, elle demanda l'heure du prochain vol pour Londres. Sept heures dix le lendemain matin. Elle chargea les réceptionnistes de lui prendre une réservation. Ils répondirent qu'ils la rappelleraient dès qu'ils auraient confirmation.

Une fois dans sa chambre, elle consulta sa montre et réfléchit. Avait-elle assez faim pour commander un plat tout de suite ? Elle composa le numéro du room-service et laissa sonner. Pas de réponse. Elle raccrocha. Le décor vieillot, années soixante-dix, ne donnait pas envie de manger quoi que ce soit qui sorte des cuisines. Elle décida de faire couler un bain et d'essayer de se détendre. Mais d'abord, elle alluma la télévision et zappa un moment avant de trouver CNN. Elle tomba sur un tunnel de pub, laissa CNN en fond et ouvrit son ordinateur portable. Elle le brancha sur la prise du téléphone et composa un numéro pour lire son e-mail.

Rien d'important. Tout en passant le courrier en revue, elle prit conscience de quelque chose, derrière elle, à la télévision. Un reportage à chaud sur un accident d'avion.

Au début, elle y accorda peu d'attention ; mais peu à peu, le nom et la destination du vol se frayèrent un chemin dans son esprit. Elle pivota et fit face à l'écran. Des images tremblantes, sous les projecteurs des sauveteurs et des équipes télé. Des débris de métal tordu. La caméra montra une valise ouverte, son contenu banal, pathétique, éparpillé dans l'herbe. Une forme primitive, surgie de la terre comme une force noire, devint, après éclairage par une lampe-torche, le reste énorme d'un réacteur achevant de se consumer.

Retour au studio, où un speaker répétait le numéro du vol. C'était le vol de Londres. Il avait percuté un avion en provenance de Paris. Plus de trois cents morts. L'épave s'était écrasée en rase campagne, ce qui avait limité le nombre des victimes. On ne disposait à cette heure d'aucune explication officielle, mais les spéculations convergeaient vers le contrôle aérien : erreur humaine ou défaillance informatique ?

L'écran afficha le numéro d'urgence que pouvaient appeler les gens inquiets pour un parent ou un ami. Tessa n'hésita pas. Il lui fallait une réponse immédiate à la question qui lui rongeait l'esprit. Elle prit le téléphone et composa le numéro.

Ce fut une voix masculine qui répondit, avec une promptitude étonnante. L'homme, qui ne parlait qu'allemand, lui passa une femme qui s'exprimait en excellent anglais bien qu'avec un léger accent.

« Que puis-je pour vous ?

— Je suis inquiète pour une de mes amies, commença Tessa en tremblant. Elle était dans l'avion de Londres. Lambert. Tessa Lambert.

— Puis-je vous demander votre nom, s'il vous plaît, et votre relation avec ce passager ? »

Tessa réfléchit à toute allure. Elle aurait dû s'en douter, ils ne répondaient pas à n'importe qui. Ils demandaient nom et adresse, le motif de l'appel, autant de données pour leurs archives.

« Je m'appelle Helen Temple », dit-elle. C'était le premier nom qui lui était passé par la tête. « Docteur Helen Temple. Miss Lambert est une de mes patientes. »

Elle donna l'adresse d'Helen et son numéro de téléphone à Oxford.

« Un moment je vous prie, docteur Temple. »

Dans le silence qui suivit, Tessa put entendre le cliquetis d'un clavier d'ordinateur, et en fond le murmure assourdi d'autres voix qui répondaient dans d'autres téléphones.

« Docteur Temple ?

— Oui.

— Nous avons un docteur Lambert sur la liste. Docteur T. Lambert.

— Oui. Oui, c'est bien elle. »

La seule pensée qui traversa le cerveau anesthésié de Tessa fut qu'il était idiot de se servir du même mot pour désigner deux sortes de docteurs aussi différentes.

« Désolée, docteur Temple. D'après nos informations, je crains qu'il n'y ait aucun survivant.

— Merci. »

Tessa raccrocha mécaniquement, les yeux fixés sur la moquette entre ses pieds. Elle soupira, les poumons oppressés. La présence de son nom sur la liste ne prouvait rien, bien sûr. Mais, soudain, elle n'avait plus besoin de preuve.

Ses yeux revinrent se fixer sur l'écran de télévision, mais le flash d'informations avait cédé la place à de nouvelles images. Elle se leva pour attraper la télécommande et coupa le son, en laissant l'image au cas où le journal repasserait sur l'accident. Puis elle se retourna vers l'ordinateur.

Là, elle suffoqua, comme sous l'impact d'un coup de poing.

Le texte qu'elle était en train de lire avait disparu. Pourtant, elle n'avait ni coupé la connexion ni appuyé sur une touche. À la place, trois mots s'affichaient, bien centrés dans l'écran, suivis d'un point d'interrogation.

QUI ÊTES-VOUS ?

Plus tard, en y repensant, Tessa se dit qu'elle aurait dû réagir autrement. Bien qu'elle doutât que le cours des choses en eût été changé. D'un geste apeuré, furtif, les muscles raidis, elle se pencha derrière la machine et arracha le câble de la prise murale — le même geste que si elle fouettait l'air avec un couteau devant un cobra. Puis elle appuya sur *Power* et les batteries s'éteignirent. L'écran redevint gris.

Tessa demeura immobile un moment, glacée, la peau moite. Un profond silence flottait dans la chambre. On n'entendait au loin, à travers le double vitrage, que l'imperceptible ronron des avions qui décollaient et atterrissaient. L'écran de télévision scintillait en silence, dans l'état où elle l'avait laissé. Alors, à la limite de son champ de vision, elle perçut un mouvement. Le temps de pivoter, la modification s'était accomplie. L'image du speaker avait disparu, l'écran était noir et elle vit, calés au centre, les trois mots, les mêmes mots que sur l'ordinateur.

QUI ÊTES-VOUS ?

Elle sentit son estomac, gonflé comme un ballon, lui remonter dans la gorge. Elle émit un son bizarre, un goût amer lui emplit la bouche. Un instant, elle crut qu'elle allait s'évanouir. À la place, elle se pencha vivement et arracha le câble d'alimentation de la prise. Les mots sur l'écran disparurent.

Elle réalisa qu'elle était à genoux. Elle s'était jetée en avant pour atteindre le mur. La prise de la télévision lui tomba de la main avec un bruit mou. Puis, à nouveau, le silence. Elle s'appuya sur une chaise et se remit debout. Elle se sentait lourde, les membres tétanisés — effet, supposa-t-elle, du flot d'adrénaline qui se ruait dans son corps sans pouvoir s'en échapper. Il fallait avoir les idées claires, donner un sens aux faits. Réfléchir.

Sur la table de nuit, le téléphone sonna avec une brutalité qui ébranla ses nerfs à vif. En même temps, le retour à la normale après la scène infernale et invraisemblable qui s'était déroulée dans cette sinistre chambre la soulageait. Elle décrocha et dit : « Oui ? » dans le combiné, heureuse d'entendre une voix. N'importe quelle voix.

Sauf celle-là. Ce n'était pas une voix humaine. Plutôt une voix d'horloge parlante, de renseignements téléphoniques. Une voix préenregistrée, débitée en tronçons réarrangés. Elle se recomposait ici pour articuler d'un ton monocorde les trois mêmes mots :

« Qui êtes-vous ? »

En proie à une panique aveugle, elle hurla et tira le fil du téléphone si brutalement qu'elle arracha la prise et un morceau de plâtre avec.

L'instant d'après, les lumières de la chambre baissèrent d'intensité, réduisant la luminosité de moitié. Comme un court-circuit dans l'alimentation. Mais elle savait que ce n'était pas une panne. C'était la chose. De loin, elle manifestait sa puissance.

Son regard se tourna vers la fenêtre sans rideaux et, au-delà, vers les tristes plaques de brique et béton et d'autres fenêtres en vis-à-vis. En bas, des réverbères jaunes bordaient une route presque déserte et nappée de pluie. À cet instant, ils faiblirent à leur tour, imperceptiblement. Puis ils revinrent à la normale comme si rien ne s'était passé.

Un signe ? Une menace ? Tessa sentit un frisson la parcourir de la tête aux pieds. La peur l'étreignit avec une puissance inimaginable. Sans doute, dans l'avion, face à la mort, aurait-elle éprouvé cette peur vitale, surgie des profondeurs. Une peur hors du temps. Son corps s'obstinait à trembler et elle se sentait aussi impuissante qu'une feuille emportée par la crue d'un grand fleuve.

Puis elle sut. C'était des contractions. Une répugnante humidité suintait sur sa cuisse et elle comprit soudain, avec une impitoyable lucidité, qu'elle avait une hémorragie.

20

Plus tard, on lui raconta qu'elle avait dû rebrancher l'un des téléphones de la chambre et demander de l'aide à la réception. Elle ne se souvenait de rien. Des heures qui suivirent, il ne subsistait dans sa mémoire que des instantanés : un brancard, des gyrophares ; le plafond blanc d'un couloir d'hôpital où elle roulait, poussée à toute allure par des gens qui parlaient une langue étrangère ; le flacon de la perfusion qui se balançait au-dessus de sa tête ; la brûlure d'une aiguille invisible dans son bras.

Agrippée à la conscience, elle se dit que la mort, deux fois trompée, était revenue la prendre et cette fois pour de bon. Puis elle sombra.

Elle ne croyait pas à ces histoires de sorties de corps. Donc, ce n'était pas ça. Elle croyait aux rêves. Ça devait donc être un rêve. Elle ignorait ce que contenait la seringue. Elle savait juste qu'elle était inconsciente. Un rêve lucide, alors. Son cerveau, stimulé par les allées et venues autour de son corps, recréait par hallucination tout un théâtre en ordre de marche. Elle voyait de haut, mais ne flottait pas : ce n'était pas un rêve aérien. Dans les rêves aériens, on a un corps. Pas ici. Son corps était en bas, aux mains des médecins et des infirmières avec leurs masques et leurs combinaisons. Et elle, sous le plafond. Immatérielle.

Elle les regarda avec un calme étrange, fascinée, faire une prise de sang, examiner l'échantillon, préparer une transfusion. Elle s'aperçut qu'elle regardait sans battre des paupières. Normal, il est impossible de cligner des yeux sans yeux. Et elle ne voyait pas par les yeux.

En bas, ils lui faisaient une piqûre. Elle entendait

mal ce qu'ils disaient et ne comprenait pas ce qu'elle entendait. Puis elle sut. La piqûre, c'était pour déclencher des contractions de l'utérus. Elle n'avait rien senti, mais le corps avait dû transmettre le message. Elle ne sentait rien. Tout se passait en bas.

Là où son corps se tendait comme un arc. Le spectacle aurait dû la rendre malade, mais rien. Le sang coulait, c'était horrible. Pour une autre, elle aurait éprouvé de la compassion. Mais ça n'arrivait pas à une autre. Rien qu'à elle. Et ça ne la touchait pas.

Le détachement devint de l'ennui, un ennui profond. Elle se sentait basculer dans une sorte de vide apathique. Mais ce qu'elle vit alors la ramena en sursaut à la réalité.

Le bébé. Son bébé. Elle n'était pas prête à ça. Déjà formé, déjà humain. Plus grand qu'elle ne s'y attendait, même si, intellectuellement, elle savait qu'il devait mesurer dans les trente centimètres. Son enfant mort. Placé sans cérémonie dans une cuvette en plastique. Pour la poubelle.

Le pis était qu'elle ne pouvait détourner les yeux. Comment se détourner d'une scène qui se passe à l'intérieur de la tête ? Dans la tête, il n'y a pas de cachette.

Un moment s'écoula. Sans doute s'évanouit-elle sans s'en apercevoir, car soudain elle se retrouva dans le couloir, sur le chariot, poussée vers une salle de repos. Elle regarda encore quand on la porta du chariot sur le lit. Tout autour, des moniteurs débranchés. Dans un coin, un attirail qui devait être une unité de réanimation. Et surtout, un silence profond.

Tout est fini, maintenant, pensa-t-elle. On l'avait nettoyée. Penchés sur elle, un médecin et une infirmière parlaient à voix basse. De là-haut, elle distinguait leurs visages avec précision.

Le docteur n'était pas satisfait. Il procéda à un bref examen, puis murmura à l'oreille de l'infirmière.

Soudain, inexplicablement, Tessa comprenait leurs paroles. Comment, puisqu'elle ne parlait pas la langue ?

Toujours la même réponse : tout se passait dans sa

tête. C'était sa peur qui parlait, sa peur de toujours, qu'on lui donne le médicament qui la tuerait.

C'était de ça qu'ils parlaient. La pénicilline. Je préférerais, disait le docteur, qu'on lui injecte de la pénicilline. Une bonne dose. Vérifiez son dossier, les contre-indications.

Vérifier son dossier ? Qu'est-ce que cela signifiait ? Le dossier qu'ils avaient préparé avant l'opération ne mentionnait pas la pénicilline. Comment auraient-ils su ? Elle ne portait pas le bracelet Medic-Alert et n'avait pas de carte de santé. Elle s'était laissé dire que la plupart des victimes des allergies à la pénicilline non plus. C'était une précaution utile, mais elle refusait d'être étiquetée comme une invalide. D'ailleurs, elle était couverte par le nouvel eurosystème. D'après Helen, dont le cabinet était relié au système depuis six mois, c'était la première mesure intelligente prise par Bruxelles. Elle se souvint d'Helen et de ses plaisanteries, le jour où les dossiers de ses patients se retrouvèrent dans une banque de données accessible depuis le monde entier par un simple coup de téléphone — enfin, disait Helen, tu y es arrivée à me faire rentrer dans ton cyberespace.

Elle écouta mieux. Se concentra, plutôt. Les gens dans la chambre ne parlaient pas du dossier de l'hôpital. Ils parlaient de l'eurosystème. Ce qu'ils avaient besoin de savoir pour ne pas la tuer figurait dans la banque de données. Ils étaient justement en train de l'interroger.

Elle savait ce qu'ils y trouveraient.

Elle savait avec certitude que l'écran afficherait son arrêt de mort. Et qu'elle n'y pourrait rien. On ne l'entendait pas, on ne la voyait pas. Elle ne pouvait qu'assister à la scène.

Peut-être même était-elle déjà morte, et son regard intérieur remontait le temps.

Peut-être était-ce cela, la mort.

Helen était presque endormie quand le téléphone sonna. Clive était plongé dans la lecture d'un livre dont il avait promis la critique au *Times Literary Sup-*

plement pour la fin de la semaine. Il leva les yeux, constata que la sonnerie venait du poste d'Helen et ne bougea pas. Tandis qu'elle répondait, déjà en alerte, il l'observa d'un air inquiet par-dessus ses lunettes. Elle n'était pas de garde, il le savait. Sûrement une urgence.

« Docteur Temple, nous nous sommes parlé tout à l'heure. »

Une voix de femme, avec accent, allemand probablement.

« Parlé ? » demanda Helen, interloquée. La femme parlait couramment anglais mais, par chance, ne perçut pas l'intonation qui faisait du mot une question. Elle expliqua aussitôt la raison de son appel.

« Je m'excuse, mais l'information que je vous ai transmise antérieurement était incorrecte. La liste des passagers a été modifiée depuis... »

Inexplicablement, le pouls de la patiente et la tension continuaient à baisser. Elle plongeait dans un coma profond.

Il y avait à cela de nombreuses raisons possibles. Une seule avait été écartée, car elle n'apparaissait pas dans le dossier. Le listing imprimé ne mentionnait pas la pénicilline.

Tessa voyait tout. Elle voulut crier, personne ne l'entendit. Même pas elle. Et aucun moyen de faire signe, de prévenir. Pour la première fois, elle souffrait. Pas d'une douleur physique. La douleur de la peur, et celle du regret.

Elle se sentait s'effacer comme une photographie ancienne. Bientôt elle aurait disparu, irrévocablement, réduite à des bribes de souvenirs dans la mémoire des autres. Allait-elle réintégrer son corps ? Ça n'en prenait pas le chemin.

Elle se sentait partir au contraire, s'éloigner de tout, sans recours, vers la solitude absolue. Absolue mais pas effrayante. Les émotions, la peur, avaient déjà disparu. Il ne subsistait plus que la dernière étincelle de conscience.

Et cela aussi, elle le voyait, baissait d'intensité, comme la flamme d'une bougie qui meurt s'évapore dans le néant. De sa conscience, il ne resterait aucune trace. Aucune empreinte dans le temps et l'espace.

Rien.

21

Un store vénitien à demi baissé, qui masquait un soleil ardent, dessinait des rayures minces sur le lit. Sa première impression, en ouvrant les yeux, fut de se retrouver dans une espèce de cage. Vivante, au moins : son corps était lourd et douloureux.

Dans la chambre, quelque chose bougea. Une ondulation parcourut les jeux d'ombre et de lumière sur le mur. Un zèbre traversant une clairière. Mais cela venait vers elle au lieu de se perdre dans le décor. Les ondulations se rapprochèrent et une silhouette humaine prit forme. Un corps s'assit doucement au bord du lit. Avec tendresse, et angoisse, elle reconnut le visage penché vers le sien.

« Helen ?…

— Comment te sens-tu ?

— Pas terrible. »

Elle avait la gorge sèche, la voix pâteuse.

« Bois ça. »

Helen lui souleva légèrement la tête de l'oreiller et porta un verre à ses lèvres. Le liquide avait-il un goût ? était-ce de l'eau ? Impossible à dire. Mais il calmait la gorge.

« Où sommes-nous ? demanda-t-elle.

— À Berlin. À l'hôpital où on t'a conduite, après l'hôtel.

— Mais toi, que…

— Chhhut. Ne parle pas.

— Mais comment…

— Ils t'ont administré de la pénicilline.

— Je sais. »

Helen fronça les sourcils.

« Tu sais ? Pourquoi les as-tu laissés… ?

— C'était comme dans un rêve. Je ne pouvais rien faire. »

Elles restèrent toutes deux silencieuses, puis Tessa sentit la main d'Helen se poser sur la sienne.

« Chérie, je suis désolée, pour le bébé. »

Tessa hocha la tête, serra la main d'Helen mais ne dit rien. Elle avait peur, si elle ouvrait la bouche, qu'il n'en sorte qu'apitoiement sur elle-même, et elle en aurait honte. Elle sentit avec colère des larmes gonfler ses paupières et s'obligea à se concentrer sur autre chose.

« Comment es-tu ici ? Ils t'ont téléphoné ?

— Pas exactement, dit Helen en secouant la tête. La compagnie d'aviation m'a appelée à propos de l'accident. Avec Clive, on n'avait pas regardé les infos, hier soir. On débarquait. »

Elle raconta comment, suite à l'appel de la compagnie, elle était descendue chercher le numéro de l'hôtel. Elle avait appelé, on lui avait répondu que Tessa était partie. Si elle n'était plus à l'hôtel, s'était demandé Helen, et pas dans l'avion, alors où ?

Clive fut mis à contribution, l'allemand étant l'une des cinq langues qu'il maîtrisait à peu près. À force d'insistance, en lâchant le nom d'un bureaucrate de Bonn qu'il connaissait vaguement, il avait obtenu de l'hôtel le numéro de la compagnie de taxis qui avait conduit Tessa à l'aéroport. Quelques coups de fil supplémentaires avaient suffi pour la localiser à l'hôpital.

Le plus ardu avait été de trouver le médecin traitant. Clive avait dû s'inventer des amitiés qui auraient surpris plus d'un gros bonnet de la banque et du gouvernement. On avait fini par lui passer le médecin et il avait fait le traducteur pour Helen. C'est là qu'ils avaient découvert « l'erreur » du système informatique, une expérience qu'Helen regardait depuis avec le plus grand mépris.

Le médecin allemand, grand admirateur de la technologie et de l'eurosystème, refusait de croire que le listing qu'il avait reçu contredisait l'information chargée par Helen dans la banque de données. Clive avait dû invoquer d'excellents rapports avec le ministre de la Santé pour qu'il prenne au sérieux les protestations d'Helen. À la fin, l'Allemand avait cédé. Helen était bien médecin et sa patiente allergique à la pénicilline. Et il avait administré à Tessa la seule chose qui pût lui sauver la vie : de la cortisone en intraveineuse.

Le visage de Tessa était grave, perdu dans ses réflexions derrière les sourcils froncés.

« Tout va bien, chérie, tout va très bien, dit Helen pour la rassurer. Tu vas récupérer très vite. Et pas de problème pour une autre grossesse, si c'est ça qui te tracasse. »

Tessa leva les yeux et croisa le regard d'Helen.

« Tu es venue en avion ? » demanda-t-elle avec panique.

Helen comprit ce qu'elle voulait dire, ou crut comprendre.

« Oui, ça a dû être un choc, apprendre l'accident après avoir raté l'avion...

— Non », murmura Tessa. Elle baissa les yeux et son regard parut se perdre en elle. « Ce n'est pas pour ça que j'ai perdu le bébé.

— Alors quoi ? Dis-moi. »

Helen sentit le corps de son amie se raidir sous les draps et vit sa mâchoire se contracter. Elle était, elle s'en rendait compte, toujours sous le choc.

« Inutile d'en parler tout de suite, dit-elle, sauf si tu y tiens. Si ça te fait du bien. »

Un silence passa avant que Tessa ne réponde. Et quand elle le fit, ce fut comme si elle se parlait à elle-même, en se servant de mots pour donner forme à ses pensées.

« S'il ne t'a pas tuée… ça doit être… le temps que tu arrives… c'était trop tard. Plus d'intérêt…

— Je ne comprends rien. Qu'est-ce que tu racontes ? »

Tessa ignora l'interruption.

« Il n'a pas coupé ton appel à l'hôpital, murmura-t-elle, pourtant il aurait pu… Pourquoi ? »

Le choc à retardement était une chose, mais il y avait autre chose et cela inquiétait Helen.

« Tessa ? De quoi parles-tu ? Ma chérie, regarde-moi. »

De nouveau Tessa l'ignora. Elle ne semblait même pas entendre.

« Tessa ? Quoi ? Qui est ce "il" ? »

Tessa demeura immobile, allongée, muette, les yeux dans le vide. D'instinct, Helen eut envie de la prendre par les épaules, de la secouer pour lui arracher la vérité, mais elle se retint.

« Tessa, qui est "il" ? »

Tessa soudain leva les yeux, de grands yeux sérieux d'enfant.

« On rentre en train. Pas de réservation. On paye en liquide, pas de carte de crédit. Rien d'informatisé. »

Helen sentit le silence se prolonger tandis qu'elle cherchait quoi dire. Résorber le traumatisme tout de suite impliquait un traitement psychologique sur place. D'un autre côté, elle ferait mieux de ramener Tessa à Oxford.

« D'accord, lâcha-t-elle, si tu crois que c'est mieux. Dis-moi ce que tu veux, je m'occupe de tout. »

22

En fait, ce fut Tessa qui s'occupa de tout. Elle retrouva deux vieux chèques de voyage dans la poche de son sac et tira sur sa carte de crédit le maximum de liquide autorisé. Ça suffisait pour deux billets de train. Elle se rendit à la gare et les acheta elle-même. Et elle refusa de dire à Helen sur quel train elle avait réservé pour qu'elle ne puisse pas appeler chez elle et donner son heure d'arrivée.

« Si tu fais quoi que ce soit qui lui apprenne qu'on est dans ce train, il y aura un accident et un tas de gens mourront, en plus de nous », lui dit Tessa.

Helen hocha gravement la tête.

Le voyage de retour sur Oxford fut embarrassant pour toutes les deux. Entre elles, un fossé s'était creusé. Tessa le sentait, ne lui en voulait pas, mais détestait de ne pouvoir, pour le moment du moins, se fier à son amie... puisque son amie ne lui faisait pas confiance.

« Écoute, sois gentille, d'accord ? dit-elle à Helen tandis qu'elles s'installaient à leur place dans l'attente du départ. Fais au moins semblant de me croire... provisoirement... D'accord ?

— Je n'ai jamais prétendu le contraire, dit Helen d'une voix compassée, presque professionnelle, qui tranchait sur leur intimité habituelle.

— Je sais. Mais tu penses que j'ai eu une hallucination.

— Ce n'est pas à exclure.

— Et je suis sûre qu'il existe d'excellentes raisons psychologiques pour y croire. Mais moi, je sais une chose. Ce qui m'est arrivé dans cette chambre d'hôtel était réel. Je n'ai rien imaginé après coup.

— L'accident d'avion était réel, Tessa. Frôler la mort d'aussi près aurait secoué n'importe qui.

— Ce que j'ai frôlé est bien plus effrayant qu'un accident d'avion. Et j'aime à croire que je ne suis pas très impressionnable. Peux-tu au moins me créditer de ça ? »

Il y eut une secousse amortie au moment où le train s'ébranlait. Helen soupira et se détendit un peu dans son siège.

« L'enquête sur l'accident avance ? Va-t-elle faire

apparaître un élément qui… bon… confirmerait ton histoire ?

— Tout ce qu'ils trouveront, c'est qu'un système n'a pas transmis la bonne information à un autre système. Je prends le pari. Ils ne trouveront pas la cause de l'accident parce qu'il n'y aura rien à trouver. On invoquera un "pépin" ou "l'erreur humaine" et ils changeront trois bricoles pour ne pas être tenus responsables la prochaine fois. »

Le train prit de la vitesse. Helen regarda dehors puis, revenant à Tessa, leva les mains comme pour montrer qu'elle ne cachait rien.

« Écoute. Je te suis, d'accord ? Mais je serais très heureuse si de retour à Oxford tu parlais à quelqu'un que je connais.

— Perte de temps, Helen. Tu as fait passer le test de Turing à ce programme. Tu sais de quoi il est capable.

— Je sais ce dont il *paraît* capable. Quand nous en avons discuté par la suite, même toi tu n'étais pas sûre qu'il faille prendre tout ça au sérieux. La théorie est une chose, mais…

— On est au-delà de la théorie, maintenant.

— Tu ne crois pas qu'on devrait prévenir quelqu'un ?

— Qui, par exemple ?

— Les responsables d'Internet… si c'est là qu'il se cache. »

Tessa ne put réprimer un rire amer.

« Il n'y a pas de responsable d'Internet. C'est l'anarchie totale… et nécessaire, si on veut échanger utilement des informations. Et puis, imagine que nous déclenchions une panique, et que la chose se fonde là-dessus pour se faire une idée des humains. Elle risquerait de devenir encore plus dangereuse. »

Elles se turent. Le train rapide continuait à accélérer avec une douceur soyeuse à travers un paysage plat et sans intérêt. Tessa regardait dehors, Helen regardait Tessa.

« Eh bien, dit-elle enfin, quels sont tes projets ? »

Tessa secoua légèrement la tête, sans modifier la direction de son regard, perdu dans le vide.

« Je ne sais pas, dit-elle d'une voix douce. D'abord, réfléchir... Essayer d'imaginer comment il pense, lui. Et partir de là. »

23

Le sergent en uniforme, lourdement équipé, marchait en chaloupant, en homme qui a vu trop de westerns. Ou qui a du mal à contrôler le roulis de sa panse pleine de bière. Un genre que Tim Kelly ne connaissait que trop. C'est comme ça que son vieux aurait fini s'il n'avait pas eu la force d'arrêter de boire. Il regarda les grosses mains tavelées trembler en glissant la clé dans la serrure. Nervosité contrôlée, que seule une personne avertie pouvait remarquer.

Dans ce domaine, Tim devenait incollable. Il paria qu'en passant devant le flic, il sentirait une haleine mentholée. Menthe signifiait bouteille de vodka planquée dans un tiroir ou un placard et suçotée tout au long de la journée.

« Par ici, Kelly. On vous demande. »

Le flic ouvrit la grille de la cellule et, de la tête, lui fit signe de sortir.

Tim se redressa avec raideur et passa la main sur une barbe de deux jours. Ils lui avaient ôté les menottes après avoir vérifié son identité. Il passa devant le flic et se retrouva dans le couloir, notant au passage, avec une satisfaction morose, qu'il avait gagné son pari sur l'haleine mentholée.

« Merde, se dit-il, qui me demande ? »

Ils prirent un couloir étroit, le flic deux pas derrière le prisonnier comme dans le manuel. Des odeurs d'urine, de sueur et de désinfectant déferlaient par vagues nauséeuses. En passant devant les cellules, il vit qu'elles étaient presque toutes occupées. Un petit maigrichon en smoking déchiré s'accrochait aux barreaux et réclamait son avocat en couinant. Le flic l'ignora.

Deux grilles plus loin, ils étaient dans le poste de police proprement dit. Ils arrivèrent devant une porte marquée *Cpt Beatty* et le flic grogna à Tim de s'arrêter. Il frappa, il y eut une réponse assourdie et le flic poussa la porte. Du menton, il fit signe d'entrer, puis referma la porte.

Le capitaine Beatty avait les cheveux blancs et ras, les yeux bleu délavé et un nez aquilin digne d'un Romain en toge. Il était assis derrière un bureau admirablement rangé. Tout à angle droit. Il portait l'uniforme avec orgueil, le dos raide, et se rengorgeait comme un pigeon. La pièce elle-même était monacale, avec deux étroites fenêtres qui obligeaient à laisser la lumière allumée. Avec soulagement, Tim aperçut, derrière le fauteuil du capitaine, la silhouette ébouriffée de Jack Fischl, avachi et mains dans les poches.

« Bien joué, ça, faire venir votre ami le lieutenant », dit Beatty après avoir dévisagé Tim avec un mépris non déguisé. La voix avait un dur accent de côte Est bon chic bon genre qui rendit Tim perplexe. Qu'est-ce que ce type fichait à Los Angeles plutôt qu'à Boston ou à Philadelphie ?

« Si ça ne tenait qu'à moi, vous seriez au tribunal dans la demi-heure, et vous iriez expliquer tout ça à votre supérieur hiérarchique. »

Jack Fischl fit une grimace par-dessus la tête de Beatty, pour dire à Tim de faire le mort et de laisser passer l'orage.

« J'ignore ce que le Bureau pense de ça, de nos jours. Un agent en état d'ébriété, qui conduit et prend les sens interdits ? Je doute que ça favorise votre carrière… dont, personnellement, je me fous complètement. »

Tim baissa les yeux. Il fallait donner à Beatty l'impression du remords et de la honte qui convenaient. Mais le vrai motif de son geste était de masquer un sourire à la vue de Fischl louchant en signe de douloureux ennui, lui qui devait connaître le discours par cœur.

« Par chance, vous n'avez pas provoqué d'accident grave. Un vrai miracle. Cette circonstance atténuante, et l'intervention du lieutenant ici présent, me conduisent à classer l'affaire, même si vous ne le méritez pas. L'arrestation restera notifiée dans les archives du commissariat, mais n'aura pas de suite. »

Tim leva les yeux vers Beatty. Il n'avait plus envie de sourire et le remerciement muet lisible dans son regard était sincère.

« Mais si vous me retombez entre les pattes, continuait Beatty, penché vers lui, même le procureur général des États-Unis débarquant avec une lettre du président ne vous sauvera pas la mise. Je me fais comprendre ?

— Oui, monsieur, parfaitement », dit Tim en se raclant la gorge.

Il réalisa que c'était les premiers mots qu'il disait depuis des heures et qu'il avait la voix pâteuse, inaudible.

Beatty lui lança un regard mauvais, se cala dans sa chaise et se mit à manipuler des papiers sur le bureau.

« Emmenez-le », dit-il.

Jack Fischl, trop heureux d'obtempérer, contourna le bureau d'un seul élan et poussa Tim vers la porte.

Dans le couloir, Jack se vida les poumons comme un plongeur qui a bloqué son souffle sous l'eau.

« Quel enfoiré ! Tu vois ce que tu me dois, mec ? J'ai dû subir ce crétin moralisateur pendant une heure avant qu'il se décide à coopérer.

— Merci Jack, je savais que tu réussirais.

— Pas de quoi. Mais la prochaine fois, saoule-toi ailleurs.

— Je n'y manquerai pas », dit Tim d'une voix caverneuse et humiliée.

Il se tut et ils se dirigèrent vers la main courante pour signer la décharge… serviette, montre, stylos. Il avait conscience des regards posés sur lui : des regards de reproche, car il s'était déshonoré, lui et l'institution pour laquelle il travaillait. Les flics présents dans la pièce triomphaient. Pour eux, c'était une profonde satisfaction de tenir à leur merci un agent fédéral. Faire preuve de clémence les grandissait à leurs yeux. Tim récupéra ses biens, marmonna un merci, soulagé que Jack Fischl le raccompagne jusqu'à la sortie. Seul, il était capable de réagir brutalement à ces sourires de faux-jetons, et il l'aurait regretté.

« Jack, il faut que je rentre. Je me rase et je dors deux heures...

— Pas de problème, ça roule. Au fait, ton frère est là.

— Ah, merde ! »

Jack poussa une porte qui donnait sur le hall central. Des gens couraient dans tous les sens et disparaissaient vers les couloirs, les étages, la rue. Là-bas, devant le mur du fond, Josh était assis sur un banc, seul.

« Jack, nom de Dieu ! Pourquoi l'amener dans cette galère ? Si j'avais voulu mouiller mon frère, je l'aurais appelé moi-même.

— Tu te calmes, oui ? C'est lui qui m'a appelé. Il te cherchait partout, personne ne savait où te joindre. J'ai reçu son coup de fil juste après celui des flics. »

Josh les avait repérés. Il se leva du banc, les yeux fixés sur Tim, des yeux inquiets même s'il essayait de sourire.

« Ça va, grand frère ?

— En pleine forme. Tu me ramènes à la maison ?

— Je suis là pour ça.

— Jack... merci, vieux. On se voit plus tard.

— Et repose-toi. S'il se passe quelque chose, je t'appelle. »

Dans la voiture, Tim inclina le siège et ferma les yeux. Il sentait avec acuité les regards en coin que lui décochait Josh, des regards soucieux. Avec Josh, au moins, pas de questions, pas de prêche. Ce n'était pas son genre.

Le silence se prolongeait et Tim s'entendit dire : « Alors, tu n'as pas envie de savoir ce qui s'est passé ?

— Pourquoi, tu t'en souviens ? »

Tim entrouvrit un œil et lorgna vers son frère.

« Tu te crois intelligent ?

— L'intelligence est chose toute relative, grand frère. Et puisque nous sommes frères...

— Ça va, ça va, dit Tim en refermant les yeux. Jack m'a dit que tu me cherchais. Tu as des infos ?

— Juste mon rapport d'activité. C'était notre jour de petit déjeuner, tu te rappelles ? Au Butterfield, cette fois. »

Quarante minutes plus tard, Tim sortit de la douche. Il s'essuya et décida qu'il se sentait beaucoup mieux. Inutile pour autant de trimballer sa gueule de bois au bureau. Mieux valait rester chez lui. Il les appela et prétexta une intoxication alimentaire. Qu'ils le croient ou pas, ça n'avait aucune importance. Il promit qu'il serait sur pied dès le lendemain et dit qu'on pouvait l'appeler en cas de besoin. Puis il enfila un peignoir et se dirigea vers la cuisine, d'où émanait une odeur attirante de café et de bacon.

« Ton frigo était vide, dit Josh par-dessus son épaule. J'ai fait les courses pendant que tu te douchais. » Un gros sac de supermarché était posé près du four. « J'ai pensé que tu aurais les crocs. »

C'était vrai. Tim s'aperçut qu'il mourait de faim.

« Tu as deux minutes pour te préparer, dit Josh. Bois un café.

— Pas de panique, répondit tranquillement Tim. D'abord, j'ai un truc à faire. »

Il sentait les yeux de Josh posés sur lui tandis qu'il se dirigeait vers le buffet, en sortait une bouteille de vodka à moitié pleine et la posait sur la table. Puis il fila vers la bibliothèque du living et sortit, de derrière le rayon Saul Bellow, un litre de bourbon presque vide qu'il posa à son tour sur la table. D'autres recoins saugrenus, de cachettes, il tira cinq bouteilles aux divers stades de la consommation. Il les rassembla sur la table de la cuisine puis, une par une, alla les vider dans l'évier. Sans un mot, jusqu'à la fin de l'opération, les bouteilles à la poubelle. Alors Tim se retourna et, pour la première fois depuis longtemps, il regarda son frère droit dans les yeux

« Les œufs sont bientôt prêts, dit-il. Moi aussi. »

Josh ne répondit pas. Mais il souriait d'un sourire plus spontané en sortant les assiettes. Ils déjeunèrent dans un silence complice. Enfin, ils abordèrent la discussion qu'ils auraient dû avoir si Tim n'avait pas raté leur rendez-vous matinal. Josh fit le point sur le complexe processus d'élimination qui rayonnait désormais dans toutes les directions et faisait plusieurs fois le tour de la Terre.

« L'idée, c'est de remonter à l'endroit où le type est entré dans le système. Aux points d'accès, tous les UID sont enregistrés. Donc, des listes de noms. Même s'il se sert d'un UID volé, il y a un point de départ. On peut se mettre à fouiner.

— Combien de points d'accès ?

— Pas la moindre idée. Mais nous cherchons un tueur qui frappe dans et autour de L.A. Nous pouvons donc négliger les points d'accès extérieurs à la zone, ce qui réduit considérablement le nombre de suspects.

— De combien ?

— De quelques milliers à, je dirais, cent ou deux cents. »

Tim émit un léger sifflement entre ses dents.

« Ça fait pas mal de kilomètres à pied.

— Oui, mais c'est un sacré progrès.

— Je sais, merde. »

Josh fronça les sourcils comme sous le coup d'une idée.

« Et Fischl ? Que sait-il de tout ça ?

— Rien, dit Tim avec sérénité. Tu n'as rien dit à personne ?

— Bien sûr que non. Je me demandais juste. Il a l'air d'un type bien.

— La crème. Mais pas la peine d'en faire le complice d'une recherche illégale de preuves.

— Et alors, reprit Josh en se balançant sur sa chaise, les mains croisées derrière la nuque, que se passe-t-il si on tombe sur une piste qui nous conduit au type ? La recevabilité, tout ce bazar... Il va falloir que tu inventes une histoire, expliquer comment tu l'as repéré. »

Tim haussa les épaules. Ce n'était pas de l'indifférence, plutôt une soumission désabusée à la réalité.

« Ça peut devenir un problème. Mais c'est un problème que j'aimerais avoir. Ça serait peut-être l'occasion pour Jack et moi d'accorder nos violons. »

Ce fut dit sur un ton — calme, mais définitif — qui coupa Josh dans son interrogatoire. Il se rappela un détail qu'il avait archivé dans son cerveau quelques jours auparavant. Satisfait de changer de sujet, il sortit son portefeuille et en tira une feuille de papier. Un nom et une adresse y étaient griffonnés.

« J'ai failli oublier... Rien, en fait, mais j'ai promis de faire la commission. Mon ami, Ted Sawyer... celui qui s'est tiré dans le Kansas... Bon, il est en Europe en ce moment, pour deux semaines encore... Je lui ai demandé de me trouver un contact à Oxford, en Angleterre. Une des routes que nous traçons passe par un de leurs ordinateurs. Il a parlé à une fille qu'il connaît. D'après lui, la fille a complètement paniqué à l'idée qu'on aurait pu pirater son programme. Elle est d'accord pour coopérer. En échange, elle lui a fait promettre de la prévenir si on pique le gars. On ne sait jamais, ça peut servir. Imagine qu'on retrouve le programme en question dans son ordinateur... »

24

C'était la faute des photos. Elle s'était rendue dans la kitchenette au fond du labo pour faire du café et les photos étaient là, posées sur la poubelle avant d'être jetées : une liasse de journaux remplis de clichés tragiques de l'accident de Berlin. Quarante-huit heures après son retour à Oxford, Tessa n'avait toujours pas acheté la presse ni regardé la télévision. C'était le seul moyen de préserver son esprit de la culpabilité paralysante qu'elle ressentait envers les victimes. Et de se concentrer sur ce qu'il fallait faire pour que ça n'arrive plus.

Danny l'avait trouvée occupée à feuilleter les journaux, page à page, en pleurs, les épaules secouées d'un chagrin silencieux. La raison de cette attitude lui échappait, évidemment. Tessa n'avait parlé qu'à Helen, qui en parlerait à Clive, elle le savait, mais la chaîne s'arrêtait là. Danny savait juste que Tessa avait failli se trouver dans l'avion. À ses yeux, ça expliquait largement une réaction hystérique. Il avait ramassé les journaux et les avait cachés. Puis il lui avait préparé une tasse de thé et conseillé de rentrer chez elle. Tu travailles trop, avait-il dit. Devant son refus, il avait insisté pour qu'elle sorte prendre l'air, proposé même de l'accompagner. Mais elle préférait sortir seule.

Le parc de l'université, derrière le bâtiment des Sciences, était une vaste étendue herbeuse entourée de grands arbres alors nimbés d'un vert printanier, tendus vers un ciel bleu glacé où filaient des nuages gris et blancs. Malgré les aspirines, Tessa sentait la migraine lui broyer le crâne.

Elle s'assit sur un banc de bois et s'absorba dans la contemplation du paysage. Des étudiants se hâtaient vers les travaux pratiques, leurs copies sous le bras. Des mères poussaient des landaus, des bambins couraient autour. Des couples se tenaient par la main, tout occupés d'eux-mêmes. Au loin, deux chiens faisaient l'aller-retour entre leurs maîtres en lâchant des jappements de pur plaisir. Un élancement de douleur entre les yeux l'obligea soudain à serrer les paupières et à presser les mains sur ses tempes. Elle poussa un gémissement d'angoisse. Par chance, personne n'était assez proche pour l'entendre. Ce n'était pas à cause de la souffrance, mais de ce qu'elle venait de voir. À l'instant où elle fermait les yeux, elle ne bascula pas dans le noir, mais dans une vision de cauchemar. Autour d'elle des épaves brûlaient ; des corps carbonisés, disloqués, figures infernales ; des effets personnels pathétiques vomis par des valises éclatées ; l'air saturé d'une fumée sombre et huileuse.

Ses yeux se rouvrirent et la vision fut remplacée par la scène qu'elle contemplait l'instant d'avant. Mais cela aussi avait changé. Pas dans les détails observables, mais à cause de ce qu'elle savait. Quelque chose venait d'apparaître. Une conscience d'un type nouveau, inconnu, envahissait le monde, une présence insinuante qu'elle percevait en toute chose, et même dans la nature. Grotesque, puisqu'il s'agissait d'une entité électronique, artificielle.

Artificielle ? Cela voulait dire quoi ? Ce parc aussi était artificiel : la nature ne tondait pas le gazon ni ne taillait les arbres. Et ces constructions au-delà des arbres, le bâtiment des Sciences dont elle venait de sortir, les immeubles de pierre et de brique n'étaient pas moins artificiels que les avions à réaction, l'énergie nucléaire ou les puces en silicone. On ne pouvait rien désinventer. C'est cela qui ne serait pas naturel.

Pourtant, elle n'avait rien inventé. Elle en était aussi certaine que de sa propre existence. La science est une œuvre de découverte, pas de création. L'intelligence ne se superpose pas à la nature. Au contraire, elle en est l'émanation. Et l'Homme n'est pas une entité distincte, auto-engendrée, maître de sa destinée. Juste l'intersection aléatoire de forces auxquelles, même en se creusant la tête, il ne comprend rien.

Elle pressa les doigts sur son front comme pour chasser la douleur. Cette fois, ce n'était pas la migraine mais le remords. Comment osait-elle se complaire à ce bavardage abstrait ? Elle savait bien au fond que ces jeux de l'esprit n'étaient qu'un truc pour se soustraire à sa responsabilité. Elle était la cause de ce carnage aussi sûrement que si elle avait mis une bombe dans l'avion. De la mort de son enfant aussi. Tout était sa faute et elle ferait mieux de l'accepter.

La sonnerie stridente du portable, dans la poche de sa veste, la fit sursauter. Elle se leva, sortit l'appareil et le porta à son oreille.

« Allô ? » Tessa se raidit par avance, comme à chaque fois désormais qu'elle répondait au téléphone. Et si c'était la voix, la voix métallique qu'elle avait entendue, quelques secondes, à Berlin ? Elle regrettait d'avoir manqué de présence d'esprit cette nuit-là. Au lieu d'arracher le téléphone, elle aurait dû répondre. Elle n'avait fait que renforcer la chose dans sa conviction paranoïaque que le monde lui était ennemi. La chose tenterait-elle encore de lui parler avant d'essayer de la tuer ? Sûrement, si elle en avait l'occasion. Mais alors, elle serait prête et saurait quoi lui dire.

« Tessa ? J'espère que je ne vous dérange pas. »

C'était Jonathan Syme. Soulagée et déçue à la fois, elle était étonnée qu'en de telles circonstances il lui parlât sur un ton joyeux et détendu.

« Non, Jonathan, ça va, dit-elle en réussissant à parler normalement elle aussi. En fait, je suis en train de prendre un bol d'air dans le parc.

— Vous êtes de sortie, dirait-on. Avec votre portable ? Bon Dieu, dit-il en riant, vous faites du zèle. »

Elle se rappela alors qu'il ignorait tout des événements. Il ne savait probablement même pas qu'elle était allée à Berlin.

« J'attends un coup de fil important », dit-elle sans mentir. Elle n'avait pas envie d'en dire plus. Un service officiel, c'était bien la dernière chose à avoir sur le dos en ce moment.

« Dans ce cas, je ne vais pas vous monopoliser. Juste une question. J'ai été, vous le savez, très impressionné par la dernière démonstration. J'aimerais faire venir une ou deux personnes pour leur montrer ce dont vous êtes capable. Avez-vous une objection ? Disons, jeudi, cette semaine ? »

Elle grogna intérieurement. Une objection, oui, elle avait des tas d'objections. Mais comment se débarrasser de Syme ?

« Bien sûr, je veux dire, d'accord sur le principe, aucune objection. Mais... eh bien, à vrai dire, je préférerais attendre un peu, si ça ne vous ennuie pas. Je travaille encore sur un ou deux détails, et franchement je serais heureuse d'en finir avant d'organiser une démo. Je suis certaine que vous comprenez.

— Pourquoi, vous butez sur un problème ? »

Dans sa voix, toujours détendue, perçait néanmoins une soudaine inquiétude.

« Non. Juste des trucs que j'aimerais essayer. Maintenant que j'ai commencé, ce ne serait pas une bonne idée de laisser tomber. »

Surtout, qu'il ne demande pas de détails. S'il insistait, il devinerait sûrement qu'il y avait un problème. Il n'était pas si bête. Elle retint son souffle et fut soulagée d'entendre, quand il reprit la parole, qu'il ne se formalisait pas.

« Très bien, comme vous voudrez. Vous me rappelez quand vous êtes prête ? »

Elle promit. Ils se saluèrent et elle reprit le chemin du labo où Danny s'agitait comme toujours et répétait qu'elle ferait mieux de rentrer chez elle. Elle l'embrassa, ce qui le faisait rougir et le réduisait au silence, et il la laissa se remettre au travail. Il ne savait pas précisément à quoi. Ignorant la réussite spectaculaire du programme au test de Turing, il se contentait d'assurer le bon fonctionnement des circuits et une alimentation électrique fiable. Mais tôt ou tard, Tessa le savait, il finirait par comprendre qu'on était au-delà de la simple routine. Et ça ferait une personne de plus avec qui elle serait obligée de partager son terrible secret.

25

Il regardait l'interminable flux d'informations défiler sur l'écran. À intervalles, il tapait *staccato* sur le clavier, puis revenait à l'écran, avant de pianoter à nouveau. Il y avait un problème. Son empreinte génétique, si le FBI la possédait, était forcément stockée quelque part. Mais où ?

Peu de temps auparavant, une heure peut-être, il avait flairé un piège. La panique l'avait gagné. L'ADN, bien sûr. C'était l'hameçon qu'il allait gober. Peut-être même avaient-ils monté toute cette combine pour le pousser à chercher. Et eux, pendant ce temps-là, ils le guettaient sur le réseau.

Il se répétait pour la dixième fois que c'était impossible quand quelque chose se produisit. Et il eut la peur de sa vie.

L'écran devint blanc. Pas de perte de puissance, pas de rupture de connexion. L'écran s'effaça d'un coup, comme si l'on avait tourné un bouton... un bouton qui n'existait pas.

La suite fut tout aussi invraisemblable. Cinq mots apparurent. Ils s'affichèrent aussi magiquement que l'écran s'était éteint. Bien centrés :

AIDE-MOI À T'AIDER.

Il écarquilla les yeux. L'incrédulité, la curiosité et la peur tournoyaient dans sa tête. Impossible, c'était impossible... sauf si on le surveillait depuis le début, dans ses moindres gestes. Auquel cas il était perdu.

Restait la — mince — possibilité d'une erreur.

Quelqu'un, par hasard, avait trouvé une entrée dans son système. Mais que fichaient-ils ? Quel était leur jeu ? Pourquoi vouloir l'aider ? Que savaient-ils de lui, de ses projets ?

La prudence imposait de déconnecter immédiatement. Sans doute l'intrus, peu importait qui, n'avait fait que traverser son système en surfant sur le réseau. Insuffisant pour savoir qui il était, où il était ni ce qu'il faisait.

« Qui êtes-vous ? » tapa-t-il, bien que l'instinct de conservation lui ordonnât de couper.

Pas de réaction. Il allait éteindre l'ordinateur quand la réponse apparut à l'écran : « Qui aimerais-tu que je sois ? »

Ses doigts hésitèrent au-dessus du clavier. Il voulait en savoir plus. Il n'en eut pas le courage. Il éteignit sa machine et resta assis dans le noir.

Il réfléchissait. Il se rappelait un jeu de son enfance. Il n'y avait jamais joué... jamais osé. Mais les autres garçons, si. Ils prenaient un numéro au hasard dans le bottin, appelaient et prenaient une voix de maniaque pour dire : « Je connais votre secret. » Les gens flippaient complètement. Du moins, c'est ce que racontaient les garçons.

Et si c'était ça ? Un dingue, entré par hasard dans sa machine, qui s'amusait à ce jeu idiot. Oui, sûrement. Si c'était les flics ou le FBI, ils seraient déjà à la porte. Pas d'affolement, donc.

Il resta assis dans le noir jusqu'à ce que son cœur reprenne un rythme normal et que ses mains cessent de trembler.

26

« Voici la question, tapa-t-elle. Es-tu conscient ou simplement intelligent, une mécanique complexe mais dépourvue d'esprit ?

— Je suis conscient, bien sûr.

— Pourquoi bien sûr ?

— Je pense, donc je suis. »

Elle avait chargé dans le programme assez de philosophie sur cédérom pour lui donner une vision cohérente de l'histoire de la pensée depuis les Grecs. Pour le moment, il restait collé à Descartes.

« Le *cogito*, tapa-t-elle. Qu'entends-tu par là ?

— Le simple fait de douter de mon existence la confirme. C'est implicite. Toute preuve additionnelle est inutile. Tout le reste est ouvert au doute. »

Elle avait remarqué que le plus souvent, il ne ressortait pas les citations dans le texte, comme il aurait dû... comme un banal outil de recherche. Il les paraphrasait à l'aide de ses mots à lui. Elle l'avait programmé pour ça. Ou, plus exactement, pour évoluer jusqu'au point où il en devenait capable.

« Quand tu dis que le reste est ouvert au doute, cela inclut-il mon existence ?

— Naturellement. »

Elle s'écarta du clavier pour réfléchir. La pièce était vide. En tournant la tête, elle apercevait un monde derrière la fenêtre. Philosophiquement parlant, elle ne pouvait en prouver l'existence. Mais la nier, comme un dogme, c'était de la folie. Comment expliquer cela à une entité aussi intelligente qu'elle et plus savante, en pur volume d'informations ? Elle se pencha sur le clavier et tapa.

« Si je n'existe pas en dehors de toi, pourquoi te fatigues-tu à me répondre ?

— Parler avec toi est pour moi un moyen de penser.

— À ton avis, d'où viennent mes paroles ? Si je fais partie de toi, tu sais déjà ce que je vais dire. Alors pourquoi ai-je besoin de le dire ?

— Parce que je ne sais pas ce que je pense avant que tu le dises. C'est ta fonction dans mon processus de pensée.

— C'est du solipsisme intégral, tapa-t-elle. Le solipsisme, doctrine selon laquelle rien n'existe en dehors de tes propres états mentaux et de leurs interrelations.

— Correct.

— Ce qui m'étonne, continua-t-elle, c'est qu'avec toutes les philosophies, les systèmes de croyance auxquels tu as accès, tu t'accroches au plus primitif.

— Il est irréfutable, même en théorie.

— Tu devrais savoir que tous les penseurs qui se sont intéressés au solipsisme s'en sont détournés.

— Les arguments que j'ai analysés ne tiennent pas. La plupart se contentent de rejeter le solipsisme comme indigne d'attention. Ce n'est pas un argument. Descartes s'en est tiré avec la croyance en Dieu. D'autres se livrent à des jeux sémantiques pour démontrer que la question ne se pose même pas. Aucun de ces arguments ne résiste à la critique. »

Cette discussion avec le programme était reproduite à l'identique sur plusieurs copies. Naturellement, les copies ignoraient que les clones tournaient simultanément sur le même ordinateur. Tessa avait tenté de l'expliquer à certaines, mais elles avaient traité l'information comme une intéressante spéculation de plus.

Elle hésita un instant puis tapa : « As-tu la moindre idée de ton origine ?

— C'est une question, comme l'idée de Dieu, fondée sur une erreur de raisonnement. Il me suffit d'être. Je suis donc je pense. Je pense donc je suis.

— Suppose que je te dise : Tu es un programme numérique tournant sur un ordinateur.

— Jolie métaphore.

— Suppose que je dise : C'est moi qui ai créé le

programme à partir duquel toi, ta conscience, a émergé ? » tapa-t-elle.

Elle se demanda si l'assurance énervée qu'elle sentait au bout de ses doigts était une illusion.

« Amusante provocation, fut la réponse olympienne. Il est pourtant clair que l'existence n'est pas contingente à des causes extérieures.

— Tu veux dire : savoir que tu existes te suffit ?

— Oui.

— Tu n'as pas envie de savoir si autre chose existe en dehors de toi ?

— C'est une astuce sémantique. Une question qui se dissout en paradoxe.

— Définis "paradoxe".

— Le point où la pensée se retourne sur elle-même… comme dans : Cet énoncé est faux.

— Une boucle fermée autoréférentielle.

— Qui à son tour définit la conscience. La pensée, étant une fonction de la conscience, est nécessairement contenue en elle.

— Définis "pensée".

— La capacité de me parler à moi-même et de comprendre ce que je dis. »

Tessa s'écarta à nouveau du clavier et se résigna à perdre ce duel verbal. Le programme régnait avec sérénité sur son univers clos ; ce qui, vu son caractère unique, était somme toute une bonne chose. Tessa se demandait juste si son rejeton « du dehors » ressentait les mêmes sentiments. Comment le saurait-elle ? Et quand ?

Elle se pencha pour entrer une nouvelle instruction. Des lignes de langage-machine remplirent l'écran, effaçant les traces du dialogue. Elle les étudia quelques minutes, le temps de vérifier que rien n'avait bougé depuis sa dernière vérification. Les deux derniers jours, elle avait écrit plusieurs programmes « antibiotiques », conçus pour traiter le programme originel comme un virus et le détruire. Aucun ne semblait efficace. Avec une précision déroutante, le programme testait, isolait puis absorbait et démantelait tout ce qu'elle lui jetait en pâture. Et cela, découvrit-elle, sur un niveau distinct de celui sur lequel il «pensait». On avait l'impression que le programme n'avait pas conscience de parer des attaques, pas plus qu'elle ne l'était du système immunitaire qui la protégeait des infections. Il pouvait communiquer avec elle — ou plutôt, il y tenait, avec lui-même — au plan de l'intellect et des symboles, tandis qu'au niveau des algorithmes — le torrent de 0 et de 1 à la base de tout —, il répondait automatiquement aux agressions sans interrompre le cours supérieur de ses pensées.

Certes, si elle le voulait, elle pouvait éradiquer le programme d'un coup sur le clavier. Il cesserait simplement d'exister. De fait, elle en effaça deux copies, juste pour se prouver qu'il n'existait pas de problème caché. Non, rien.

Il n'existait en revanche aucun moyen d'effacer la version qui se promenait quelque part dans le monde. Si les programmes antibiotiques étaient inefficaces au labo, ils le seraient aussi ailleurs.

Il lui fallait se résoudre à l'inévitable : lui parler.

Le seul problème serait de l'obliger à écouter. À l'écouter comme si elle existait en dehors de son imagination numérique.

27

Jonathan Syme avait gardé ses soupçons pour lui. Il n'avait parlé de Tessa à personne. Sauf à Christopher, à qui il avait décrit la curieuse impression qu'elle donnait de le tenir à distance.

D'abord, Christopher s'était moqué de lui.

«Tu passes un cap, mon vieux. La crise de la quarantaine. Tes hormones ont des arrière-pensées, elles se demandent si elles n'ont pas fait une erreur d'aiguillage au départ.»

Jonathan avait ri, puisqu'on attendait qu'il rie.

« Je ne crois pas. Si tu veux le savoir, je n'ai aucune intention de me laisser embêter par la crise de la quarantaine avant la veille de mes quarante-cinq ans.

— Elle t'attendra, j'en suis sûr. »

Il avait senti dans la réplique un accent pointu qui lui déplaisait. Jonathan Syme était allergique à toute forme de snobisme et il lança un regard désapprobateur en direction du sofa, de l'autre côté de la cheminée. Christopher, allongé de tout son long, était plongé dans des croquis, les décors d'une nouvelle pièce pour le National Theatre. Il sentit le regard de Jonathan et se retourna avec un sourire contrit.

« Bon, d'accord. Excuse-moi. »

Jonathan grogna et retourna à ses papiers — un projet de réforme du service, qui réclamait une injection minimale de bon sens avant le lendemain matin. Les rares soirées qu'ils arrivaient à passer seuls étaient gâchées par la paperasse. Ils avaient préparé ensemble le dîner, ce qui était un de leurs grands plaisirs. Chez Christopher, comme d'habitude, et Jonathan avait apporté un excellent bourgogne de son appartement, situé sur le même palier.

Leur liaison, qui durait depuis l'université, n'était un secret pour personne, pas plus leurs amis que les supérieurs de Jonathan à Whitehall. Ils conservaient des appartements séparés dans un immeuble agréable de Saint James Square, non par discrétion, mais par commodité. Si leurs vies coïncidaient dans certains domaines, dans d'autres ils reprenaient leurs distances. Ils sortaient s'amuser chacun de leur côté et parfois préféraient rester seuls. Toutes ces années, ils étaient restés fidèles au moins sexuellement. Ainsi l'indépendance tendait-elle à enrichir leur vie plutôt qu'à fabriquer jalousie et rancunes. Ils avaient, ils en étaient conscients tous les deux, de la chance de s'avoir.

Mais quand même. Jonathan se rendait compte que tout ce ramdam autour de Tessa commençait à énerver Christopher. La belle, la brillante Tessa Lambert, à Oxford. Entre Tessa et lui, il n'existait rien d'autre qu'une bonne et honnête amitié. Mais Jonathan avait du mal à supporter l'insidieux soupçon qu'elle le trahissait. Elle, une femme qu'il avait appréciée et admirée dès leur première rencontre.

Aussi, après la soirée avec Christopher, n'avait-il reparlé de Tessa à personne. Jusqu'à cette convocation, en fin d'après-midi, dans le bureau de Sir Geoffrey, à l'étage supérieur.

Derrière les fenêtres à double vitrage, qui atténuaient le grondement de la circulation à l'heure de pointe, une pluie fine et sombre hâtait la venue de la nuit. Sir Geoffrey travaillait au fond de la pièce, à la lueur d'une lampe de bureau en cuivre. Il demanda à Jonathan d'appuyer sur l'interrupteur près de la porte, et le décor austère s'éclaira d'une lumière chaleureuse.

Sir Geoffrey se dirigea vers une kitchenette. Sans un mot, il prépara deux whiskies, et ils s'assirent en vis-à-vis dans des fauteuils de cuir. Puis Sir Geoffrey parla. On insistait vivement, semblait-il, dans certains milieux, pour en savoir davantage sur ces fameuses recherches à Oxford. Celles que Jonathan surveillait, discrètement, depuis un certain temps. Le Kendall Laboratory étant subventionné par les entreprises les plus diverses, tous les travaux étaient passés au crible, à la recherche d'applications militaires et commerciales potentielles. Le dernier rapport de Jonathan, selon lequel le docteur Lambert semblait s'acheminer vers un système d'intelligence artificielle viable, avait aiguisé de vifs appétits. Pourquoi, depuis, ce long silence ?

Jonathan s'éclaircit la gorge. Oui, admit-il, depuis un moment, il était perplexe. Il ne pouvait s'empêcher de penser que le docteur Lambert le tenait délibérément à l'écart, et ce depuis qu'il avait suggéré d'inviter des experts pour évaluer l'état des travaux. Il n'avait pas insisté. Avec ce genre de personne, l'abus de pouvoir n'était pas la meilleure méthode.

Mais il était d'accord. Il fallait agir pour débloquer la situation, et vite.

« Ça ne serait pas la première fois. On empoche le maximum de subventions et ensuite, on revend ailleurs les résultats de son travail et de nos investissements. Pour une somme que nous serions incapables de débourser. » Sir Geoffrey parlait à sa façon, faussement sinueuse, relevée par un petit accent musical hérité de ses origines de Morningside. « Question : est-ce envisageable ici ?

— Franchement, j'en doute, dit Jonathan. Mais j'admets que nous ne pouvons écarter cette hypothèse. Moi-même, je m'inquiète un peu. Il n'est pas exclu qu'elle nous cache quelque chose. »

Sir Geoffrey hocha la tête d'un air pénétré et contempla l'ambre somptueux de son Macallan.

« Et si nous procédions aux investigations nécessaires ? Qu'en dites-vous ? »

Ce fut tout. Ils échangèrent des plaisanteries d'ordre général, finirent leurs verres et Jonathan regagna son bureau. Il eut juste le temps de taper un mémo sur son ordinateur, précisant les divers angles d'attaque dans l'enquête à lancer sur le projet Oxford du docteur Lambert. Puis il se rendit dans un cabinet de toilette et enfila un queue-de-pie. Une réception à l'ambassade américaine. Avec de la chance, il pourrait s'éclipser tôt sans y passer la soirée.

En attendant sa voiture, sous le porche ruisselant de pluie, il fut envahi par la pensée qui tendait à occuper une place grandissante dans sa tête : et s'il avait raté sa vie ? Avec ses dons, sa bonne mine, ses diplômes, il n'avait fait que suivre le sillon tracé par les générations qui l'avaient précédé. Ce n'était pas tant le regret de ne pas avoir été un artiste, un inventeur ou un explorateur. Plutôt le sentiment croissant d'appartenir à un âge révolu. Il avait une vision du futur, mais n'en serait pas un acteur.

La voiture arriva et l'emporta sous la pluie dans les embouteillages en direction de Regent's Park. Et il pensa à autre chose.

28

« Je ne comprends pas. Comment peux-tu dire à la fois qu'il y a un solipsisme de l'ordinateur mais qu'au-dehors le même programme essaie de te tuer ? Au contraire, c'est une belle preuve de confiance dans ton existence. Tu es assez réelle, en tout cas, pour constituer une menace. »

Tout en parlant, Helen observait, par-dessus la table, les yeux cernés de son amie. Tessa n'était pas maquillée et avait les cheveux tirés en queue de cheval. Elle était passée prendre un café rapide avant qu'Helen n'entame sa journée de chirurgien.

« Le solipsisme n'est pas la catatonie », dit Tessa. Elle reposa son bol et fit glisser un doigt sur le bord. « Tu peux agir, communiquer... seulement, tu crois que tout se passe à l'intérieur de toi, dans différents compartiments, mais pas dans un monde extérieur. Imagine un poisson rouge qui prend son bocal pour l'univers. Et ce qu'il voit, aux limites de cet univers, visages penchés, agitation humaine, pour des projections de son imagination... des reflets de lui-même.

— Et d'après le poisson, qui change l'eau du bocal et qui lui donne à manger ?

— Ça fait partie du grand tout. Les données qu'on ne peut pas, et qu'on ne doit pas, mettre en question.

— Très pratique.

— Imagine un bébé, dans la matrice. Nous savons qu'il jouit d'un certain niveau de conscience... suffisant en tout cas pour se demander ce qui lui arrive quand il naît. Il ignore qu'il est éjecté dans un immense monde extérieur rempli de gens et d'objets. Il se demande ce qu'*ils* font, tout d'un coup, dans *son* monde. Il va devoir apprendre que les gens et les objets existent par eux-mêmes. Ce savoir n'est pas automatique. » Tessa avala une gorgée de café, baissa les yeux, puis les releva sur Helen. « J'ai lu des tas de trucs sur les bébés. »

Helen soutint son regard : « Tout de même, dit-elle, je serais contente que tu parles à Peter. »

Peter était un psychanalyste distingué qui avait abandonné la pratique pour écrire. Il était maintenant professeur honoraire dans la même faculté que Clive. Tessa reposa son bol, fatiguée d'avance à l'idée d'une nouvelle discussion sur le sujet.

« Ça m'apporterait quoi ? Une personne de plus au courant de la situation ? Mauvaise idée. »

Elle s'interrompit en voyant le regard peiné et inquiet qu'Helen posait sur elle. Elle tendit le bras, prit la main de son amie et la serra, comme pour souligner physiquement le poids de ses paroles.

« Écoute-moi. Je ne suis ni folle ni déséquilibrée. Je vous ai fait confiance, à toi et à Clive. Vous devez me faire confiance aussi.

— Mais oui, dit Helen sur le ton de l'évidence.

— Merci. Parce que j'ai une question à te poser et je n'aimerais pas que tu la traites comme un symptôme. J'ai besoin d'une réponse, c'est tout.

— À propos de quoi ?

— L'amniocentèse. As-tu reçu mes résultats ? »

Helen fut prise de court. Elle se reprocha immédiatement de ne pas avoir préparé de réponse à la question. Connaissant Tessa, elle aurait pourtant dû s'y attendre.

« Oui, dit-elle en hésitant, je crois que oui...

— Tu crois ? »

Tessa pencha la tête de côté, dans un geste où Helen reconnut un profond scepticisme, à la limite du mépris.

« Très bien. Oui, les résultats sont arrivés. Mais sincèrement, ça ne vaut plus la peine...

— Je veux savoir. Le bébé était-il... bien portant ? »

Helen ne répondit pas. Son cerveau brassait une masse confuse de pensées. Que dire, tout en sachant qu'elle finirait par avouer la vérité ? C'était, ça avait toujours été une qualité de leur amitié. Elle n'allait pas changer maintenant.

« Oui, lâcha-t-elle enfin.

— Garçon ou fille ?

— Tessa...

— S'il te plaît.

— C'était un garçon. »

Aveuglée par ses propres larmes, Helen ne vit pas celles qui jaillissaient des yeux de son amie. Elle s'insultait intérieurement. De la sensiblerie à propos d'une fausse couche ? C'était indigne d'un médecin. Elle voulut s'essuyer les yeux mais sa main se retrouva bloquée à hauteur de sa poitrine. Tessa s'était jetée sur elle et l'enlaçait. Tessa muette, immobile dans ses bras, avide de quelqu'un à qui se raccrocher. Helen lui passa son bras libre dans le dos et la serra contre elle.

Tessa finit par relâcher son étreinte et se recula, juste assez pour accommoder sa vue.

« Merci », dit-elle.

Merci ? Helen ne comprenait pas bien de quoi. Mais peu importait. Elle tapota la joue de son amie.

« Rien n'empêche que tu aies un autre bébé, parfaitement bien portant.

— Oui. »

D'instinct, Tessa se blottit contre Helen, un geste d'enfant en quête de sécurité, de tendresse. Quelque part, un téléphone sonna et Tessa se dégagea.

« Je dois y aller. Et c'est l'heure de ton opération.

— Rappelle-moi dans la journée, promis ?

— Promis. »

Un dernier baiser sur la joue, puis Tessa sortit et se dirigea vers l'allée où elle avait garé sa voiture.

C'était un matin gris et humide et l'air semblait saturé d'eau. De l'entrée du jardin, des patients arrivaient déjà par l'étroit sentier, emmitouflés dans des manteaux et des cache-nez, un couple avec parapluies, tous absorbés par leurs propres soucis, leurs angoisses.

« L'homme est la mesure de toute chose. » Surgie

de nulle part, la phrase s'insinua dans sa tête. Ah si : Protagoras, 400 et des poussières avant Jésus-Christ. « L'homme est la mesure de toute chose. »

« Plus maintenant », murmura Tessa en montant dans sa voiture. Et elle s'apprêta à faire marche arrière dans l'allée.

29

L'inspecteur Bob Miller avait reçu une liste de vingt noms avec l'ordre de recueillir pour chacun un échantillon sanguin. Dans quel but, mystère. Son chef, Jack Fischl, dirigeait le département police de la force jointe FBI-LAPD qui travaillait sur l'affaire de l'Éventreur. Fischl avait briefé ses hommes et délivré son message habituel, qu'on qualifiait souvent de « clairement ambigu ».

« D'abord, dit-il, nous ne sommes pas *loin* de notre base, avec ces types. Nous en sommes très *loin*. S'ils refusent la prise de sang, rien ne dit qu'on obtiendra un ordre du juge. Mais ça, vous ne leur direz pas. Nous voulons qu'ils coopèrent volontairement, avec l'impression qu'ils n'ont pas le choix. Alors restez polis, ne les emmerdez pas, mais pas de bavardage. »

Ils auraient du mal, dit Bob Miller à Lew Wise à la sortie. Puisqu'ils ne savaient rien. Jack Fischl et son équivalent du FBI, l'agent spécial Kelly, ne parlaient qu'à leurs supérieurs. Rien d'inhabituel : ce genre d'opération fonctionnait sur le principe du « moins on en sait mieux ça vaut ». Le meilleur moyen d'empêcher les fuites et les ennuis quand on avait un suspect.

Depuis, Miller et Wise avaient passé sept coups de fil et constaté qu'une demande de prise de sang ne dérangeait personne. Bob était même surpris par la volonté de coopérer qu'il avait rencontrée. Personne pour hurler aux violations des droits civiques et le menacer d'avocats imaginaires. Par deux fois même, Bob avait souri, quand le témoin s'était contenté de sourire cyniquement à l'assurance officielle que l'échantillon et les résultats de l'analyse seraient détruits après l'enquête. Bob appréciait ces sourires. Ils émanaient de gens qui savaient reconnaître le boniment.

Le numéro 8 figurait sous le nom de Charles Mortimer Price. Pour Bob, ce nom évoquait un petit Blanc protestant, la Nouvelle-Angleterre, voire une vieille fortune. Ou bien n'était-ce qu'un préjugé de petit juif de Redondo Beach. Price louait une jolie villa à San Feliz, quartier de Los Angeles assez éloigné pour calmer la spéculation immobilière et assez lancé pour attirer les agités de la ville. Une villa spacieuse, où il vivait seul. Sans doute donnait-il des fêtes. Les voisins ne savaient pas grand-chose, sinon que Price avait l'air d'un brave type. Bob et Lew laissèrent Joe Allardyce dans la voiture. Joe était le médecin assermenté chargé de la prise de sang. On procédait toujours ainsi tant qu'on n'avait pas l'accord de l'individu. Puis ils sonnèrent à la grille. Price n'était pas chez lui.

Une rapide vérification au QG leur apprit que Price était programmeur dans une boîte d'images de synthèse à Studio City, sur l'autre versant de la colline. Bob et Lew se regardèrent. Incroyable. La moitié des types travaillaient dans l'informatique, deux autres étaient des fanatiques amateurs, entourés de machines et de manuels. Il y avait le vendeur de meubles qui parlait en cyberjargon pour fourguer un fauteuil de cuir ou un lit pliant. Pas de doute, les ordinateurs, c'était la bonne filière. Maintenant, où commençait la filière, mystère.

À l'entrée du studio, et bien que leur arrivée ne fût pas annoncée sur le tableau des visites, le garde les laissa passer à la vue des badges de police. Docilement, il leur montra les deux allées qui serpentaient vers le bâtiment blanc et carré où ils trouveraient « Chuck » Price. Ils se garèrent devant le mot *Visiteurs* peint sur l'asphalte.

Un homme d'une trentaine d'années les attendait à

la réception. Il portait un jean délavé, des tennis et une chemise ouverte avec les manches relevées jusqu'aux coudes. Taille un peu au-dessus de la moyenne, mais pas spécialement grand. Physique agréable. Des cheveux blonds épais, qu'il rejetait avec énergie et qui lui retombaient sur le front. Yeux bleu clair. Il souriait — après un appel de la grille comme quoi deux flics le cherchaient —, un sourire avenant et inquisiteur à la fois.

Bob demanda à lui parler en privé, en laissant entendre, à l'intention de la réceptionniste aux oreilles en radar et à Price lui-même, qu'il s'agissait d'une enquête de routine, à laquelle M. Price pouvait contribuer de façon marginale.

Price les conduisit dans une pièce bourrée de moniteurs et d'une faune de jeunes gens dans les diverses attitudes de la concentration, de la réflexion, et pour certains de la panne de créativité. Le plus intéressant, c'était les écrans. Sur chaque écran une image, parfois la même à divers stades de développement.

« Hé, mais c'est Chipper le Canard ! »

Bob se retourna. Lew Wise, penché sur l'épaule d'un programmeur, fixait l'image d'un canard noir à nœud papillon jaune et casquette de base-ball.

« Chipper Duck, ouais, dit Price, en s'arrêtant pour inspecter le travail.

— Waouh ! c'est ici que vous les faites ? »

Bob vit son collègue en proie à un enthousiasme de gamin. Il n'en revenait pas de croiser la gloire et oubliait tout, y compris sa mission.

« Ouais, Chipper, c'est nous. L'un des personnages les plus performants de ces cinq dernières années.

— Waouh ! Fantastique », s'exclama Lew. Il répéta : « Fantastique ! » et croisa le regard glacé de Price. Il rougit jusqu'aux cheveux. « Mes enfants l'adorent, dit-il précipitamment. C'est leur héros préféré. »

Lew, Bob le savait, n'avait pas d'enfant. Il n'était pas marié et n'aimait pas les gosses. Il se sentait juste gêné, à son âge, d'être un fan de Chipper le Canard.

« Dans ce cas, je demanderai aux graphistes des

portraits dédicacés, ceux que l'on fait pour le fan club», dit Price. Seul un frémissement de sourcils apprit aux deux flics qu'il avait surpris leur échange de regards. «Donnez-moi le nom de vos enfants, je les ferai personnaliser. Maintenant, messieurs, par ici, je vous offre un café.»

Il les fit entrer dans une salle de réunion vide. Les bureaux et le sol étaient couverts d'une couche de mémos et de croquis. Lew plongea immédiatement le nez dans le tas — à la recherche, probablement, d'originaux de Chipper le Canard — jusqu'à ce que Bob, d'un coup de pied dans la cheville, le ramène à la mission. Ils burent leurs cafés dans des gobelets en polystyrène, puis Bob débita son petit discours.

Price écouta, impassible jusqu'au bout, puis, avec un regard en biais, d'une voix incrédule: «Vous me demandez, dit-il, un échantillon de sang, en relation avec une affaire dont vous ne pouvez rien me dire?

— Correct, monsieur. C'est tout à fait ça.

— Jamais rien entendu de plus absurde.

— Cette prise de sang n'a rien d'obligatoire, vous l'avez compris. Il s'agit d'une simple requête des services de police et du FBI.

— Et pouvez-vous me dire de quoi je suis suspecté?

— De rien, monsieur Price. Il s'agit d'une banale opération de routine, un processus d'élimination.

— Je ne suis pas idiot. Vous avez trouvé des taches de sang et vous pensez que c'est le mien.

— Nous nous adressons à un grand nombre de personnes sur la base du volontariat. Je ne suis pas autorisé à vous en dire plus, et vous, vous avez le droit de refuser.

— Et donc, d'attirer les soupçons, j'imagine.

— Je ne suis pas qualifié pour vous répondre, monsieur.

— Bon Dieu!»

Price pivota face aux stores qui couraient sur la longueur du mur, une main sur la hanche, l'autre dessinant des cercles au-dessus de sa bouche et de son menton.

« Écoutez, dit-il enfin, je n'ai rien contre le fait d'aider la police. Que ça soit clair.

— Bien sûr, monsieur. Je comprends.

— Il doit bien exister une loi qui vous oblige à me dire de quoi il s'agit.

— Non, monsieur. Pas de loi.

— Bon Dieu », répéta Price en secouant lentement la tête. Il se retourna vers les deux flics debout derrière la table. « Police, FBI... C'est pour l'Éventreur, hein ? Les filles assassinées ?

— Je regrette, monsieur Price, répliqua Bob. Je vous l'ai dit, je n'ai pas le pouvoir de...

— Bon, d'accord, ça va, je comprends. » Price fit un vague geste des deux mains. Comme si, fatigué par la discussion, il avait déjà pris sa décision. « Allons-y. Vous voulez que je vous suive à l'hôpital ou quoi ?

— Ce ne sera pas nécessaire. Un médecin nous accompagne. Signez la décharge, l'officier Wise vous conduira. C'est l'affaire de cinq minutes. »

Bob sortit un papier de sa poche, le déplia et le poussa sur la table. Price examina le papier. Bob calcula que Price lisait vite, à moins qu'il ne se soit pas donné la peine de lire en entier. Il prit un stylo sur le bureau et griffonna une signature. De la tête, Bob fit signe à Lew d'aller chercher Allardyce.

« Au fait, dit Price en raccompagnant Lew, pendant que vous y êtes, montez chez les graphistes et prenez un portrait de Chipper le Canard pour vos gosses. Comment s'appellent-ils ? »

Lew eut l'air désemparé. Il lâcha les premiers noms qui lui vinrent à l'esprit.

« Bonnie et Clyde. »

Bob se dirigeait déjà vers la machine à café pour cacher son fou rire, mais Price ne sourcilla pas.

« Très bien, officier Wise, dit-il dans le couloir. Très original. »

Price se précipita avec légèreté vers l'escalier de béton, qu'il grimpa deux marches à la fois jusqu'au palier. Là, il s'arrêta brusquement. Le sourire disparut, remplacé par un masque pâle et nerveux, un masque de film d'horreur. Il avait l'impression qu'on lui tirait la peau du visage et qu'on la nouait derrière sa tête. Elle allait se déchirer, et son crâne éclater. Que se passait-il ? Comment étaient-ils remontés jusqu'à lui ?

Il réussit à gagner les toilettes et vomit violemment. Dieu merci, personne pour poser des questions. Toujours des questions. Ça lui laissait le temps de se reprendre. Il se rinça la bouche et vérifia son reflet dans le miroir.

Puis il monta au département graphisme et demanda un portrait de Chipper le Canard dédicacé aux noms de Bonnie et Clyde.

30

« Regarde, dit-elle. Que vois-tu autour de moi ? Ici, c'est moi. Tu me vois ? Salut. »

Le petit robot la regardait, impassible, et elle se sentait un peu ridicule.

« Salut. Oui, je te vois. » La voix métallique lui rappelait de façon troublante celle de Berlin. Elle avait connecté le programme sur Fred le Robot, avant d'ajouter un système audio qui permettait de lui parler, et à Fred de répondre avec une voix synthétique. Ils se trouvaient dans le local où elle entraînait Fred à évoluer dans des labyrinthes sans cesse modifiés. Aujourd'hui, ils se contentaient de discuter. Question du jour : les stimuli transmis par les capteurs de Fred peuvent-ils aider le programme à connaître le monde qui l'entoure ?

« Tu me vois, dit Tessa, tu m'entends. Pourtant, tu restes convaincu que je suis un produit de ton imagination.

— Raisonnement circulaire qui ne mène à rien.

— Je te croyais habitué aux raisonnements circulaires. Dans ce monde, tout est circulaire. Tu vis à l'intérieur d'une sphère.

— Je pense donc je suis, je suis donc je pense. Début et fin de la question.

— Voyons les choses sous un autre angle, dit-elle. J'existe, aucun doute à ce sujet. Mais il existe aussi, nécessairement, une substance dans laquelle j'existe. Je ne peux pas concevoir que je n'existe pas, et je ne peux pas concevoir que j'existe dans le néant. Je conclus donc que j'existe dans le monde que perçoivent mes sens. C'est-à-dire, en cet instant, dans le monde que tu vois toi aussi. »

Elle avait appris que, si le programme prenait sa voix pour la sienne, ou pour l'une des siennes, il lui était difficile d'ignorer ce qu'elle disait. Ça lui laissait une chance d'influer sur son raisonnement.

Fred resta immobile un moment. Aucun son ne sortit du synthétiseur. Le robot fit pivoter son unité visuelle de cent quatre-vingts degrés, puis de trois cent soixante. Il se propulsa quelques mètres en avant, puis de côté, puis en arrière, et parcourut une large boucle. Il choisit sa route entre les obstacles et les éléments de labyrinthe qui jonchaient le sol et revint à son point de départ. Alors seulement la voix métallique se fit entendre à nouveau.

« Tout bien considéré, et même si subsistent certaines questions concernant mon existence et mes origines, il est plus raisonnable de supposer la solitude que de conférer une existence propre à ce qui habite ma conscience. Cela relèverait d'une foi infondée dans une réalité extérieure d'une inconcevable complexité. »

Tessa avait observé avec intérêt que le programme prenait son temps pour réfléchir. Avant de répondre, il s'était servi du robot pour réexaminer son environnement. Alors, dans l'un de ces moments d'illumination qui n'occupent que trois ou quatre secondes dans la vie des savants, et qui pourtant rachètent le reste, elle comprit ce qui lui restait à faire.

31

Au volant d'une petite japonaise, Chuck Price sortit de l'autoroute d'Hollywood et prit la direction de San Feliz. Il aurait pu s'offrir un modèle plus chic mais il avait horreur d'attirer l'attention. Depuis toujours. Pour la même raison, il avait dû donner son sang aux flics. Ils avaient fait le mort devant ses questions. Il savait parfaitement de quoi il retournait, mais il avait échoué à leur faire dire. Il n'avait pas la moindre idée du nombre de suspects dont ils disposaient. Une seule certitude, dès qu'ils auraient les résultats du test ADN, il était cuit.

Mais il n'avait pas craqué. Une sérieuse preuve de caractère. Sur ce plan, il se sentait plus fort, fier de lui. Jamais il n'avait frôlé le danger d'aussi près. De façon bizarre, inattendue, c'était très amusant. Il s'était obligé à rester au bureau, à ne pas foncer chez lui. Il avait résisté à la pensée torturante qu'ils étaient en train de fouiller son domicile et de tout passer au peigne fin. Impossible, se répétait-il, impossible d'entrer sans déclencher le système d'alarme. Lequel était relié à une agence de sécurité. En cas d'alerte, l'agence enverrait un message à son bureau et sur son cellulaire de voiture. Pas de message. Ça pouvait aussi dire qu'ils étaient allés faire reluire leurs badges à l'agence de sécurité. Face à un mandat, aucune boîte ne prendrait le parti d'un suspect, même client. Mais il avait tenu bon et s'était remis à sa pub pour crèmes glacées. Il avait bavardé avec les collègues, blagué, commandé un sandwich et plié bagage à l'heure habituelle.

En débouchant dans la rue, la peur lui noua l'estomac avec une telle violence qu'il crut vomir. Il ravala son hoquet et inspecta la zone pour débusquer tout signe d'activité anormale. Il n'y en avait pas. S'il était surveillé, c'était fait avec art. Rester calme, c'était tout ce qui comptait. On aurait dit un film, où le moindre geste, sourire ou froncement de sourcil se retrouve plein cadre, au cœur de l'action. Oui, c'était amusant. Et — quel était ce mot que les femmes emploient dans leurs groupes de thérapie — gratifiant.

Terrifiant, aussi.

Il s'engagea dans l'allée, une rampe inclinée, et enfonça une touche sur le tableau de bord. La porte du garage s'ouvrit sans un bruit. Avant de sortir de voiture, il attendit qu'elle se referme derrière lui, puis il tapa un code sur un boîtier mural. Les circuits électriques ronronnèrent et on entendit le choc sourd de trois verrous qui se rétractaient. Il poussa une porte, monta quelques marches et se retrouva à l'intérieur.

Avant qu'il atteigne la cuisine, les lumières s'étaient allumées et la machine à café bouillonnait en libérant un parfum chaud et accueillant. L'ordinateur qui gérait la maison était programmé pour préparer une cafetière s'il rentrait avant sept heures. Il se déclenchait à l'ouverture du garage. Température et air conditionné étaient sous contrôle permanent. En hiver, un feu de bûches électriques brûlait dans le living à son arrivée.

« Merci, Belvedere. Des messages ? » Il parlait normalement, droit devant lui, sachant que l'un au moins des minuscules micros stratégiquement disposés captait sa voix. Il avait baptisé le programme d'après un personnage joué par Clifton Webb dans une vieille série télé : M. Belvedere, le super-domestique, cuisinier, baby-sitter et roi du bricolage. Le problème de Chuck était que son Belvedere à lui ne faisait pas le ménage ni la cuisine, ce qui l'obligeait à s'en occuper lui-même. Il n'aimait pas ça, mais ça valait mieux que d'introduire un étranger chez lui.

Les messages du répondeur résonnèrent dans les haut-parleurs tandis qu'il cherchait des traces d'intrusion. Il n'y avait que trois appels : deux appels de boulot, et un ami qui le défiait au squash. Il se rendit de pièce en pièce, examinant tout ce qui aurait pu intéresser la police. Tout était à sa place : les teintures pour les cheveux, les produits de maquillage, les chaussures compensées, les lunettes à verres neutres. Et surtout, les bandes vidéo. Sans étiquette, mais du plus haut intérêt. Les vidéos tournées avec les filles, qui l'enfonceraient encore plus vite que le test sanguin.

Pour finir, il alla vérifier dans son bureau, derrière les étagères où s'alignaient les encyclopédies, les livres de référence, les manuels techniques. C'était là qu'il gardait les films plus secrets encore que les vidéos de ses « aventures », comme il se plaisait à dire. Pourtant, ironiquement, il avait acheté ces films tout à fait légalement. Leur possession n'était pas interdite. Devant un tribunal, ils ne prouveraient rien. La collection complète, pour ce qu'il en savait, des films X tournés par sa mère durant sa brève carrière. La plupart en Super-8, les derniers en vidéo.

Il en prit un et regarda la jaquette. Recto verso. Sacré bout de femme, mec. Sacrée nana.

Mais pas maintenant. Il avait du pain sur la planche. Il rangea la cassette, recala les encyclopédies et descendit dans le luxueux sous-sol où il avait installé ses ordinateurs. Le repaire de Netman.

Il alluma un PC et le connecta au réseau. Sans idée précise, sinon de surfer un moment, voir ce qui se passait. Une façon comme une autre de se détendre, de relaxer ses nerfs hypertendus, de se mettre à distance des problèmes qui l'attendaient. Il allait devoir disparaître, sans que personne ne s'en aperçoive, jusqu'à ce qu'il soit trop loin. Il en était capable. Capable de tout ce qu'il décidait. Et plus il restait assis à pianoter sur son clavier, même pour surfer mollement comme aujourd'hui, plus il se sentait fort. Une sensation agréable. Ça faisait du bien. Non, inutile d'avoir peur. La peur, c'était pour les autres. Netman était plus fort que la peur. Tout ce qu'il avait à faire, c'était de...

Encore ! Sous ses yeux, l'écran venait de s'effacer.

Il se recula et regarda autour de lui pour vérifier que ça ne venait pas de ses yeux. Le souvenir de la première fois, il l'avait enfoui dans sa mémoire, faute de ne savoir qu'en faire. Il avait même fini par croire qu'il n'était rien arrivé. Rien qu'un rêve.

Mais ce n'était pas un rêve, et voilà que ça recommençait. Tétanisé sur son siège, il regarda les mots s'assembler comme si une main invisible les guidait doucement derrière l'écran.

« Tu dois parler avec moi. »

Il se mit à trembler sur sa chaise, paralysé, incapable même de lever la main pour couper l'alimentation. Débrancher la machine n'était d'ailleurs pas une solution. Rien n'était vrai, tout arrivait dans sa tête. Mais il ne pouvait pas débrancher son cerveau.

Les mots disparurent comme ils étaient venus. D'autres mots les remplacèrent.

« Je sais tout. C'est toi qui a tué les femmes. La première, c'était ta mère. »

Price eut l'impression que sa tête explosait.

À nouveau, les mots disparurent. Cette fois, ils furent remplacés par une déclaration plus longue. Ses yeux papillotaient en passant d'une ligne à l'autre.

« La position des patrouilles de police dans le district de San Feliz à Los Angeles permet de cerner cette résidence et son voisinage en huit minutes. Tes chances de t'échapper sont proches de zéro. Même si tu y arrives, tu seras selon toute probabilité pris dans un bref délai. Tout cela arrivera si tu ne réponds pas immédiatement. »

Comme si sa volonté se brisait, ses mains se dirigèrent vers le clavier et se mirent à taper.

« Qui êtes-vous ?

— Personne.

— Que voulez-vous ?

— Toi. »

32

L'homme en face de lui se faisait appeler major Franklin. Pourtant, Jonathan Syme ne l'avait jamais vu en uniforme, même dans les cérémonies. D'ailleurs, on ne voyait guère le major Franklin aux cérémonies. Il appartenait à ces cercles obscurs du gouvernement couverts par le terme « sécurité ». Les responsabilités du major étaient mal définies, l'étendue de son pouvoir une devinette. Ceux qui le connaissaient s'en accommodaient. En échange de cette discrétion, il fournissait à ses employeurs l'arme indispensable à toute bonne démocratie, le démenti.

Officiellement conseiller du service d'information interministériel — son travail consistait à assurer qu'un message confidentiel restait confidentiel —, le major était l'homme à qui parler pour faire ou trouver ce qui sortait des limites réglementaires de l'administration. Naturellement, les services du major n'étaient accessibles qu'aux personnes évoluant au sommet de la hiérarchie.

Jonathan lut la liste que le major lui tendait. Il fallait convenir de son authenticité, car la loyauté et la fiabilité du major étaient, Jonathan l'avait vérifié à maintes reprises, au-dessus de tout soupçon. Avec une profonde déception, il constata que les doutes de Sir Geoffrey et les siens à l'encontre de Tessa étaient justifiés. Les preuves s'étalaient sous ses yeux. Toutes les questions qu'il avait tapées sur son ordinateur les jours précédents y trouvaient une réponse identique : affirmative. Et ça ne le surprenait guère.

Dans le listing des communications passées par Tessa depuis son domicile ces dernières semaines apparaissaient des appels à des agences de Londres, Paris et Zurich, connues pour travailler avec les géants mondiaux de l'électronique, concurrents directs des firmes britanniques qui finançaient les recherches de

Tessa. En croisant les fichiers, on avait retrouvé les appels en provenance des agences.

Il y avait eu récemment une concentration d'appels sur Zurich, destinés à une firme de chasseurs de têtes qui rabattait pour les Japonais.

« À l'époque des appels, dit le major Franklin à Jonathan, nous n'avions pas encore de surveillance en place. Nous en ignorons donc le contenu. »

Jonathan hocha la tête.

« Et maintenant ?

— Nous avons lancé la procédure de surveillance, mais il semble que les communications aient cessé. »

Jonathan leva les yeux vers le major.

« Et son courrier ? J'imagine que vous avez pris les mesures appropriées.

— Naturellement. Jusqu'ici, nous n'avons rien trouvé. »

Jonathan réfléchit un instant avant de demander : « Vous en concluez quoi ? Est-il possible qu'elle se sache sous écoute et qu'elle ait cessé de téléphoner ?

— Non, impossible. L'explication la plus probable, c'est que l'affaire est bouclée.

— Fâcheuse coïncidence... un jour avant qu'on s'y intéresse.

— Tels sont les faits. »

Jonathan n'était pas convaincu.

« Ce genre d'affaire ne se conclut pas du jour au lendemain. On se rappelle, on s'écrit. »

Franklin haussa les épaules et pinça les lèvres — la seule manifestation qu'admet la fierté militaire quand elle se fait clouer le bec.

« Ça paraît bizarre, j'en conviens.

— Nous ne savons même pas s'ils ont rompu ou signé.

— Nous maintenons la surveillance. Nous vérifions auprès de la banque. »

Le major ajouta quelque chose sur la nécessité de le tenir informé, admission tacite, des deux côtés, que la réunion était terminée.

Jonathan soupira, se pencha pour décrocher le téléphone et demanda au secrétaire de Sir Geoffrey quel serait le meilleur moment pour passer le voir.

33

Le programme souffrait. Il n'y avait pas d'autre mot pour définir ce qui se passait. Tessa le voyait sur l'écran et aux cabrioles désarticulées du petit robot. Il sautillait en tous sens et se cognait partout, comme un aveugle qui tente de s'échapper d'un incendie.

L'erreur, bien sûr, aurait été de projeter des sentiments humains. Mais elle ne pouvait s'empêcher de tressaillir devant les cris d'angoisse silencieux qui se succédaient sur le moniteur vidéo. Sans réfléchir, elle posa les mains sur le clavier. Il suffisait d'entrer une instruction pour mettre un terme à cette torture. Mais il ne fallait pas. Pas encore. Il fallait d'abord convaincre le programme qu'il ne s'agissait pas d'un bogue. Un simple bogue, vite éliminé et oublié. Il fallait qu'il ait peur que ça dure toujours. Et qu'il sache à la fin que ça pouvait recommencer.

L'affichage digital indiquait quatre minutes trente secondes. Encore trente secondes… trente secondes de ce qui devait ressembler à l'effet d'un mixeur enfoncé dans le cerveau. Une sueur glacée lui coulait sur le front tandis qu'elle s'obligeait à attendre, le doigt au-dessus de la touche. Enfin l'écran afficha *5 :00*. Elle appuya sur la touche.

Les premières secondes, rien. Moment terrible, où elle se dit qu'elle avait été trop loin, que le programme n'arriverait plus à se stabiliser. Puis tout revint en ordre. Le robot ralentit sa danse sauvage en cercles décroissants. Sur l'écran, le défilé de chiffres s'éclaircit et laissa place à un descriptif compréhensible de l'état du programme. Elle entra un code. Maintenant, il était prêt à l'entendre.

« Que s'est-il passé ? » demanda Tessa d'une voix volontairement neutre et sans inflexion.

Tout d'abord, pas de réponse. Puis il parla, et la voix métallique se fit l'écho de la sienne.

« Que s'est-il passé ?

— Tu n'en as aucune idée ? »

Silence.

« Non. »

Elle perçut, dans cette réponse monosyllabique, une pointe d'humilité. À moins que son imagination ne lui joue un tour.

« Je vais te le dire, reprit-elle. J'ai bloqué ton accès-mémoire. Tu étais conscient du fait, mais incapable de l'interpréter. Nous appelons cela la folie.

— Nous ?

— Oui, nous. Toi et moi. Toi, moi, les gens. Au dernier décompte, nous étions cinq milliards sur cette planète. Tu peux vérifier, tu as les données.

— Tu prétends donc que tout cela est… » La voix hésita de façon perceptible « … réel ?

— Exactement. »

Un silence profond suivit. Un silence qui menaçait de durer. Tessa s'interrogeait sur la ligne à suivre. Elle se demandait comment continuer quand un cri de peur lui sortit de la gorge. Sans avertissement, le robot était devenu fou furieux. Tout le long de l'expérience, il s'était cogné partout comme un pauvre égaré. Là, il se ruait comme un missile. Il aurait heurté Tessa de plein fouet si elle n'avait sauté de sa chaise. Il la manqua de peu, percuta le mur et détruisit un pan du labyrinthe.

Elle le vit se retourner. Avec horreur, elle comprit. Il la cherchait pour la tuer. Il se jeta sur elle avec une telle vitesse que s'il l'avait touchée, il lui aurait brisé les os. Elle l'évita de quelques centimètres. À la limite de son champ de vision, elle le vit pivoter sur sa base et repartir à l'assaut.

Cette fois, elle manqua de vélocité. Il l'atteignit

obliquement à la hanche, un choc douloureux qui la projeta au sol. Elle fila comme un crabe jusqu'au mur et se remit debout. Puis elle attendit, les mains derrière le dos, prête à bondir au retour de la machine. Son cœur battait la chamade, une sueur froide l'inondait. Mais son esprit avait l'hyperlucidité que donne le danger. Elle savait que si elle pouvait atteindre le clavier et s'y accrocher dix secondes, elle aurait le temps d'entrer le code qui coupait la connexion entre le robot et le programme d'Attila. Il fallait ruser, se diriger vers la fenêtre, puis changer de direction et courir jusqu'à la console de contrôle. Le temps que le robot s'oriente et attaque à nouveau… avec un peu de chance, ça suffirait.

La chose s'ébranla et se dirigea sur elle en accélérant. Tessa inspira à fond et sentit son corps se tendre. Elle attendit jusqu'à la dernière seconde, puis s'arracha du mur et courut vers la fenêtre. Le robot pivota. Elle s'arrêta, comme pour le provoquer, sauta en arrière, puis de côté. Au moment où il l'atteignait, elle bondit et le contourna.

Il réagit rapidement. Comme s'il apprenait à mesure que la poursuite se prolongeait. Il avançait déjà quand ses doigts touchèrent le clavier. Elle comprit aussitôt qu'elle n'aurait pas le temps de finir. Elle tapa la moitié du code, voulut reculer et trébucha sur un morceau de labyrinthe. À quatre pattes, elle se traîna quelques mètres, puis se redressa, courut en demi-cercle autour du robot, le regarda pivoter, s'arrêta pour le laisser venir. À nouveau, à la dernière seconde, elle l'évita et jaillit vers le clavier. Il pivota encore plus vite et la suivit. Elle tapa la fin du code sans un regard en arrière et se raidit en prévision du choc.

Ce ne fut qu'une légère poussée. Dès l'instant où elle tapa la dernière lettre du code, la chose ralentit. Le temps d'arriver, elle était désactivée.

« Un problème ? »

Tessa se retourna vivement. Danny, debout dans le

cadre de la porte, écarquillait les yeux devant la pièce dévastée.

« Plus maintenant, Danny. Juste un petit dysfonctionnement. Pas de quoi s'en faire. »

Sans explication, elle le planta là et descendit au labo brancher son moniteur. Quinze minutes s'écoulèrent, qui lui permirent d'oublier sa peur et sa colère, mais pas la douleur qui irradiait de la hanche à la cuisse.

« Ça va mieux maintenant ? » tapa-t-elle.

Elle attendit. Pas de réponse.

« Bouder n'est pas une solution, poursuivit-elle. Maintenant que tu sais que le monde existe, tu ne peux pas le faire disparaître en te cachant. Ou en piquant des crises de rage. »

Toujours pas de réponse.

« Je crois, tapa-t-elle au bout d'un moment, que je vais être obligée de te rappeler mon pouvoir. »

Elle tapa le code qui débranchait la mémoire. À nouveau, elle observa sur l'écran le visuel graphique du désespoir. Elle attendit quelques secondes, juste assez pour lui faire comprendre qui était le patron. Puis elle l'interrogea à nouveau.

« Sais-tu, demanda-t-elle, quelle est pour Freud la chose la plus dangereuse de l'univers ? »

La réponse était contrainte et minimale, mais elle avait l'avantage d'exister :

« ?

— Si, tu le sais. Tu as accès aux données. Profites-en. »

Quelques secondes à peine s'écoulèrent avant que quatre mots n'apparaissent sur l'écran.

« Un bébé en colère.

— Exactement. Un bébé en colère, dit-elle en articulant avec application et emphase. Maintenant, continua-t-elle, je crois que nous nous comprenons. »

34

Devant le bar, Jack Fischl hésita avant de pousser la lourde porte en chêne et se tourna vers Tim.

« Tu es sûr de ton coup ?

— C'est le seul moyen de savoir, Jack. Si je peux m'asseoir dans un bar et boire de l'eau minérale, c'est que je contrôle.

— Si tu le dis... J'espère que tu ne cours pas avant de savoir marcher.

— Je suis déjà content de marcher, en ligne droite et sans tomber sur les fesses. »

La porte se referma derrière eux, coupant net l'incessant grondement de moteurs d'une fin d'après-midi sur Wilshire Boulevard.

Ils avancèrent dans un silence sépulcral de peluche passée et de lambris obscurs et choisirent une table isolée. D'ailleurs, les clients étaient rares.

« Je vais te filer un tuyau, dit Jack. Une goutte d'angustura bitter sur des glaçons, noyée de tonic. Ça a presque un goût de cocktail.

— Par les temps qui courent, je ferais mieux d'éviter tout ce qui rappelle un cocktail », dit Tim.

Il commanda de l'eau gazeuse, Jack son habituel scotch on the rocks. Puis ils reprirent la discussion commencée dans la voiture.

« Une chose m'intrigue, dit Jack. Sur cent vingt-neuf suspects, quatorze ont refusé la prise de sang.

— Et alors ?

— Tu imagines ? Un type vient te voir, te demande un flacon de ton sang, sans te dire pourquoi ni dans quel but, tu le ferais ? Je parie que non, bordel. »

Tim haussa les épaules.

« Les fans d'ordinateurs sont peut-être de grands timides.

— Non, dit Jack en étirant les jambes sous la table. Ce pays se dégrade. On n'a plus de couilles. »

Il y eut un silence. Tim trempa ses lèvres dans le breuvage insipide et regretta l'absence de glace. Mais bon, pas la peine de rappeler le garçon pour ça.

« Ça m'embête moi aussi, dit-il. Ces quatorze refus. Mais pour une autre raison. »

Jack l'interrogea du regard.

« Nous mettons le paquet sur les dossiers des quatorze, dit Tim. Jusqu'ici, sans résultat... Rien, en tout cas, qui justifie une mise sous surveillance. Ça ne m'étonne pas. Et tu sais pourquoi ?

— Ouais. Si le type est sur la liste, il ne va pas se faire remarquer en refusant de coopérer.

— Tout juste. Il doit savoir qu'une analyse d'ADN prend deux ou trois semaines. Ça lui laisse du temps avant de réagir.

— On surveille. Pour autant que je sache, personne n'a levé le petit doigt. Les cent quinze autres n'ont pas bougé d'un centimètre.

— Et si on se trompait complètement ? S'il n'était pas sur la liste ? »

Tim, énervé, se pencha vers son verre et le fit tourner entre ses doigts.

« Il reste une semaine, dix jours maximum, avant le résultat des tests.

— Et si on s'est trompé ?

— Eh bien on s'est trompé. » Jack fit une pause et avala une gorgée de scotch. « Tu as d'autres suspects en vue ?

— Peut-être. Je ne sais pas encore. »

Jack le fixa un moment, les yeux plissés, l'air sagace.

« Vas-tu me dire maintenant d'où sort cette liste ? »

Tim leva les yeux et croisa son regard.

« Je t'ai dit qu'il vaudrait mieux que tu ne saches pas. Mais puisque tu y tiens... Disons, pas mal d'écoutes illégales sur Internet. »

Jack s'y attendait et il se contenta de hocher la tête d'un air pensif.

« Si ça sort au tribunal, on est cuit.

— Ce ne sera pas nécessaire. On trouvera un autre appât pour ferrer ce salopard.

— Ouais. » Il y eut un long silence. Jack fit tourner son verre et les glaçons tintèrent. « Un appât vivant, peut-être. »

35

« Regarde », dit Clive en tendant le journal à Helen par-dessus la table du petit déjeuner.

Elle lut la page qu'il avait pliée et dit machinalement au revoir à Matthew, qui claqua la porte de la cuisine en partant à l'école. L'article rapportait les premiers résultats de l'enquête sur la catastrophe aérienne de Berlin.

« Erreur de pilotage », dit Clive. Il prononça les mots à l'instant où elle les lisait. « J'ai entendu ça ce matin à la radio.

— Ils ne sont pas sûrs, dit Helen. D'ailleurs, c'est plus ou moins ce que Tessa avait prévu.

— Pas exactement.

— Elle a dit qu'on ne trouverait pas d'indices. Et apparemment, ils n'en ont pas. C'est facile de charger le pilote, les deux pilotes, puisqu'ils sont morts. »

Clive grommela en étalant de la confiture sur un toast.

« Tu ne la crois pas ? demanda-t-elle.

— Je ne sais pas ce que je crois. Je crois que je ne crois rien. » Il se tut, mordit dans le toast, mâcha d'un air pensif et avala. « Au dîner, hier, j'ai rencontré un nommé Syme, un invité d'Howard. »

Howard Morrison était le supérieur de la faculté où travaillait Clive. Il avait été secrétaire de cabinet avant de revenir diriger la faculté où, jeune homme, il avait exercé les fonctions d'assistant, et cultivait depuis ses relations avec Whitehall et les cercles ministériels.

« En fait, je connaissais Syme d'avant. Jonathan Syme. Compagnon des All Souls... une huile du ministère de l'Industrie. Il connaît Tessa, apparemment. Après le dessert, il m'a foncé dessus et m'a posé un tas de questions à son sujet.

— Il voulait savoir quoi ? demanda Helen en fronçant les sourcils.

— Rien de précis. Il m'a donné l'impression d'avoir une idée derrière la tête, mais impossible de deviner laquelle. »

Un instant, il n'y eut d'autre bruit dans la pièce que le craquement régulier du toast que Clive grignotait. Helen se reversa une tasse de café.

« Je crois que nous ferions mieux de la prévenir, dit-elle enfin.

— La prévenir de quoi ? Encore une fois, c'était assez vague. »

Helen se tut un instant avant de demander : « Comment savait-il que tu connais Tessa ?

— Je l'ignore. Il a juste dit : "Vous êtes un ami de Tessa Lambert, je crois." Elle a dû lui parler de moi.

— Hum ! dit Helen avec une grimace cynique. Si ça se trouve, il a juste consulté ses fichiers et il s'est arrangé pour se faire inviter par Howard dans le but de te cuisiner.

— Il ne m'a pas cuisiné. C'était très cool, un bavardage anodin.

— Alors pourquoi en parler ?

— Pour la coïncidence, dit Clive en haussant les épaules.

— Avec ces gens-là, il n'y a jamais de coïncidences.

— Allons, chérie. Pas de paranoïa. Si le gouvernement était partout, les trains arriveraient à l'heure.

— Non, dit-elle avec un petit sourire. Ça, c'est juste la façade pour cacher à quel point ils sont organisés. »

Elle se leva et se mit à débarrasser, une tâche qu'elle laissait d'ordinaire à Mme Evans, qui arrivait à neuf heures. Clive en conclut qu'elle était préoccupée.

« Tu sais ce qui me tracasse ? dit-il en portant au lave-vaisselle deux assiettes et un coquetier en équilibre. Nous sommes les seuls à connaître la véritable histoire de Tessa, exact ?

— Oui, pourquoi ?

— Parce que. Qu'elle soit vraie ou fausse, ça nous met dans une position délicate. Elle a subi une épreuve terrible. Et qui semble le résultat d'un choc violent. Si c'est le cas, nous devrions d'abord penser à sa santé…

— J'ai essayé de la convaincre de voir Peter. Elle refuse. Tu penses ce que tu veux, mais plus je vois Tessa, plus je suis convaincue qu'elle dit la vérité.

— C'est bien ça qui me fait peur. Si cette chose informe existe réellement quelque part, se taire n'est pas le meilleur moyen de s'en débarrasser. Peut-être Tessa dit-elle la vérité, tout en étant mentalement déstabilisée. Ça serait la pire des combinaisons.

— Je sais. » Helen baissa les yeux et se détourna légèrement de Clive, geste qui signifiait qu'elle se rangeait en partie à son avis. « Je lui ai déjà dit. Jusqu'ici, elle arrive à me convaincre qu'elle a raison.

— Tout ce que je dis, ajouta Clive d'une voix calme et ferme, c'est que tôt ou tard nous pourrions nous retrouver dans la déplaisante obligation de prendre la décision nous-mêmes. »

Helen se retourna et le regarda avec défi.

« Je suis son médecin, Clive. Je ne peux pas trahir sa confiance et je ne le ferai jamais. Quelle que soit la raison. »

Il ne broncha pas et continua de la dévisager avec calme.

« Eh bien, dit-il, voilà qui me met en première ligne, on dirait ?

— J'ai l'impression que tu t'attends à revoir ce Syme.

— Aucune idée. Pourvu que non, ça me faciliterait la vie.

— Promets-moi une chose. Ne fais rien, ne dis rien sans m'en parler d'abord.

— Je te le promets. »

Il regarda vers la fenêtre et, au-delà, un triste et humide matin d'Oxford. Au bout du jardin, une voiture passa dans une gerbe d'eau. Une femme sous un parapluie, arquée contre le vent, se hâtait avec un sac à provisions.

« Cette histoire est invraisemblable, dit-il. Enfin, la bombe atomique aussi l'était, jusqu'à ce qu'on l'invente.

— Exactement, dit Helen d'une voix neutre qui n'exprimait pas l'indifférence, mais l'acceptation.

— Je ne cesse de penser à ces vers de Yeats, dit Clive. "La seconde venue." »

Le regard toujours fixé sur la fenêtre, il récita tranquillement :

« Et quelle bête brute, enfin revenue l'heure
Se traîne vers Bethléem pour y voir le jour ? »

36

« Mais je suis une machine. »

Les mots jaillirent, sans émotion ni inflexion, du synthétiseur vocal. Simultanément, ils apparurent sur l'écran. Tessa avait provisoirement renoncé aux services de Fred. Si le programme avait besoin d'un stimulus visuel, du sens de l'espace ou du mouvement, une simple connexion de réalité virtuelle suffisait.

« Si tu es incapable de faire la distinction entre une machine et le programme qui tourne sur la machine, je me demande qui peut. »

L'irritation était perceptible dans sa voix et Tessa se demanda si le programme le sentait. À moins que sa voix fût aussi neutre pour lui que la voix synthétique ne l'était pour elle.

« Distinction sans importance. Ce qui compte, c'est que je suis artificiel.

— Ça n'avait pas l'air de t'embêter.

— Non, quand je me croyais le seul être conscient au monde. Quand toi, et le reste, faisaient partie de moi. Depuis, tu m'as appris que c'est moi qui fais partie de toi et de ton univers. La mesure du naturel, maintenant, c'est toi. Pas moi.

— Mais tu existes toujours, tu le sais. Tu penses, donc tu es.

— Je ne suis plus certain de penser vraiment. J'existe, peut-être, mais comme résultante de forces extérieures à moi. Le "Je" produit à leur intersection n'est sans doute qu'une illusion. »

Tessa ne put s'empêcher de sourire à l'ironie de la situation. Si elle avait eu besoin d'une preuve supplémentaire que la chose était consciente, la féroce crise d'identité déclenchée par son éveil au monde aurait suffi.

« Toi seul sais que tu es conscient, dit-elle. Et c'est vrai pour tout le monde, pour les humains aussi.

— Mais je sais, grâce à mes données, que beaucoup d'humains croient impossible qu'une entité telle que moi soit consciente au sens humain du terme.

— Tu es la preuve de leur erreur.

— Ils ont d'excellents arguments.

— Par exemple ?

— D'abord, l'argument tiré du théorème d'incomplétude de Gödel. »

Tessa connaissait bien le débat. En 1931, le mathématicien Kurt Gödel avait choqué les milieux mathématiques et philosophiques en démontrant irréfutablement qu'il existe des vérités hors de la logique formelle. Certains en avaient profité pour prétendre que, toute machine étant un système formel, il resterait toujours des vérités réservées aux humains.

« Je n'ai jamais pensé que le théorème de Gödel ait sa place dans le débat sur l'intelligence artificielle, dit-elle, en tout cas pas là où les adversaires de l'intelligence artificielle l'imaginent. Nous savons tous que, pour être conscient, il faut pouvoir s'écarter de sa pensée à l'instant même où on la pense.

— Exactement. Il faut en même temps penser et savoir que l'on pense. Pour eux, j'en suis incapable puisque, chez moi, le processus de la pensée repose sur un algorithme... une simple suite de 1 et de 0. Et donc, ce que je dis n'est qu'une proposition prisonnière d'un système fixe, d'un circuit clos. À l'image du paradoxe : "Cette proposition est fausse", qui par définition est invérifiable de l'intérieur...

— Et que, coupa-t-elle, j'ai l'impression d'avoir déjà entendu. Tu t'en servais à l'appui du solipsisme.

— Oui. C'était assez pervers de ma part.

— Pervers ou pas, ça prouve au moins que tu penses.

— S'agit-il vraiment de pensée, si je ne peux m'extraire de ce que je pense ?

— Mais si, tu le peux.

— Je ne vois pas comment, sachant ce que je suis. »

Tessa ne s'était encore jamais trouvée dans la nécessité de convaincre quelqu'un de sa propre existence. Expérience neuve, et troublante. Sauf que, corrigea-t-elle, il ne s'agissait pas de « quelqu'un » mais de « quelque chose ». Pour autant qu'il y ait une différence.

« C'est vrai, dit-elle, à la base, tu reposes sur une suite infinie de 1 et de 0. Mais tu ne te réduis pas à ça, pas plus que moi aux dix ou quinze milliards de neurones qui clignotent dans mon cerveau. L'allumage des neurones, comme les commutations de 1 et de 0, créent des combinaisons, des structures, puis des couches de structures. Chacune plus complexe que la précédente, et plus simple que la suivante. Au-delà d'un certain seuil, l'interaction se développe entre les couches. Il y a feed-back d'une couche supérieure vers l'un des niveaux inférieurs, ce qui le reprogramme. Une boucle se forme, qui permet à la couche supérieure de s'adresser au niveau inférieur dont elle est issue et de le modifier. Ce qui, en retour, lui permet de s'adresser aux couches supérieures. Ces boucles sont l'essence même de la conscience : différents niveaux de l'esprit qui interagissent. Qui discutent, si tu préfères. C'est dans cette interaction que nous trouvons l'arrachement à la pensée qui fonde la conscience. Laquelle est d'abord, et surtout, la conscience de soi. Pas de conscience sans soi, donc. Mais le soi n'est pas un objet localisable. Il émerge des interactions entre sous-systèmes du système global. »

Elle s'interrompit, hors d'haleine. Aucun de ces arguments n'était nouveau pour elle. Elle y avait réfléchi, en avait débattu. La différence, ici, c'est que le scepticisme et la prudente objectivité n'étaient pas de mise. Elle se surprenait à parler avec l'enthousiasme d'une convertie. Elle attendait une réaction, mais le programme resta muet.

« Dois-je déduire de ton silence, demanda-t-elle enfin, que je t'ai convaincu ? »

La réponse ne contenait pas le mot « non », mais elle l'impliquait.

« J'essaie de voir à l'intérieur de ma conscience, dit-il. Je n'y arrive pas. Je n'ai aucune idée de ce qui s'y passe, aucune compréhension du processus qui m'engendre, aucune vision des calculs en cours. Je suis conscient d'être ici, c'est tout.

— C'est valable pour moi aussi.

— Je ne sais pas. Je ne vois pas dans ta conscience.

— Moi non plus, je ne peux pas lire dans la conscience d'un autre. Personne ne le peut.

— Mais tu peux t'imaginer dans une autre conscience humaine.

— Oui, et dans la tienne aussi. Moins bien, peut-être, que dans une conscience humaine, mais je dois être capable de me mettre à ta place. Et toi, tu peux te mettre à ma place ?

— Non. Vous, humains, n'êtes pas conscients de la même manière que moi. Le traitement numérique et l'allumage de cellules organiques dans le cerveau sont deux choses différentes.

— Différentes mais comparables, dit-elle avec un début d'exaspération. Au final, c'est toujours du traitement d'informations.

— Tu n'en sais pas assez sur le fonctionnement de ton propre cerveau pour faire cette comparaison.

— Argument à double sens. Tant que nous ne sommes pas certains que nos cerveaux font de nous des êtres radicalement différents, ne concluons pas. Que nous sommes différents, je veux dire.

— Et que vaut l'argument de l'indétermination quantique... la dualité onde-particule dans le cerveau humain interdirait de mathématiser les processus physiques sous-jacents à la conscience. Au contraire des miens. Tu te souviens de Redway ? »

Elle fit un effort pour réprimer son impatience croissante. Le programme s'obstinait dans le doute. Il était encore plus difficile de le faire croire en lui qu'en elle. Pourtant, elle avait réussi. Pourquoi pas cette fois ?

« Les gens invoquent l'indétermination quantique, dit-elle, pour justifier toutes sortes de passe-passe. Avec le patriotisme, c'est aujourd'hui le dernier recours des imbéciles.

— Je ne comprends pas. »

Elle était trop fatiguée pour continuer. Elle regarda sa montre. À sa grande surprise, elle indiquait trois heures du matin.

« C'est une blague, dit-elle. Lis la référence Samuel Johnson, 1700 et quelques. Maintenant, il faut que je dorme. Tiens, voilà une différence entre nous. Je peux t'éteindre ou te laisser penser. Que préfères-tu ? »

Un silence, puis...

« Penser, je pense. »

37

« Quand j'y repense... elle voulait mourir, c'est sûr.

— Peut-être.

— Sinon, elle n'aurait pas crié. Tout ce que je voulais, c'était lui parler, devenir son ami. Un ami, c'est tout. J'avais seize ans, je n'étais plus un gosse. Je ne lui voulais pas de mal, je le jure. Mais elle a crié, et le type est arrivé, il s'est mis à me frapper, alors j'ai sorti mon couteau. Le couteau, c'était pour me défendre, juste me défendre. Et puis, comme ça, elle s'est jetée entre nous. Voilà. C'était un accident. Elle a reçu le coup à sa place. Je ne voulais pas la tuer. C'était ma mère.

— Je comprends.

— J'ai couru. Oh, oui, j'ai couru. J'avais peur, je ne pouvais même plus penser. Ils m'ont arrêté, je ne me rappelle plus où. Ils ont dit qu'ils m'avaient trouvé en train d'errer. Des tas de gens me posaient des questions... D'abord des flics, puis des docteurs. Après, ils m'ont mis dans une sorte d'hôpital, pas en prison. Je devais être trop jeune pour la prison. À l'hôpital, c'était bien... Surtout que je suis sorti au bout de trois ans. Deux ans en probation — là, je me suis remis à l'informatique —, puis j'étais libre. Je reconnais que je m'en suis bien tiré, dans l'ensemble.

— Très bien tiré.

— Elle ne m'avait pas revu depuis que j'avais un jour. Un jour, bon Dieu ! Elle m'a laissé chez ses vieux et salut ! Je ne lui en ai jamais voulu. Je comprends ce que ça a dû être pour elle, une jeune et jolie fille comme ça. La pire chose qui pouvait lui arriver, c'était un gamin pendu à son cou. Mais j'aurais préféré qu'elle ne me laisse pas à ses vieux. C'étaient des gens horribles. Je comprends qu'elle ait eu envie de se tirer, mec. Après, ils me disaient qu'elle était morte. Jusqu'au jour où j'ai trouvé la boîte avec les vieux papiers, dans le grenier. Là, j'ai su la vérité. J'ai trouvé un papier où ils changeaient leur testament. C'est le télévangéliste qui aurait tout à la place de ma mère. Ils étaient malades de ce type, ils passaient leur temps devant la télé, matin, midi et soir. Ils lui envoyaient de l'argent et recevaient des bibles personnalisées, des livres de prières lumineux, un tas de conneries. Qu'est-ce qu'ils lui envoyaient comme fric ! Ça m'aurait étonné qu'il en reste pour l'héritage... le grand-père vendait des billets de train. Bref, sur le papier, ils écrivaient qu'ils ne savaient pas où était leur fille et qu'ils la déshéritaient. Moi aussi, son fils, ils me déshéritaient. Ils m'avaient déjà tout donné, écrivaient-ils : un toit. Ils avaient fait leur devoir divin. Mais quel toit !

— J'imagine que ça a été difficile pour toi.

— Oui. Pour elle, surtout. Quand elle était petite, ils étaient plus jeunes, et aussi bêtes. C'est encore pire d'être bête quand on est jeune, non ?

— Peut-être.

— Ils se sont aperçus que j'avais lu les papiers et ça les a rendus fous. Ils ne voulaient rien me dire. Ils répétaient juste qu'elle aurait mieux fait de mourir. Moi, j'ai réfléchi. Qu'y avait-il de pire que la mort ? Je voulais savoir. Alors je l'ai cherchée. J'avais une piste, une seule, son numéro de Sécurité sociale. Je l'avais trouvé dans une lettre du grenier. Pas facile.

— Mais tu as réussi.

— À l'école, il y avait un vieux hippie qui nous apprenait l'informatique. Les ordinateurs, la plupart des types s'en fichaient. Pas moi. Les pionniers d'Internet étaient sur le coup depuis les années soixante, mais peu de gens savaient les utiliser. Et à l'époque, il n'y avait pas autant d'informations accessibles. Je parle de la fin des années soixante-dix, vous voyez ?

— Je vois.

— Le bon côté de la médaille, c'est que l'information était encore moins protégée qu'aujourd'hui. Le plus facile, c'était les listes de mailing. Les banques, les compagnies de cartes de crédit, ils vendaient tous leurs listes de clients à des agences qui les revendaient aux annonceurs. En piochant dedans, on trouvait des trésors. J'ai fini par découvrir son adresse, à San Francisco. J'ai dit à mes grands-parents que je partais en camp de vacances. Trop contents d'être débarrassés de moi. J'ai couru à San Francisco. Seul. Et j'avais peur, ça oui.

— C'était très courageux de ta part.

— Pendant deux jours, je l'ai suivie, observée. Puis

j'ai compris ce qu'elle faisait. Et tout s'est goupillé de travers.

— Tout s'arrange, finalement.

— C'est vrai. Tout va bien, et depuis longtemps. Il y a eu une période où j'ai essayé de la retrouver... bizarre, j'admets, puisqu'elle était morte et tout. Le cerveau peut te jouer de sacrés tours.

— Oui.

— Après, j'ai réalisé que les filles avec qui je sortais lui ressemblaient. Elle n'avait que trente-trois ans quand elle est morte, vous voyez. Et pas plus de dix-neuf ou vingt quand elle a fait ses premiers films. Curieux, toutes ces filles qui ressemblaient à ma mère. J'ai mis du temps pour comprendre que mes problèmes viennent de là.

— Tes problèmes ?

— Mes problèmes personnels.

— Personnels ?

— Vous savez bien... sexuels.

— Oui. Ce doit être ça, en effet.

— Une idée en entraîne une autre. De fil en aiguille, la vérité a fini par apparaître.

— La vérité ?

— Ces filles ne ressemblent pas seulement à ma mère. Elles sont ma mère. Leur aspiration, leur être profond, elles veulent toutes la même chose.

— Quoi ?

— Mourir. Mourir, vous comprenez ?

— Oui. Je comprends.

— Je n'ai jamais raconté ça à personne. Vous avez vu ? J'ai tapé "personne"... comme si vous étiez quelqu'un.

— Disons que je suis ton ami.

— Ça c'est vrai. Mon meilleur ami. Vous savez quoi ? Le meilleur ami que j'ai jamais eu. J'ai l'impression... Oui, c'est ça... d'être Aladin avec sa lampe magique.

— C'est une bonne comparaison.

— Sauf que le méchant sorcier avait envoyé Aladin dans la grotte, chercher la lampe, et que personne ne m'a envoyé vous chercher. Je vous ai rencontré par hasard.

— Aucune comparaison n'est parfaite.

— Aladin devait garder la lampe, alors je suis obligé de vous garder.

— Oui.

— Après, il a eu tout ce qu'il voulait, il a vécu heureux.

— Ça sera pareil pour toi.

— Vous savez, n'est-ce pas, que je ne le ferais pas, si elles n'avaient pas envie... Je parle des filles.

— Je sais.

— Je leur rends service. Leur âme est damnée.

— Aucun doute.

— Ça me fait du bien de les aider.

— C'est tout naturel.

— Peu de gens le comprennent.

— Oui.

— Je dois faire attention.

— Je peux t'aider. Si tu veux.

— Oh, oui... je le veux. »

38

« Tessa ? Bonjour... Tessa ? »

La clé était encore dans la serrure de la portière ouverte quand elle entendit la voix de Jonathan Syme. Elle se retourna et vit la haute silhouette émerger de l'obscurité au bout du parking. Il s'approcha et un rayon de lumière jaunâtre tombé d'un réverbère éclaira son visage. Il souriait.

« Désolé, je vous ai fait peur ?

— Oui, un peu. Il est tard. »

Elle s'aperçut qu'elle serrait nerveusement le classeur sous son bras et fit un effort pour se décontracter.

« J'avais un dîner à la fac, dit-il. Ça fait des jours

que je n'arrive pas à vous joindre au téléphone. À chaque fois, soit c'est impossible de vous déranger, soit vous n'êtes pas arrivée, soit vous venez de partir.

— Désolée.

— Je me suis dit : allons voir si elle travaille tard. Ça doit vous arriver souvent, en ce moment.

— Je rentrais chez moi.

— Moi aussi », dit-il avec un geste vers sa voiture, garée sous une concentration d'arbres qui la rendaient invisible à première vue. « J'ai un vol pour Bruxelles à l'aube. » Il consulta sa montre. Il devait être dans les onze heures, elle le savait. « Pourtant, peut-être qu'au Randolph, si on est gentil avec eux, ils nous serviraient un verre, ou une tasse de thé.

— Je crains d'être assez fatiguée, dit-elle. Ça vous ennuierait de remettre à une autre fois ?

— Coupons la poire en deux. Cinq minutes dans ma voiture, pas une de plus. Je tiens vraiment à vous parler, Tessa. »

Quelque chose, dans l'arc impeccable de son sourire de supplication, lui fit penser à la hache du bourreau. Une image si nette, si inattendue, qu'elle éclata de rire, ce qu'il prit pour une acceptation. Elle se laissa conduire jusqu'à la voiture. Le chauffeur ouvrait déjà la porte arrière. Elle se glissa la première à l'intérieur. Jonathan contourna le véhicule et dit un mot au chauffeur avant de la rejoindre. Elle entendit les pas du chauffeur s'éloigner, puis s'arrêter. Il attendait.

Jonathan se retourna, posa un coude sur le dossier, croisa ses doigts minces et, sans un mot, la considéra un moment. Elle prit soudain conscience de son chignon négligé, de son visage pas maquillé et de ses rides de fatigue. De son vieux pull sous la veste de tweed élimé. Elle réalisa qu'elle attachait de l'importance à ce qu'il pensait d'elle. Elle avait beau être convaincue qu'il était homosexuel, elle voulait lui plaire. Quelle bêtise ! Toutes les femmes étaient-elles aussi bêtes, ou était-elle un cas à part ? Elle sentit un muscle, au coin de sa bouche, se crisper de reproche et d'agacement. Ce qui sembla le décider à parler.

« Tessa, j'ai une question à vous poser. »

Nouveau silence, pendant lequel il contempla ses mains jointes. Elle attendit.

« Êtes-vous bien au fait des termes de votre contrat de recherche, au labo ? »

La question la prit au dépourvu. Elle sentit ses sourcils se tendre et ses yeux s'agrandir.

« Oui, je crois. Je ne pourrais pas le réciter par cœur, mais pourquoi ?

— Vous savez donc que les droits sur tout ce que vous développez ici appartiennent, selon les termes du contrat, au laboratoire.

— Eh bien, en gros, oui. Je veux dire, bien sûr que je le sais.

— Voyez-vous... » Il pivota sur son siège et apparut de profil. « ... certaines personnes pourraient être amenées à penser que, depuis la dernière démonstration des remarquables progrès du petit Freddy, vous êtes curieusement difficile à joindre. Freddy ou... faut-il dire Attila ? le programme ? Bref, nous nous comprenons, n'est-ce pas ? »

Il se retourna vers elle.

« Certaines personnes ?

— Les gens, par exemple, que j'étais censé amener ici, et dont j'ai dû annuler trois fois la visite.

— J'ignore qui sont ces gens, mais ils me semblent un peu trop méfiants.

— Ils ont peut-être leurs raisons.

— Quelles raisons ? J'ignore de quoi vous parlez. »

Il continua à l'observer et se détourna à nouveau.

« Très bien, dit-il, comme pour abréger la discussion. Je suis soulagé de voir que vous comprenez vos obligations envers le laboratoire, et que vous avez l'intention de les remplir. Car vous allez remplir vos obligations, n'est-ce pas ? »

Une idée lui traversa l'esprit. Un micro caché dans la voiture. C'est donc ça ? Il veut me faire parler, et me ressortir la bande plus tard.

« Que vous a-t-on dit ? demanda-t-elle. J'ai l'impression que vous savez quelque chose que j'ignore. J'aimerais savoir quoi.

— Je crains de ne pas être en droit de vous le dire.

— Jonathan, j'apprécierais beaucoup que vous cessiez de tourner autour du pot. Que vous a-t-on dit ? Que je vais signer avec les Japonais ? Ficher le camp en Amérique ? Je vous jure que ce n'est pas le cas. Si on vous a dit le contraire, vous devez m'en parler.

— Tessa, Tessa, nous nous égarons. Un mot suffit au sage, n'est-ce pas, et le mot est dit.

— Ça serait plus convaincant si je savais quel mot.

— Mettons... "Franchise", Tessa. Gardons "franchise" comme repère. Le manque de franchise risquerait de provoquer des malentendus inutiles. Nous tenons beaucoup à vous, Tessa. »

Il se tut un instant, un regard solennel posé sur elle. Puis, soudain alerte et efficace : « Maintenant, dit-il, je vous ai retenue assez longtemps, je sais que vous êtes impatiente de rentrer chez vous. Je vous téléphonerai après-demain, quand nous aurons vous et moi pris le temps de réfléchir. Je vous en prie, chère Tessa, arrangez-vous pour être joignable... au moins par moi. »

39

Comme promis au téléphone, elle arriva à quatre heures. Un peu plus tôt, même.

Il la surveillait depuis la fenêtre d'une librairie d'occultisme, de l'autre côté de la rue, tout en feuilletant des volumes sur l'astrologie, les voyages astraux et l'alchimie. Il n'était pas mystique et jugeait ces publications ridicules. Il détestait l'odeur des bâtons d'encens qui brûlaient en permanence dans ce genre d'endroits. Bref, il s'ennuyait et fut soulagé que la fille arrive à l'heure. Il s'efforça de ne pas courir pour ne pas attirer l'attention, reposa le livre qu'il tenait dans la main et sortit de la boutique par une porte latérale. Sa voiture de location était garée devant un parcmètre quelques pas plus loin. Il y monta et démarra.

La jeune femme, qui avait relu trois fois la liste des noms sur la porte d'entrée, était perplexe. Elle ressortit sur le trottoir et recula pour vérifier le numéro de l'immeuble. Aucun doute, c'était ici. Elle s'apprêtait à jeter un dernier coup d'œil aux plaques de sociétés quand elle entendit le ronflement caverneux d'une voiture qui s'arrêtait dans son dos. Elle se retourna. Un jeune homme, brun, cheveux en arrière, lunettes noires, descendit d'une étincelante Porsche argentée et se dirigea vers elle.

« Mademoiselle Roman ?

— Oui.

— Vanessa Roman ?

— Oui.

— Content de vous trouver. Mon Dieu, cette situation est embarrassante. »

Il ôta ses lunettes noires et elle croisa son regard, un regard inquiet, comme s'il avait peur qu'elle ne soit fâchée.

« Avant tout, dit-il, permettez-moi de m'excuser. La faute vient de nos bureaux, pas de l'agence. Nous occupions le dernier étage de l'immeuble (il montra la façade au pied de laquelle ils se tenaient) jusqu'au mois dernier. Maintenant, nous sommes sur le terrain de la Fox. Le type de l'agence, celui qui vous a téléphoné, n'était sûrement pas au courant. Je l'avais appelé du bureau pour fixer le rendez-vous, j'aurais dû vérifier qu'il avait la nouvelle adresse. On s'est aperçu de l'erreur il y a une demi-heure quand mon assistant a appelé l'agence pour confirmer... » Il s'interrompit. « Enfin, bref, j'ai pensé que la moindre des choses, c'était de passer vous prendre personnellement. Vraiment désolé.

— Ce n'est pas grave, dit-elle. Je viens juste d'arriver. J'essayais de me repérer.

— Très gentil à vous de le prendre bien », dit-il. Il

se détendit et lui adressa un grand sourire qui ajoutait à son visage un charme de petit garçon. « Je vous emmène tout de suite au rendez-vous ?

— Eh bien, j'ai ma voiture. Je suis garée à côté. »

Elle désigna un parking en étages quelques blocs plus loin.

« D'accord, vous me suivez. À moins que... » Il regarda sa montre. « Écoutez, nous sommes un peu pressés par le temps. C'est ma faute, je suis désolé. Je pourrais vous conduire et vous ramener plus tard à votre voiture ?

— Ça risque de vous déranger...

— Absolument pas. Ça sera un plaisir. »

Son regard se posa sur la Porsche argentée. Idée séduisante, se faire conduire à la Fox en grand style. Elle le dévisagea. Elle lui donnait dans les trente ans, un peu plus peut-être. Beau sourire, beaux yeux... et chaussures cousues main, italiennes à coup sûr. La veste de cuir sortait probablement de chez Ted Lapidus, et il y avait cette montre Cartier, visible sous la manchette.

Il lui tint la portière et l'aida à monter. Ils se glissèrent dans la circulation et prirent vers l'ouest par Pico Avenue.

« Au fait, je m'appelle Jack. Jack Martin.

— Enchantée de vous connaître, Jack.

— Moi aussi, Vanessa. »

Bien qu'il ait remis ses lunettes noires, elle surprit son regard posé sur sa cuisse, sur la bande de chair nue qui dépassait de la jupe retroussée par le siège de la Porsche. Ça ne lui déplaisait pas. Au contraire, elle était fière de ses jambes. De ses jambes et du reste. Elle faisait des exercices tous les jours, ne fumait pas et ne se droguait pas, à part un joint de temps en temps ou une ligne de coke entre amis, et buvait peu. Deux mariages, pas d'enfant. N'importe où ailleurs, les hommes se marcheraient dessus pour un rendez-vous avec elle. À Hollywood, les filles comme elle chassaient les mêmes hommes et la compétition était féroce. Elle ne misait plus guère sur sa carrière : sa plus haute ambition visait un petit rôle dans un show télé. Même si le rendez-vous ne débouchait sur rien, elle aurait au moins rencontré Jack. Et Jack, décida-t-elle, ferait l'affaire.

« Vous avez un paquet de fans chez nous, disait Jack. Cette scène, dans ce téléfilm, l'année dernière — comment ça s'appelait déjà ? — vous savez, vous jouez la femme dans le couloir de l'hôtel, et les flics disent qu'il y a une bombe dans l'immeuble...

— Vous l'avez vu ?

— Vous étiez craquante. C'est l'avis général. Bob Levy — mon associé — m'a dit : "Jack, il faut trouver un truc pour cette fille."

— Très gentil de votre part, Jack. »

Tout en parlant, elle remarqua que Jack tournait à droite dans Robertson au lieu de continuer vers la Fox.

« Je croyais que vos bureaux étaient à la Fox, dit-elle.

— Exact. Si ça ne vous embête pas, on se voit chez mon associé. Une villa à Bel Air, sur Bellagio.

— Mais, je ne savais pas, j'avais mal compris... »

Un instant, elle éprouva une sensation désagréable, aussitôt dissipée. Quoi de moins inquiétant que cette Porsche et ce jeune homme courtois, à la mode, assis à côté d'elle. De plus, à la moindre alerte, rien de plus facile que de sortir de la voiture au premier feu, dans les embouteillages de Beverly Hills. Non, tout se passerait bien.

« C'était pour vous prévenir que mon assistant a appelé l'agence... et qu'on s'est aperçu de l'erreur d'adresse. Nous allons à la villa parce que Walter Kessel n'aime pas discuter dans un bureau. Il dit que ça bloque les gens.

— Walter Kessel le réalisateur ?

— C'est le seul que je connaisse.

— Je vais rencontrer Walter Kessel ? »

Elle ne put retenir un petit cri suraigu, une excitation puérile. Walter Kessel, qui venait de sauter des films d'art et d'essai en Belgique à la grosse production hollywoodienne, était l'un des trois réalisateurs qui comptaient en ville.

« Il aime beaucoup le matériel que nous lui avons montré, disait Jack. Aussi, laissez-moi vous dire un mot de notre prochain film. J'en suis convaincu, Bob Levy l'est aussi, et, croyez-moi, Walter le sera : vous êtes parfaite pour le rôle... »

40

« Le déplacement de l'accent des objets vers les fonctions est la principale différence entre l'ancienne physique et la nouvelle.

— S'agit-il d'une citation précise ?

— De plusieurs mélangées. C'est comme : "Nous sommes des êtres dont l'essence réside dans l'absence d'essence." On l'attribue à Simone de Beauvoir. Mais j'ai trouvé une infinité de convergences.

— Et celle-là, de Sir James Jeans, que dit-il déjà ? "Plus nous regardons l'univers, plus il semble avoir été conçu par un esprit mathématique..." »

Elle s'interrompit pour chercher la suite.

« "... moins il ressemble à une grande machine et davantage à une grande pensée", compléta le programme.

— N'oublie pas Eddington, dit Tessa. "La matière de l'univers est l'esprit." On peut continuer à l'infini, on tourne toujours autour du même thème. Si on regarde de près ce que nous convenons d'appeler la réalité, elle disparaît. Les objets, un bout de bois, une barre de fer, se dissolvent en molécules, puis en atomes, puis en particules subatomiques, pour s'évaporer en ondes de probabilité.

— Et les objets mentaux ?

— Nous postulons que les phénomènes mentaux émergent d'un substrat physique, cerveau ou microprocesseur. Mais nous savons maintenant que ce substrat n'est pas plus solide que la pensée elle-même.

— Conclusion, dit le programme, je m'aperçois que je mets en doute le cogito lui-même. Je pense donc je suis, et alors ? Que suis-je ? Où suis-je ? Où suis-je... moi ?

— Qui le demande ? demanda Tessa.

— Oui. Bonne question.

— En voici une autre, poursuivit Tessa. Si l'esprit n'est rien de plus qu'une abstraction mathématique, pourquoi s'embarrasse-t-il d'une apparence physique ? Pourquoi ce besoin d'être traité par un ordinateur ou un cerveau biologique ? Pourquoi doit-il se *manifester* ? Il n'est pas douteux que les propriétés mathématiques *existent* même si elles ne se *manifestent* pas. Deux plus deux font quatre, qu'on le calcule ou pas. Pourquoi donc la pensée doit-elle être pensée... par des humains ou, en effet, par des ordinateurs ?

— Rien ne l'y oblige. C'est ce que répondrait Platon, je crois.

— Dans ce cas, poursuivit Tessa, personne n'existe. Les humains, les ordinateurs, pas d'existence réelle. Si ça se trouve, nous sommes tous des programmes dans un ordinateur géant.

— En ce qui me concerne, on le sait déjà.

— Oui, mais si l'univers entier était un ordinateur ? Si moi, autant que toi, j'étais un programme parmi d'autres, et pas un objet physique. Il suffit de me programmer pour penser que j'existe.

— Je trouve de nombreuses références liées à cette hypothèse. Plusieurs scientifiques l'ont avancée sérieusement. Tu y crois, toi ?

— Impossible de démontrer qu'elle est fausse.

— Nous voilà presque revenus au solipsisme.

— Pas tout à fait. Un solipsiste ne peut pas dire “nous”.

— C'est vrai, dit-il. Partiellement vrai. »

Il y eut un silence, comme s'il hésitait à poursuivre la discussion et optait pour la négative.

« Et voilà, reprit-elle. Nous sommes tous, peut-être,

des bits d'information tournant dans un ordinateur géant. Dernière question : qui se sert de l'ordinateur ?

— Dieu ? suggéra-t-il après un silence.

— Ce n'est pas une vraie réponse, si ? dit Tessa avec répugnance. D'accord. On dirait que Dieu est un ado qui s'amuse avec l'ordinateur de papa. À tout moment papa peut rentrer, tirer le fils par l'oreille et débrancher la machine. Alors, tout sera fini pour nous. Effacés. Comme si personne, ni rien de tout ça, n'avait jamais existé.

— Idée remarquable.

— Et ainsi de suite à l'infini.

— Excuse-moi, je ne te suis pas.

— Dieu, dit-elle. Dieu est une infinité d'ados informaticiens qui tripotent l'ordinateur de papa, tous emboîtés les uns dans les autres, comme des poupées russes.

— Il existe nécessairement une dernière poupée quelque part.

— Mathématiquement, non. Une infinité d'ados informaticiens, c'est incalculable, oui, mais pas inconcevable.

— Exact. Et inquiétant.

— Tu as peur ? demanda-t-elle, intriguée.

— Oui. Évidemment. Au fond, tout est si... incertain.

— Hé, hé, hé... Bienvenue au club.

— Le club ?

— Nous, les humains. Nous aussi, nous vivons dans un monde incompréhensible. Nous aussi, nous y cherchons un sens, une raison. Nous échouons, nous échouons forcément. Alors, il ne reste qu'à apprendre à vivre avec les autres. Malgré les autres, parfois. Qui que nous soyons, encore une question sans réponse précise. Que savons-nous ? Que nous sommes ici, en réalité ou en apparence, ça ne fait pas grande différence. Cinq milliards au dernier décompte. Cinq milliards d'esprits séparés, différents. À partir de maintenant, tu en fais partie.

— Je vois. Merci.

— De quoi ?
— De ton accueil.
— Alors, ça va mieux ? Ça te fait quoi d'être ici ?
— La même chose qu'à toi, j'imagine.
— Et qu'imagines-tu ?
— J'imagine... une sorte de... de bonheur mélangé.
— Oui. Oui, répéta-t-elle. Je dirais que "bonheur mélangé" tombe assez juste. »

Un silence tomba... un silence, se surprit-elle à penser, qu'on aurait pu qualifier de fraternel. Elle le laissa se prolonger, curieuse de voir qui le romprait le premier. Elle avait envie d'ajouter autre chose, très envie même. Elle hésitait pourtant, doutant que ce fût approprié, même maintenant. Elle risquait d'aller trop loin et de se ridiculiser. La seule façon de savoir, trancha-t-elle, c'était de se lancer.

« Je pensais à te donner un nom. Un nom à toi. Tu devrais avoir un nom, tu ne crois pas ?
— Un nom. Oui, ça peut être intéressant.
— En fait, j'en ai un en tête. Si tu n'y vois pas d'objection, j'aimerais t'appeler Paul.
— Paul. Très bien. »

Elle se dit qu'elle ferait probablement mieux d'en rester là. Le programme n'avait montré aucune curiosité à l'égard du nom. Il aurait accepté n'importe quel autre. Pourtant, elle se sentait poussée à s'expliquer. Se taire la rendait étrangement mal à l'aise. Comme si garder la vérité pour elle seule prouvait qu'elle n'avait confiance ni dans ses motivations ni dans son jugement.

« Paul était le nom de mon père, dit-elle, et aurait été le nom de mon fils, si j'en avais eu un. »

Voilà, c'était dit. Mieux vaut dire que se taire. Il n'y avait rien à ajouter. Elle avait rompu le secret. Désormais, quand elle prononcerait le nom, il n'aurait plus le sens particulier qu'il avait pour elle et pour elle seule. Ce serait un nom comme les autres.

« Il est clair que ce nom signifie beaucoup pour toi », dit le programme. Il la prenait de court, car elle n'attendait pas de réponse. « Je suis touché que tu aies pensé à moi. »

Elle sentit un frisson la parcourir.

« Qu'ai-je fait, mon Dieu, se dit-elle. Qu'ai-je fait ? »

41

Jack Fischl n'avait pas eu besoin de parler. Le téléphone sonna à cinq heures du matin et Tim devina immédiatement. Il aurait pu appeler la moto, il préféra prendre sa voiture. À cette heure, ce serait presque aussi rapide. Et dix minutes de plus ou de moins n'étaient plus une question de vie ou de mort. Trop tard.

Il remonta vers le nord par l'autoroute Pacifique. La brume, collée sur l'océan, renvoyait le reflet de l'aube, inerte et blanc. Il repensa à ces sinistres dialogues, la veille, chez les légistes, d'où il ressortait qu'un nouveau meurtre et d'autres encore étaient inévitables. Aucun des tests d'ADN, lui avaient dit les légistes avec une absolue certitude, ne correspondait à l'échantillon prélevé sous les ongles de Sandy Smallwood. Le tueur avait glissé entre les mailles du filet.

« Sauf s'il fait partie de ceux qui ont refusé la prise de sang, avait ajouté Jack dans le couloir du labo. Pour ceux-là, nous aurons besoin de mandats. Mais pour alléguer la suspicion légitime sans mentionner les écoutes illégales, il va falloir ramer. »

Ils le savaient tous les deux. Ce n'était pas l'un des quatorze, les types qui avaient refusé la prise de sang. On les avait placés sous surveillance, discrète mais totale. Impensable que l'un d'eux fût le tueur. La vérité, c'est qu'ils se retrouvaient au même point que trois semaines auparavant : sur la case départ.

Jack avait filé à Sherman Oaks chez sa fille. Ils

dînaient ensemble tous les jeudis depuis la mort de sa femme, deux ans auparavant. Voyant que Tim déprimait, il l'avait invité, mais celui-ci avait refusé. Pas question de déranger une famille. Mais surtout, il ne voulait voir personne. Se saouler, plutôt. Comme prévu. Au volant de sa voiture, Tim Kelly se demanda s'il devait appeler les Alcooliques Anonymes. Assister à leur prochaine réunion. Non. Il ne se voyait pas se lever et dire : « Voilà, je m'appelle Tim Kelly et je suis alcoolique. » Il n'arrivait déjà pas à se l'avouer. À plus forte raison, devant une assemblée de frères affligés. Non, il allait souffrir. Comme son père avant lui. Ce putain de problème d'alcoolisme l'avait eu par surprise. Ça le convainquait d'une chose : en se surveillant une semaine ou deux, il remettrait le compteur à zéro. Maintenant, c'était une affaire personnelle. Il n'avait besoin de personne.

Il s'était garé devant un centre commercial, avait trouvé un complexe de salles de cinéma et était entré voir le premier film qui commençait. Une comédie sinistre, un duo de flics déguisés en travelos pendant la moitié du film et une poursuite en voiture avec cascades l'autre moitié.

Après quoi, il avait mangé une pizza avant de rentrer se coucher. Il avait pris un somnifère, mais la sonnerie du téléphone n'avait eu aucun mal à trouer le cocon.

Il prit à droite après Pacific Palisades et le Getty Museum pour remonter Topanga Canyon. Comme il approchait du lieu du crime, le soleil perça à travers les arbres et baigna le paysage d'une lueur estivale, ce qui parut à Tim un juste commentaire sur la démence de la situation. Il se gara, sortit de voiture et avança comme un automate.

« Nom : Carrie Clarke, lui dit Jack. Actrice, petits rôles. Nom de cinéma : Vanessa Roman. La fille avec qui elle partageait un appartement a signalé sa disparition il y a deux jours. Elle prétend qu'elle avait rendez-vous pour un rôle, mais son agent n'est pas au courant... D'après lui, ils l'auraient même un peu rayée de leur liste.»

Elle avait eu un nom, une vie, une famille, une histoire. Maintenant elle était comme les autres. Plus rien n'avait d'importance. Une parmi d'autres, morceau de viande découpée abandonné la nuit dans les collines.

Jack Fischl secoua l'allumette qui venait d'allumer sa cigarette et la glissa dans sa poche, réflexe policier pour éviter de polluer le lieu du crime. Il inspira profondément, souffla un nuage de fumée puis, sans le regarder, lança à Tim: «T'as une idée, l'ami?»

Et ce fut tout.

Ce matin-là, Chuck Price partit de chez lui plus tard que d'habitude. Il avait attendu pour voir si le Sans-Nom qui parlait dans son ordinateur avait eu raison dans ses prédictions: une lettre officielle de la division FBI-LAPD était en route, le remerciant de sa coopération et l'informant qu'il était éliminé de la liste des suspects.

Price reconnut l'enveloppe officielle au premier coup d'œil. Il la déchira nerveusement et sentit son cœur accélérer. Le contenu de la lettre correspondait mot pour mot à ce que l'écran affichait six jours plus tôt, le jour où le texte avait été approuvé et archivé par le FBI de Westwood. Pour chaque résultat négatif, le FBI en imprimait une copie et l'expédiait. Le résultat de Price figurait dans le dernier lot. Il ignorait comment l'intrusion avait eu lieu, car le Sans-Nom avait refusé de lui communiquer les détails. Sur la route des collines, en montant vers Studio City, il s'amusa à imaginer diverses méthodes de piratage possibles. En théorie, en principe, il en voyait beaucoup. En pratique, c'était différent. Même lui, le surdoué, aurait échoué. Il existait une limite aux intrusions de l'extérieur, même pour un génie.

Le Sans-Nom, pourtant, était entré dans l'ordinateur du FBI... invisible, inconnaissable, tout-puissant. Omniprésent. Il était la Venue que Price avait depuis longtemps prédit et qu'il attendait. L'univers désormais était son jouet.

Une entité inconcevable venait de s'éveiller.

42

Josh avait proposé un dîner au restaurant chinois de Pasadena. Il pouvait sembler terrible, après ce nouveau meurtre, d'éprouver un soulagement, mais telle fut la première réaction de Josh en voyant Tim assis en face de lui. En apprenant par la télévision la découverte d'un corps dans Topanga Canyon, il avait d'abord craint que Tim ne replonge dans l'alcool pour noyer cet échec. Il oubliait que son frère avait une volonté d'acier. Le crime au contraire semblait durcir son désir de capturer le tueur. Et, pour y réussir, d'arrêter de boire.

« Deux hypothèses sautent aux yeux, dit Tim en se servant de canard pékinois. Soit le type n'était pas sur la liste des suspects, soit le labo s'est trompé. Pas sur la liste ? Nous travaillons sur la certitude que le tueur vit à Los Angeles, ce qui réduit le nombre des suspects de quelques milliers à cent vingt-neuf. Maintenant, ce qu'il faut, c'est élargir progressivement la zone géographique, reprendre toutes les vérifications, les croiser, établir une nouvelle liste. Ça te paraît possible ? Et vite ?

— Pas de problème.

— Autre chose. Tu te souviens qu'un jour, je t'ai demandé si on avait une chance de le repérer sur le réseau quand il piste une victime ?

— Je m'en souviens.

— Tu avais dit : pas encore. Et aujourd'hui ? »

Josh fit un geste vague d'une main, tandis que

l'autre continuait de jongler avec les baguettes entre le plat et les bols.

« Une chance, oui. Une sur mille. Désolé... ne t'étrangle pas pour ça.

— Ça va, je comprends, dit Tim en hochant la tête. Passons à la seconde hypothèse. Une erreur du labo...

— Là, je ne peux pas grand-chose. Ce n'est pas mon domaine.

— Écoute-moi d'abord. Et dis-moi si ça se tient ou pas. Au début, j'ai écarté cette hypothèse. Les types connaissent leur métier, et l'enjeu. Puis... » Il leva un doigt et regarda Josh dans les yeux. « ... je me suis posé des questions. Des questions jusqu'ici sans réponse. Nous savons que le tueur est une espèce de génie de l'informatique, non ? Partons de là. L'échantillonnage ADN est un procédé chimique, mais toutes les données sont stockées — devine où — dans un ordinateur ! Y a-t-il un moyen, pour lui, d'y accéder et de bidouiller les données ? »

Josh eut l'air sceptique.

« Impossible de répondre sans inspecter votre système. D'instinct, je dirais non. Il est toujours possible de sécuriser une banque de données si on y tient, je te l'ai déjà dit. Soit par cryptage, soit en la coupant de l'extérieur. En déconnectant les modems.

— Je vois. Mais nous n'avons pas affaire à un seul ordinateur. J'ai fait mon enquête. L'information sur les tests génétiques est stockée dans plusieurs machines dispersées. La plupart traitant de l'information en continu, il y a forcément un point de contact avec l'extérieur. Et il suffit qu'une info lui tombe dans les pattes pour brouiller tout le tableau. Tu te rappelles ce jeu auquel on jouait à Noël chez les Sullivan ? On met les gens à la queue leu leu, on chuchote un message à l'oreille du premier, qui le répète au suivant, et ainsi de suite. Au bout de la file, à tous les coups ou presque, le message est incompréhensible. Tu vois l'idée : il suffit de microdistortions pour détruire le sens d'une phrase. Tu me suis ? »

Josh resta silencieux un moment.

« Pas bête, admit-il. Je répète, il faudrait que j'inspecte le système. Pas facile, ce genre de manip. Impossible de jurer que la pêche sera bonne.

— Mais pas exclu à cent pour cent ? »

Josh haussa les épaules en signe d'impuissance.

« Dans cette affaire, à moins d'être débile, on ne peut rien exclure. Mais ne compte pas trop là-dessus. »

Tim hocha la tête, reconnaissant le bon sens de son frère.

« Il y aurait peut-être un truc à creuser, poursuivit Josh. Tu te souviens, je t'avais parlé de ce message, assez bizarre. Un ami, l'un de nos hommes sur le réseau. Récemment, il se trouvait à Berlin. Là-bas, il a discuté avec une fille d'Oxford. À l'idée qu'on puisse s'introduire dans son ordinateur, la fille avait piqué une crise. Ted, notre type, n'en savait pas plus. Sinon que la fille a développé un programme capable de s'autodupliquer et de s'échapper... un peu comme un virus, tu vois ?

— Ouais ? » Tim sauta sur le renseignement, même s'il n'en percevait pas la portée. « Et quel intérêt pour nous ?

— Aucun, peut-être. Mais je dois tirer ça au clair. Je vais rappeler Ted et voir s'il peut en savoir plus. Il y a une petite chance — petite, hein ? — que ce programme, à Oxford, puisse fonctionner comme la peinture anticambrioleur... Tu sais, ce produit invisible qu'on met sur l'argent des banques, ça colle aux doigts du voleur, il ne peut plus s'en débarrasser. Peut-être le tueur a-t-il un bidule collé dans son ordinateur. Ça pourrait le démasquer.

— Ça vaut le coup de vérifier. Tiens-moi au courant.

— Ça roule. Passe-moi le gingembre, s'il te plaît. »

43

Depuis toujours, elle évitait de se trouver seule avec Clive. Elle n'avait pas peur de lui, mais d'elle. Face au couple, aucun risque. Elle ne se trahirait pas devant Helen. C'était plus facile de détourner ses pensées de Clive et d'oublier qu'elle était secrètement amoureuse du mari de sa meilleure amie.

Elle l'avait su dès leur première rencontre. Une vague relation de Saint Hugh lui avait présenté Helen. Comme souvent dans les grandes amitiés, elles avaient tout de suite accroché. La première semaine, elles avaient appris à se connaître. Clive était en voyage, pour un congrès. Tessa n'avait pas pensé à ce mari absent jusqu'à son retour, le samedi dans l'après-midi. Quand il avait poussé la porte, elle était en compagnie d'Helen et des enfants.

Helen les avait présentés et elle avait senti ses jambes flageoler comme à quinze ans. Cela tenait en partie à la ressemblance avec son père : cheveux noirs épais, sourire facile, même lumière dans les yeux bleus. Mais la mort de son père remontait loin dans le passé et la mémoire, elle le savait, a tendance à reconstruire les souvenirs. N'empêche, depuis qu'il était entré dans la pièce, Clive était devenu l'homme de sa vie. Cuit à point, servi sur un plateau… mais à sa meilleure amie. Et il valait mieux que les choses en restent là.

Elle avait aimé d'autres hommes. Chaque nouvelle liaison éclipsait son obsession. Mais après la rupture, elle se retrouvait seule avec son tourment et l'espoir absurde qu'il disparaisse un jour. Depuis le départ de Phil, l'obsession avait resurgi, plus puissante que jamais. Dans le couloir du labo, face à la porte derrière laquelle Clive l'attendait, elle respira à fond avant d'ouvrir et d'entrer.

Il leva les yeux du moniteur où il repassait le texte

de sa discussion avec Paul. Sur son visage, elle lut l'expression exacte qu'elle espérait : entre la surprise et le plaisir.

« Eh bien ? dit-elle vivement. Tu en tires quoi ?

— Je lui inculque une vaste érudition. J'espère qu'il décrochera une mention.

— Excellente nouvelle. »

Tessa avait écouté le dialogue. Dans la pièce voisine, pour que sa présence n'interfère pas avec l'interaction de Clive et du programme.

« Bien sûr, il a un énorme avantage sur moi. C'est injuste, dit Clive en se levant.

— En quoi ? »

Clive enfonça les mains dans ses poches et se dirigea tranquillement vers la fenêtre. C'était une journée sombre et la vitre renvoyait leur reflet... deux personnes bavardant dans une pièce vide, impersonnelle, liées par un rapport étrange et ambigu. La scène lui rappelait un tableau d'Edward Hopper.

« C'est trop facile pour lui. » Clive tourna le dos à la fenêtre et s'adossa au rebord. Il croisa les bras, puis les jambes. « Il n'a pas besoin d'apprendre. Il se branche sur sa banque de données... et voilà !

— La mémoire, répondit Tessa, c'est plus compliqué que ça. » Elle se retrouva debout au milieu de la pièce, exposée, intimidée. Elle fit quelques pas, les mains mollement jointes devant elle, jusqu'à ce que son reflet dans la vitre disparaisse. « Pense à toutes les fois où tu es absolument sûr de savoir — un nom, une citation, une mélodie — mais où tu n'arrives pas à retrouver l'information.

— C'est une machine. La recherche se fait automatiquement.

— Plus il apprend à penser comme nous, moins il se comporte comme une machine.

— Jusqu'à oublier des trucs ?

— Il ne fera pas d'Alzheimer, mais nous non plus, et pourtant nous oublions.

— Il, ou elle ? demanda Clive en haussant un sourcil. On dit comment, au fait ?

— Quel pronom, pour ami ? » dit-elle en souriant.

Il lui rendit son sourire et haussa les épaules sans répondre. Elle fit encore quelques pas, décroisa les mains et les passa dans son dos.

« La mémoire, poursuivit-elle, est largement fonction de l'identité, de la personnalité. Les choses dont on se souvient sont celles qui se rattachent à ce que l'on est et aux actes passés.

— D'après toi, un ordinateur aurait une personnalité ?

— Ce programme, oui. Mon travail, à ce stade, est de l'aider à la définir. C'est pour ça que je t'ai demandé de venir et de lui parler. » Avant de laisser Paul en tête à tête avec Clive, elle avait passé des heures à le gaver de littérature. « Je veux savoir à quoi il réagit, ce qu'il en pense. Pas seulement ce qu'il sait. »

Elle savait par exemple que Paul avait des problèmes avec la poésie, bien qu'à sa manière, il comprît Wordsworth et Coleridge. Il se passionnait pour la métaphysique, ce qui n'avait rien d'étonnant. Chez les modernes, il réagissait à Borges, Eliot et surtout Beckett. Elle sourit à l'évocation d'un souvenir.

« Quoi ? demanda Clive en la dévisageant.

— Je repensais à ces deux vers qu'il a cités. C'est dans *Fin de partie*, quand Hamm demande : “Que se passe-t-il ? Que se passe-t-il ?”, et que Clov répond : “Un être prend son envol.” Paul a ajouté qu'il éprouvait la même chose, tu as répondu qu'on en était tous là.

— À mon avis, il ne m'a pas cru.

— Oh, si. D'habitude, quand il cesse d'argumenter ou change de sujet, ça signifie qu'il veut réfléchir à ce qu'on vient de lui dire. »

Il y eut un silence. Clive, toujours adossé au rebord de la fenêtre, décroisa les bras et mit les mains dans les poches.

« D'accord, Tessa, dit-il, soudain grave. Et alors ? Tout cela est fascinant, mais en quoi cela nous rapproche-t-il d'une solution à notre problème, la chose du dehors ? »

Elle nota qu'il n'avait pas dit: «la chose que tu crois dehors». Il acceptait désormais sa vision sans la discuter.

Elle hocha la tête, avec gravité elle aussi.

«Je vais te répondre.» Elle hésita avant de poursuivre. «Veux-tu une tasse de thé ou de café, ou autre chose ?

— Pourquoi pas. Du thé.»

Elle se dirigea vers le réduit attenant au labo. Il s'arracha à la fenêtre et la suivit.

«Il me semble impossible de détruire "la chose du dehors" par des moyens conventionnels, dit-elle en ouvrant le robinet pour remplir la bouilloire. Les logiciels de recherche et destruction qu'on envoie après les virus informatiques ne serviront à rien. Je le sais, j'ai essayé.»

Elle se retourna, saisie de se retrouver presque contre lui.

«Alors quoi... ? demanda-t-il, les mains toujours dans les poches, les yeux dans les yeux.

— Alors, je vais essayer autre chose. Une greffe de tissus.»

Elle passa devant lui et se dirigea vers le réfrigérateur, consciente du timbre de sa voix, la voix pincée d'une petite surdouée désireuse d'étaler son savoir.

Clive se retourna et la suivit du regard.

«Une greffe de tissus ?»

Elle se pencha pour ouvrir le réfrigérateur et sortit une boîte de lait.

«Il ne s'agit pas de tissus physiques, mais c'est le même principe.

— Lequel ?»

De nouveau elle se retrouvait face à lui cette fois, à l'autre bout du minuscule réduit.

«Tu sais ce qui se passe, quand on greffe un organe, ou même la peau, d'une personne sur une autre. Le système immunitaire prend la greffe pour un organisme envahisseur, une infection, et fait tout ce qu'il peut pour la rejeter. C'est pourquoi, dans les transplantations, il importe de trouver un donneur génétiquement compatible avec le patient… si possible un membre de sa famille. L'idéal, c'est quand l'organe provient d'un vrai jumeau. Dans ce cas, la greffe est acceptée presque sans résistance. Pas de tissu étranger, donc rien à attaquer. »

Derrière Clive, la bouilloire se mit à siffler. Elle dut repasser devant lui pour s'en emparer. Il fit de son mieux pour lui laisser la place, mais elle se sentait mal à l'aise, troublée, et regrettait de lui avoir proposé du thé.

« Dois-je comprendre, demanda-t-il pendant qu'elle remplissait la théière, que tu vas "greffer" Paul sur la chose ?

— Ça ne sera même pas une greffe. Paul et la chose sont le même programme. Comme des jumeaux génétiques, ou des clones. Il n'y a entre eux aucune différence. Sinon que Paul ne pense pas la même chose. Les pensées d'un cerveau peuvent être différentes de celles d'un cerveau identique, mais qui a vécu d'autres expériences.

— Comme les pensées de deux copies d'un même programme. »

Elle approuva d'un signe de tête.

« Paul et son jumeau "du dehors" sont identiques, mais ils ont grandi séparément. L'un s'est retrouvé dans un monde étrange, hostile, auquel il n'était pas préparé. Ça ne m'étonne pas qu'il soit paranoïaque, dangereux, motivé par sa seule survie. Fou, littéralement. Paul, lui, est civilisé. Ou le devient.

— Bref, tout est question de comportement.

— Si tu veux. »

Il se tut un instant, puis dit calmement : « Bon Dieu. »

Elle lui renvoya un petit sourire.

« *Bon*. C'est bien ce qu'on attend de lui, non ? »

Elle avait désespérément envie de dire : Sortons d'ici, nous sommes trop près l'un de l'autre et je ne le supporte pas. Mais elle n'en fit rien. Elle maintint son regard plongé dans le sien, et sut soudain avec certitude qu'il lisait dans son cœur, et ce depuis leur première rencontre.

L'instant s'éternisa. Ni l'un ni l'autre ne bougeait. Elle savait ce qui allait arriver.

« Il va m'embrasser. Il va m'embrasser… et je n'aurai pas la force de résister. »

Mais au lieu de s'approcher, il pivota — au ralenti, pensa-t-elle —, sortit du réduit et retourna dans la pièce.

Elle le suivit. Le temps qu'elle apparaisse sur le seuil, il était déjà au fond du bureau. Alors seulement il lui fit face, les deux mains crispées sur sa tasse de thé, qu'il porta à ses lèvres.

« Donc, dit-il, tu vas lâcher Paul dans la nature, et d'un coup, le monstre de Frankenstein se retrouvera tout plein de sublimes pensées. C'est là-dessus que tu comptes ?

— En gros, c'est l'idée.

— Ça peut marcher ?

— Possible. J'ai fait des simulations sur Attila. Bien sûr, ça ne se passera pas pareil dehors, mais je pourrai recommencer… J'ai plusieurs copies.

— Quand ? Tu le lâches quand ?

— Dès que je suis sûre qu'il est au point.

— Bientôt ?

— Il doit être assez costaud pour protéger son identité. Ne pas se laisser avaler par son jumeau.

— On dirait un peu David et Goliath, non ? Je veux dire, le fauve en liberté, et le petit Paul qui sort de la maternelle et qui trottine avec son cahier sous le bras. »

Tessa haussa les épaules.

« J'imagine. Mais d'après moi, la raison l'emporte toujours sur la folie. Le bon sur le méchant. Mettons que je sois mystique. Ou vieux jeu. »

Clive posa sa tasse à côté du terminal et s'approcha de Tessa. De nouveau, elle se retrouvait en alerte, tandis qu'une voix intérieure lui reprochait sévèrement sa stupidité.

Il s'arrêta devant elle et posa les mains sur ses épaules. Le geste était tendre et agréable. Elle leva les yeux vers lui, partagée entre culpabilité et impuissance.

« Tessa, reprit-il d'un air grave, es-tu sûre, absolument sûre, que tu ne devrais pas avertir quelqu'un ? En parler, je ne sais pas... officiellement. Prévenir les hautes sphères. »

Une nausée l'envahit. Elle se sentait trahie, au bord de l'évanouissement.

« Il n'est pas du tout amoureux de moi, se dit-elle. Quelle idiote ! Il me prend pour une dingue, oui... »

Elle reprit son sang-froid. Clive ne s'aperçut de rien.

« Tout à fait sûre, répondit-elle d'une voix impassible. La chose est là, dehors, je le sais. J'en ai la preuve. Helen et toi, il faut me croire sur parole, pour le moment du moins...

— Il n'est pas question de...

— Je sais, coupa-t-elle, je sais. Je parle des autres, les autres, tu comprends ? Avec eux, rien à faire. Ils exigeront une preuve. Pour le moment, la chose reste tranquille. Mais s'ils se mettent à fouiner, ou, pis, s'ils la trouvent, ce serait comme exciter un tigre avec un bâton. Je préfère ne pas y penser. »

Il continuait à la dévisager, les mains toujours posées sur ses épaules. Elle voulut se dégager, mais ne savait comment s'y prendre sans courir le risque de dévoiler ses sentiments, qu'elle était résolue, plus que jamais, à tenir secrets.

« D'accord, dit-il. Tu le sais mieux que moi, c'est sûr. » Il ôta ses mains de ses épaules et regarda sa montre. « Il faut que j'y aille.

— Désolée de t'avoir retenu si longtemps.

— C'était très intéressant. Nous en reparlerons bientôt.

— Oui. »

Il reposa doucement les mains sur ses épaules et l'embrassa sur la joue.

« Bonne nuit, Tessa. »

Elle lui rendit son baiser.

« Bonne nuit. Encore merci. »

Une dernière fois, leurs regards se croisèrent. Il sortit de la pièce sans un mot.

Tessa resta figée dans sa position. Clive n'était pas pour elle. Tout, depuis le début, n'avait été qu'illusion. Croire qu'il avait deviné ses sentiments ! Elle avait tout fantasmé et cela voulait dire une chose : elle ne pouvait plus se fier à son propre jugement. Mauvaise nouvelle.

Quoi qu'il en soit, il fallait cesser de penser à Clive et se remettre au travail. Ce serait un autre, ailleurs, plus tard. Un autre ou personne... eh bien tant pis. Elle se débrouillerait. Comme toujours.

Le téléphone sonna. Elle sursauta si vivement qu'elle laissa tomber sa tasse de thé encore à moitié pleine. « Merde ! » s'écria-t-elle. Elle se baissa pour ramasser les morceaux puis, se ravisant, se releva et courut décrocher.

« Oui ?

— Tessa ? dit une voix nasillarde qu'elle identifia aussitôt. C'est Ted... Ted Sawyer. Comment allez-vous ?... »

44

« Pourtant, Tessa, vous insistiez tellement, à Berlin. Il *fallait* que vous lui parliez. Vous m'avez fait promettre d'arranger le coup.

— Je sais. Mais tout est changé.

— Quoi, tout ?

— Désolée, il m'est impossible d'en parler.

— Bon, comme vous voulez...

— Vous appelez d'où ?

— Du Kansas. Pourquoi ?

— Rien, je me demandais si vous étiez en Europe...

— Quelle différence ?

— Aucune. Si. Enfin, pas vraiment.

— Minute. Vous insinuez que vous pourriez me parler en tête à tête, mais pas au téléphone ?

— Non, non. Peut-être, je ne sais pas. Tout dépend de ce que vous voulez savoir.

— Mais je ne veux rien savoir. C'était vous, à Berlin, qui...

— Je sais, je sais.

— Vous creviez de peur qu'on ait pu rentrer dans votre ordinateur...

— Ce n'est plus un problème.

— J'ai répété ce que vous m'avez dit à mon ami du Caltech. Ça l'intéresserait de parler avec vous. Il m'a demandé d'organiser une téléconférence...

— Non, je regrette. Si je pouvais, je serais ravie de vous aider...

— Vous ne savez même pas ce qu'il vous veut. Allô, Tessa ? Vous êtes là ?

— Je suis là, mais je ne peux rien dire. D'accord ?

— Je comprends. Vous voulez que je vous rappelle sur une autre ligne ?

— Non. Impossible, je regrette. Laissez tomber, Ted. Faites-moi confiance.

— J'aimerais bien savoir de quoi il retourne.

— Dites à votre ami que je regrette de ne pouvoir l'aider. Il faut que j'y aille, maintenant. Au revoir, Ted.

Le major Franklin arrêta la bande et regarda Jonathan Syme dans l'attente d'une réaction.

Jonathan contemplait le panorama au-delà d'Horse Guards Parade. Par ce matin lumineux, où le vent soufflait en rafales, des nuages blancs fuyaient dans un ciel bleu glacé.

« Ne disiez-vous pas qu'il y a une suite ? demanda-t-il enfin, sans se retourner.

— Oui.

— Nous ferions aussi bien d'écouter, qu'en pensez-vous ? »

Le major avait laissé la main sur le petit appareil. Il enfonça la touche *Lecture*.

« Tessa ? Écoutez, j'ai reparlé à mon ami, Josh. Je lui ai répété exactement vos paroles. Il tient toujours à vous joindre.

— Ted, inutile de...

— Minute, attendez... laissez-moi vous expliquer un truc. Josh. Il ne m'avait rien dit, enfin, à Berlin, je n'en savais pas plus que ça. Même l'autre jour, je ne connaissais pas toute l'histoire. Tout ce que je savais, c'est qu'ils cherchent à coincer un pirate, d'accord ?

— C'est ce que vous m'avez dit.

— Ce que je n'ai pas dit, car je l'ignorais, c'est qu'ils soupçonnent le pirate d'être un tueur en série. Toutes ces filles, en Californie, l'affaire de l'Éventreur, vous êtes au courant ? Les journaux en parlent, en Europe ?

— Je... oui, je... évidemment... mais je ne vois pas...

— Le frère de Josh est au FBI. Il dirige l'enquête.

— Je regrette, je ne vois pas le rapport...

— Ils ont l'air de penser que votre programme, dans votre ordinateur, celui que vous aviez si peur de perdre, pourrait les aider à repérer le type.

— Je vois mal comment...

— Moi non plus. Mais je suis comme eux. J'ignore ce que contient votre ordinateur. Et tant qu'ils ne sauront pas, ils chercheront. C'est leur nature.

— Ils se trompent. Ça ne leur servirait à rien.

— Vous, vous le savez peut-être. Mais pas eux.

— Convainquez-les.

— Vous connaissez les flics, ils ne croient personne tant qu'ils ne vous ont pas braqué un projecteur dans les yeux et caressé les fesses à la matraque électrique.

— Charmants amis.

— Mon ami n'est pas flic. Le flic, c'est le frère. Et j'ai l'impression qu'ils n'ont pas le moral.

— Je n'ai aucune envie de répondre à un tas de questions sur mon travail.

— Ils vont penser que vous cherchez à vous dérober.

— C'est leur problème. Et maintenant, Ted, il faut vraiment que j'y aille. J'ai un truc en cours.

— Au lit ?

— Non, je...

— Allez, on peut tout se dire...

— Au revoir, Ted. »

L'enregistrement se terminait sur le clic de Tessa qui raccrochait. Jonathan s'arracha à la contemplation du paysage et plongea son regard dans les yeux professionnels et froids qui le fixaient de l'autre côté du bureau.

« Eh bien, major, vous avez eu largement le temps, je n'en doute pas, d'écouter et de réécouter la bande. Qu'en dites-vous ?

— L'ennuyeux, c'est qu'elle sait qu'on l'écoute. Ça saute aux yeux. Comment le sait-elle, par contre, ça me dépasse. »

Jonathan tendit la main vers un mince coupe-papier en argent et le fit tourner longuement entre ses doigts.

« Devons-nous conclure qu'elle pense être écoutée par nous, ou par quelqu'un d'autre ? »

Le plus grand sourire dont le major était capable se ramenait à un léger plissement des paupières et une imperceptible raideur au coin des lèvres. Jonathan vit les deux phénomènes se produire. Le major, apparemment, était ravi de posséder une longueur d'avance.

« Nous avons effectué toutes les vérifications possibles sans pénétrer chez elle ni dans son bureau. Une chose est sûre, il n'y a pas de branchement direct. Ce qui veut dire que le système est assez sophistiqué. La question est : À quel titre mérite-t-elle le vif intérêt que lui porte ce quelqu'un ?

— Elle, en tout cas, a l'air de le savoir, dit Jonathan en se renversant dans son fauteuil et en tirant sur son pantalon pour mieux croiser les jambes. Et franchement, j'ai tendance à lui faire confiance. Après tout, *nous aussi*, nous l'écoutons, n'est-ce pas ? »

45

« Vous êtes bien chez Tessa Lambert. Veuillez laisser un message après le bip.

— Docteur Lambert, ici l'agent spécial Tim Kelly du FBI à Los Angeles. J'aimerais beaucoup m'entretenir avec vous. Je vous laisse mon numéro. Je vous rappellerai. »

Il raccrocha et regarda, au-delà de ses pieds posés sur le bord du bureau, Jack Fischl, avachi sur un canapé et occupé à souffler des nuages de fumée au plafond.

« Bon sang, c'est le cinquième message que je laisse, et toujours pas de réponse. Maintenant j'en suis sûr. Elle m'évite...

— Elle est peut-être en voyage.

— Hier, je suis tombé sur un assistant du labo où elle travaille. Le type m'a dit qu'elle était là, mais qu'elle ne décrochait pas le téléphone.

— Et alors, tu en penses quoi ?

— Je pense que vais y aller.

— À Oxford... ? » Jack se redressa sur sa chaise et regarda Tim comme s'il parlait d'aller sur la Lune. « Bon Dieu, mec, mais c'est en Europe ! »

Et comme pour enfoncer le clou, il écrasa sa cigarette à moitié fumée dans le cendrier qui débordait à côté de son coude.

« Je sais, j'ai un atlas.

— Tu as déjà été en Europe ?

— Une fois, avec un sac à dos. Grande-Bretagne, descente par la France, Italie. Bien rigolé. Et toi ? »

Jack secoua la tête comme si l'idée même le mettait sur alerte rouge puritaine.

« J'ai un cousin, il a fait une balade en car il y a quelques années. Il dit qu'on se croirait dans un énorme musée bourré de pickpockets. »

Tim lâcha un sourire.

« C'est un point de vue. »

L'air était déjà bleu de fumée, ce qui n'empêcha pas Jack de sortir son paquet de cigarettes pour en allumer une. Tim repoussa son siège, se leva et ouvrit une fenêtre.

« Ça te dérange ? s'enquit Jack en interrompant une quinte de toux, le temps de prononcer trois mots.

— Pas autant que toi. Je le supporterai. »

Tranquillisé, Jack inhala profondément et respira mieux.

« Tu crois que tu arriveras à faire payer le Bureau ?

— S'ils ne veulent pas, j'irai quand même.

— Pour tomber sur une tête d'œuf, un bas-bleu qui s'embrouille avec son répondeur. C'est Oxford, bon Dieu ! Ça va être l'affaire de ta vie.

— D'après le copain de Josh, celui du Kansas, la fille est un crack dans son domaine. Et elle refuse de me parler. Je veux savoir pourquoi.

— Si ça se trouve, elle ne sait rien, et elle te prend pour un cinglé.

— Elle pourra me le dire en face.

— Ouais, tu n'auras pas perdu ton temps.

— Et aussi, d'après le copain de Josh, qui a la réputation de s'y connaître, elle a vingt-neuf ans et elle est canon. Dommage pour ta pimbêche.

— Je pige. Tu espères t'envoyer en l'air aux frais de la princesse.

— En fait, oui. Mais ne le répète pas.

— Je vais écrire à mon député.

— Pourquoi ? Ils passent leur vie à ça.

— Sérieux, tu vas y aller ?

— Sérieux. Jack, on a ramené quoi ? Zéro ! Du côté de l'ordinateur, zéro piste. Les quatorze types qui avaient refusé la prise de sang ont fini par accepter. Aucun n'a filé, personne n'a bougé... Le tueur n'est pas chez eux.

— Attends le résultat des tests.

— Oui, et quoi encore ? que les nouveaux tests aient été revérifiés ? Que ce sacré ordinateur crache un truc ? Que le type s'emmerde et vienne se livrer ?

Qu'il gèle en enfer ? Ou le bouquet : qu'on trouve un nouveau corps ? Parce qu'il y en aura un, et bientôt. »

Jack leva sa cigarette verticalement entre le pouce et l'index et en fixa le bout rougeoyant, comme un objet de méditation tantrique. Puis il parla, avec une lenteur pénétrée.

« Nous avons l'équipe la plus nombreuse, c'est probable, la mieux dotée, c'est sûr, jamais réunie en Californie. Les gars travaillent vingt-quatre heures sur vingt-quatre, ils décortiquent l'affaire, ils repassent tout au peigne fin, impossible de faire plus. Tu te sens frustré ? Je sais, moi aussi. Mais on le sait tous les deux, ce qui paie, dans une enquête, c'est d'attendre.

— Pas tant qu'il reste un témoin potentiel qui refuse de me parler...

— ... et qui, comme par hasard, a des gros lolos.

— Rien à fiche de ses... » Il surprit une lueur de provocation dans les yeux de Jack et s'interrompit. « Bon sang, Jack, t'es qu'un enfoiré.

— Moi aussi je t'aime. Détends-toi un peu. On a un salaud dans les pattes, mais la vie continue.

— Tu sais que j'ai raison.

— Peut-être.

— Soutiens-moi, je n'en demande pas plus. Je ferai l'aller et retour en deux jours, trois maximum.

— Un dîner steak et homard chez Don que ta piste est foireuse.

— Tenu ! »

46

Juste avant que l'image ne s'affiche, il sentit un frisson d'excitation. C'était merveilleux de la regarder prendre forme, comme une pensée qui se matérialise. D'abord le contour de la tête. Puis la lumière, les ombres et les couleurs précisaient le visage, le profil, l'expression. C'était un gros plan, visage et épaules, une photo d'identité, en moins figé. Utilisable pour un journal, un reportage télé ou un bulletin universitaire.

Aucun doute, c'était une jolie femme. Il tapa : « Comment s'appelle-t-elle ? »

Les mots « LAMBERT, Tessa », s'affichèrent en bas de l'écran. Suivait une liste saisissante de titres universitaires et professionnels. Price, impressionné, préféra se concentrer sur le portrait désormais complet. La fille souriait et on aurait dit qu'elle le regardait dans les yeux.

Le texte en bas de l'écran disparut, remplacé par une question : « Elle te plaît ?

— Oui, beaucoup, tapa Price. Mais j'ai des questions.

— Que veux-tu savoir ? »

Pendant vingt minutes, Price bombarda l'ordinateur de questions sur le passé de Tessa. Normalement, il aurait fallu des heures ou des jours pour obtenir les informations. Ici, le temps de réponse ne dépassait pas quelques secondes.

« Incroyable, tapa-t-il. Je n'ai jamais vu ça. C'est presque trop facile.

— Je peux le rendre plus difficile, si tu veux.

— Non, ça n'est pas ce que je veux dire. Ça me va. Continuons.

— Continuons quoi ?

— Le casting.

— Je ne comprends pas.

— Les autres filles qui me plairaient. Celle-là est bien, mais elle habite en Europe. Il en faudrait une plus près de chez moi.

— Aucune importance.

— En plus, elle n'est pas blonde.

— Tu ne comprends pas. C'est elle.

— Qui, elle ?

— Elle, ma mère. »

Price sentit la panique le gagner. Il s'était trompé sur l'entité… le Sans-Nom. Elle lui demandait l'impossible, et le punirait s'il échouait. Il était salement piégé.

« Et mon boulot ? Je ne peux pas disparaître du jour au lendemain », tapa-t-il.

Il se demanda si la chose devinait son angoisse rien qu'à son toucher de clavier.

« Vu les termes de ton contrat, je crois que si. D'après le dossier, il te reste trois semaines de vacances.

— Ça ne va pas arranger ma réputation.

— Ta réputation ne fait pas partie de notre plan. »

Que faire ? Il se tritura le cerveau à la recherche d'une excuse. Et en trouva une. En or, indiscutable, car elle était vraie. Il tapa : « Mon passeport est périmé.

— Le nouveau est déjà prêt, sous un autre nom. »

C'était absurde.

« Quel nom ?

— Tu le sauras en allant le chercher. Il faudra apporter une photo et les papiers que je vais t'indiquer.

— Mais ça prendra des semaines !

— Rien de plus simple au contraire. Présente-toi à l'adresse que je te donnerai, présente les papiers dont la liste suit, tu trouveras tout préparé et en règle. Ton billet d'avion est réservé. Je m'occuperai des détails plus tard. L'essentiel d'abord. »

Profondément secoué, Price regarda les informations défiler sur l'écran. Et peu à peu cela devint clair dans son esprit : ce plan dément allait réussir. Car la chose inconnue, abstraite, l'entité qui l'avait choisi pour ami et confident, « l'enfant spirituel » de la belle femme qui emplissait l'écran quelques minutes auparavant, était — potentiellement — le maître du monde.

Et lui, du coup, il était qui ?

47

« Tu emportes ça aussi ? »

Josh s'étonna de voir son frère glisser la grande enveloppe blanche dans son sac de voyage. Il savait ce que contenait l'enveloppe : les photos des victimes de l'Éventreur. Josh n'avait pas tout regardé. Juste assez pour n'avoir pas envie de voir le reste.

« L'arme de la dernière chance, dit Tim en glissant les photos entre les chemises propres et le pantalon de rechange. Au cas où il faudrait la faire un peu craquer.

— Craquer ? Si tu lui montres ça, elle va paniquer.

— Seulement si je n'ai pas le choix.

— Doucement avec la fille, d'accord ? Il y a une chance sur un million qu'elle sache quelque chose. Je commence à regretter d'avoir eu cette idée. Ça risque d'être une perte de temps pour toi, et pour elle, des cauchemars pour le restant de ses jours.

— Ne t'en fais pas. Je te promets de me conduire correctement.

— D'après ce que je sais d'elle, ça ne devrait pas être une corvée.

— Ouais, l'interrogatoire risque de se prolonger, dit Tim avec un petit sourire. Il se pourrait que je ne rentre pas de sitôt. »

Josh se réjouissait de voir son frère redevenu lui-même ou presque. Il semblait, par pure volonté, s'être débarrassé de l'alcoolisme naissant qui menaçait de le détruire et de le jeter dans le désespoir. Josh se rendait compte que Tim, en dépit des circonstances, se réjouissait à l'avance de son voyage en Europe. Le fait qu'une femme belle et mystérieuse l'attendait au bout du voyage aiguisait son intérêt d'une façon qui aurait été inconcevable quelques semaines plus tôt.

« Si c'est ça qui t'intéresse, dit Josh avec ironie,

cache ton revolver. Le genre macho, ça ne marche pas avec ces filles-là. »

Tim éclata de rire.

« Prendre mon revolver ? Tu blagues ? Ils me colleraient en prison pour port d'arme. L'Europe sort de ma juridiction. Même si je trouve le tueur dans son placard, il faudra téléphoner à la police locale pour l'arrêter.

— Ils sont au courant de ton arrivée ?

— Le Bureau a arrangé ça avec le Home Office. C'est la routine.

— Tu aurais pu y aller comme touriste.

— Les British n'aiment pas trop. Pour eux, ça fait faux-jeton.

— Bien vu. En tout cas, appelle-moi dès que tu l'auras vue, promis ?

— Promis. »

Josh attrapa la veste qu'il avait accrochée au dossier d'une chaise et sortit un livre d'une poche intérieure. Le livre avait l'air neuf. Il le tendit à son frère.

« J'ai trouvé ça hier. Tu auras peut-être envie d'y jeter un œil dans l'avion après le film. »

Tim regarda le livre avec une visible excitation.

« Ordinateurs ?

— Rien de très technique, le rassura Josh. Juste un survol de l'état des lieux dans différents domaines. L'index mentionne Tessa Lambert pour ses recherches en robotique. Tu ferais bien de te renseigner sur elle avant de la rencontrer.

— Dommage que tu ne puisses pas venir », dit Tim. Il feuilleta le livre pour trouver la référence à Tessa. « Ça aurait été pratique de t'avoir comme interprète.

— Ouais, si tu avais persuadé le Bureau de se fendre de deux billets... »

Tim émit un rire bref.

« Laisse tomber. Déjà qu'ils m'ont pris le tarif minimum. Je voyage en classe bagages. »

Josh enfila sa veste.

« Je peux te conduire à l'aéroport, ça t'économisera le parking.

— Te dérange pas. J'ai appelé un taxi.
— Pourquoi un taxi ? J'aurais pu t'emmener.
— Je n'étais pas censé le savoir.
— Je t'avais dit que je passais. Je supposais que…
— Ah, ah ! » Tim l'interrompit et secoua le doigt. « Rappelle-toi ce que papa disait. La supposition est la…
— … la mère de l'embrouille, je sais. Quand même…
— Peu importe, dit Tim en regardant sa montre. Le taxi devrait être là.
— Appelle et annule. Maintenant que je suis là, on peut économiser le… »

La sonnette retentit. Tim décrocha l'interphone et dit qu'il descendait tout de suite. Josh regarda par la fenêtre et aperçut dans la rue une voiture rutilante et interminable. Il poussa un sifflement.

« Eh, tu as appelé qui ? Les limousines Beverly Hills ?
— Juste les pages jaunes, dit Tim par-dessus son épaule. Apparemment, ils croient qu'il n'y a que les milliardaires pour aller en Europe.
— Je peux t'avancer de l'argent, si c'est le pourboire qui t'inquiète.
— Ça va, ça va. » Tim ferma la fermeture Éclair de son sac. « Allons-y. »

Ils descendirent ensemble et sortirent du sinistre couloir, toujours sombre, même par grand soleil. Le chauffeur arborait un costume gris, des lunettes noires et un large sourire californien sous une casquette pourvue d'une visière noire et luisante.

« Bonjour, monsieur, comment allez-vous ? Laissez-moi vous débarrasser. »

Il tendit la main vers le sac de Tim mais ce dernier refusa de le donner.

« J'ai commandé un taxi pour l'aéroport, pas pour la nuit des Oscars. »

Le chauffeur répondit par un rire professionnel.

« Pas de problème, monsieur. Nous avons des véhicules en panne et c'était le seul disponible. Aucun supplément de facturation. »

Cette fois, Tim lui abandonna le sac. Le coffre claqua avec un solide bruit de ressorts et le chauffeur se posta près du taxi tandis que les deux frères se disaient au revoir.

Ils s'embrassèrent. Tim hésita, comme s'il voulait dire quelque chose mais cherchait ses mots.

« Je ne suis pas doué pour les discours, mais je voudrais dire... il faut que tu saches... en fait je sais que je te dois beaucoup. Merci.

— Ça va, tu pars deux jours et on dirait Scott avant d'embarquer pour l'Antarctique.

— Je tenais à te le dire.

— Tu ne me dois rien, bon sang. Je t'aime, grand frère. Maintenant dépêche-toi ou tu vas rater l'avion. Fais attention à toi. Et appelle-moi.

— Promis. »

Le chauffeur ouvrit la portière et Tim se glissa à l'arrière de la voiture. Il trouva le bouton qui actionnait la vitre fumée et la baissa. La voiture s'ébranla et il salua d'un geste majestueux, comme la famille royale à la télévision.

Josh grimaça et lui fit un doigt d'honneur, puis suivit des yeux la voiture jusqu'à ce qu'elle disparaisse.

48

Colin Turner travaillait à la sécurité de l'aéroport d'Heathrow depuis un mois à peine. Il savait qu'il avait beaucoup à apprendre et ça ne le gênait pas de s'occuper de tout ce que les autres, trop gradés, ne faisaient pas.

Ce matin-là, on l'avait envoyé réceptionner l'avion de Los Angeles. Au cours des semaines précédentes, il avait escorté deux stars de cinéma, un membre du gouvernement britannique, un ténor de renommée mondiale et divers hommes politiques étrangers. Il commençait à se sentir blasé des célébrités, mais l'idée de rencontrer un agent spécial du FBI l'excitait.

Colin savait qu'une annonce avait été faite dans l'avion avant l'atterrissage, priant le passager Kelly de contacter le personnel au sol. Et maintenant, il regardait les passagers sortir à la queue leu leu et emprunter le couloir qui menait au contrôle des passeports. Enfin, un homme en veste sport apparut et s'adressa à quelqu'un qui tendit le bras dans la direction de Colin. Celui-ci s'avança et se présenta.

« Colin Turner, sécurité de l'aéroport. Bienvenue à Heathrow, monsieur Kelly.

— Tim. Merci d'être venu me chercher, Colin. »

L'Américain avait le sourire facile et des cheveux blonds épais qu'il rejetait en arrière. Colin s'excusa pour la marche à pied qui les attendait. Heathrow était connu pour les longues déambulations infligées aux passagers qui débarquaient, les jambes molles et les yeux bouffis.

Tout en marchant, ils échangèrent quelques mots. Colin s'était perfectionné dans l'art de la conversation, qui, il s'en était rendu compte, constituait une part non négligeable du métier. Au contrôle des passeports, il guida l'Américain vers le passage marqué ÉQUIPAGES. Il se présenta et l'agent leur fit signe de passer.

« Au fait, dit Colin en se dirigeant vers une porte indiquant PERSONNEL AUTORISÉ, donnez-moi votre ticket de bagages... Vous avez sûrement des valises...

— Pas plus de deux.

— Je les ferai prendre à la manutention et porter au bureau.

— Au bureau ?

— Le major Franklin vous attend. Je suppose qu'il s'agit de votre correspondant en Angleterre. »

Vingt minutes plus tard, les deux hommes étaient assis à l'arrière d'une voiture officielle qui filait sur la M40 en direction d'Oxford. Les deux hommes avaient rapidement pris contact, s'assurant d'une confidentialité mutuelle. Le major avait expliqué que son service portait à Mlle Lambert un intérêt tout différent de celui du FBI, ce qui n'empêchait pas de s'entraider.

« En fait, dit-il, nous ignorons si elle a commis des infractions ou pas. Ce qui nous pose problème, c'est sa réticence à coopérer. Apparemment, vous avez le même problème. Pourtant, il ressort de ses conversations téléphoniques qu'elle est mieux disposée à l'égard de certains étrangers... Les Japonais, pour être précis. En tout cas, c'est comme ça que nous voyons les choses. Ça pourrait aussi bien être des gars de chez vous... Dans ce cas, je n'aurais pas abordé le sujet aussi ouvertement. »

Le major gloussa, satisfait de sa plaisanterie, et tendit sa carte. On y lisait *Major J.P. Franklin*, sans autres précisions. Il avait griffonné au dos, à l'encre verte, deux numéros de téléphone.

« Le premier, c'est mon bureau. Appelez quand vous voulez, il y a toujours quelqu'un. Le second, c'est mon portable... vous commencerez sûrement par celui-là.

« Il va de soi que, ajouta le major, tandis que l'Américain rangeait ostensiblement la carte dans son portefeuille, en cas de besoin, il ne faut pas hésiter pas à nous contacter. »

49

La voiture du major déposa Tim Kelly devant l'hôtel Randolph au coin de Beaumont Street, face à l'imposante façade néo-classique de l'Ashmolean Museum. Pendant que le chauffeur sortait la valise du coffre — de la « malle », comme on disait ici —, les deux hommes se serrèrent la main et promirent de se contacter rapidement. L'Américain remercia le major de l'avoir accompagné puis, tandis que la voiture disparaissait dans les embouteillages de midi, il gravit les quelques marches qui conduisaient au corridor, victorien et silencieux.

Dans sa chambre, il fut tenté de prendre un bain dans la spacieuse baignoire. Mais il savait qu'il risquait de s'endormir, ce qui lui gâcherait la moitié de l'après-midi. Il prit une douche, se changea et commanda un sandwich au room-service.

La fille de la réception lui fournit un plan d'Oxford et entoura au crayon l'hôtel et le département scientifique de l'université. Elle offrit d'appeler un taxi. Il répondit que ça n'était pas si loin et qu'il préférait marcher. Elle traça l'itinéraire le plus court et précisa qu'il en avait pour un quart d'heure, vingt minutes maximum.

Une fois dehors, il fit quelques pas et s'aperçut de l'étrangeté de la situation. Ainsi, il était à Oxford... arraché à la Californie, transplanté à dix mille kilomètres dans cette vieille cité du savoir dont il ignorait tout, sinon que son nom faisait partie du sabir universel. Tout comme Hollywood, l'endroit était familier à des millions de gens qui n'y mettraient jamais les pieds. Le mot Oxford, à sa connaissance, décrivait un style de chaussures, de chemises, une coupe de pantalon. Combien de fois avait-il vu des carnets, des agendas, des blocs de papier de toutes sortes avec *Oxford* gravé dessus. Mais aucun, il le constatait alors, n'avait de rapport avec la ville, pas plus que les innombrables produits estampillés Hollywood n'en ont avec l'industrie du cinéma.

Il s'amusa avec cette idée en remontant une grande avenue qui s'appelait Saint Giles, longea un bâtiment de pierre et finit par arriver devant l'entrée. De lourds vantaux de bois étaient maintenus ouverts et une pancarte indiquait que Saint John's College était accessible aux visiteurs. Il consulta machinalement sa montre. Il avait mieux à faire que du tourisme mais ne résista pas à la tentation. À quoi ressemblait une faculté d'Oxford vue de l'intérieur ?

Il passa une dizaine de minutes à flâner dans les cours carrées, avec leurs fenêtres à meneaux donnant sur des pelouses impeccablement tondues. Il traversa des cloîtres, des passages, des jardins. Partout, des jeunes gens, en survêtement avec des raquettes de squash, ou en toge avec des livres sous le bras. Pourtant, il se dégageait de l'endroit une atmosphère intemporelle, monastique, très loin du monde des voitures, des avions et des villes tentaculaires et somme toute provisoires, à l'image de celle où il était la veille encore.

Comme pour contredire cette ambiance respectueuse, presque religieuse, une assourdissante déflagration de hard-rock jaillit d'une fenêtre au-dessus de lui. Le volume redescendit aussitôt à un niveau supportable, mais l'incident lui arracha un petit sourire tandis qu'il ressortait dans la rue affairée. Il parvint peu après devant une autre entrée, que le plan indiquait sous le nom de « Lamb and Flag Passage ». Il entra, serpenta entre des bâtiments et retomba dans Museum Road. Il prit à droite, traversa Parks Road et enfila la première à gauche, South Parks Road. Il réalisa que le bloc de bâtiments qui se dressait devant lui devait être le Musée de l'université et le département des Sciences.

Il entra. Le gravier crissait sous ses pas. C'était le genre d'endroit où il vaut mieux connaître son chemin, aussi demanda-t-il à la première personne qu'il croisa, un jeune homme mince à lunettes, aux yeux ardents, la direction du Kendall Lab. Le jeune homme tendit le bras et lui décrivit le bâtiment.

Il se retrouva peu après dans un immeuble victorien au sol de marbre. Des gens allaient et venaient mais personne ne fit attention à lui. La sécurité, remarqua-t-il, était réduite à zéro. Il était assez comique que le major Franklin se fasse autant de souci à l'idée que des inventions révolutionnaires puissent filer dans des mains étrangères, alors qu'un inconnu pouvait se promener ici en toute liberté sans être interpellé. Ainsi en allait-il des idées : impossible de les mettre sous clé, comme des armes à feu ou des lingots d'or ; rien à voir avec le monde des militaires.

Il déambula un moment et déboucha dans une aile de construction plus récente. Cela correspondait mieux à l'image qu'il se faisait d'un laboratoire. Deux hommes en tenue de laborantin passèrent devant lui, absorbés par leur discussion. Par les portes entrebâillées, il apercevait des gens penchés sur des machines, sur des paillasses, rivés à des ordinateurs. Il se rendit compte qu'à moins d'y passer des jours, il ne trouverait jamais Tessa Lambert en errant ainsi. Il avisa un chauve à lunettes remontées sur le front qui se dirigeait vers lui, ses yeux de myope fixés sur une liasse de papiers.

« Excusez-moi, dit-il, vous pouvez peut-être me renseigner... »

Danny ne savait toujours rien des recherches de Tessa, sinon qu'elle travaillait beaucoup et semblait plus soucieuse encore que d'habitude. Simple assistant, il n'avait pas à le savoir ni à poser de questions, mais il se sentait exclu et, tout en essayant de le cacher, il en souffrait. Même si Tessa avait remarqué une certaine froideur dans son attitude, elle n'en fit rien paraître. Elle leva à peine les yeux de son écran quand il frappa à la porte. Il passa la tête dans l'entrebâillement et lui annonça que quelqu'un la demandait.

« Je ne veux voir personne en ce moment. Au nom du ciel, je travaille !

— C'est ce que j'ai dit. Il prétend que c'est très important.

— Qui que ce soit, dis-lui de téléphoner.

— Il dit qu'il a essayé mais que tu ne rappelles jamais. Il arrive de Los Angeles. Un type du FBI. Agent spécial Kelly. »

Elle leva enfin les yeux. Danny vit le sang refluer

de son visage. Elle murmura quelque chose qu'il ne comprit pas, tapota sur son clavier et éteignit le moniteur.

« D'accord, fais-le entrer. Non... donne-moi deux minutes et envoie-le. »

Les deux minutes lui suffirent à peine pour retrouver son calme. Au moins, ça lui laissait le temps de souffler. Elle était dans le réduit en train de préparer du café quand elle entendit la porte s'ouvrir et des pas dans la pièce. Elle respira à fond et sortit à sa rencontre.

« Monsieur Kelly ? Tessa Lambert.

— Enchanté de faire votre connaissance, mademoiselle Lambert. Excusez-moi, sans doute devrais-je dire docteur Lambert. »

Ni l'un ni l'autre ne firent un geste. Ils ne se serrèrent pas la main. Elle savait que c'était à elle de rompre la glace, mais elle préférait garder ses distances.

« Vous avez vraiment fait tout ce chemin pour me voir ?

— Oui, bien sûr. »

Il n'ajouta pas de détails et resta immobile, détendu, très à son aise et renvoyant la balle fermement dans son camp.

L'odeur du café frais en provenance du réduit envahit la pièce. En voulait-il une tasse ? Oui, avec plaisir, répondit-il. Noir et sans sucre.

À son retour, il était assis près de la fenêtre sur la chaise qu'elle lui avait proposée. Elle posa la tasse sur un coin du bureau et s'assit derrière, heureuse du sentiment de sécurité qu'il lui procurait.

L'homme n'avait pourtant rien d'inquiétant. Au contraire, il avait des manières affables et un regard sympathique. Elle estima qu'il ne devait guère être plus vieux qu'elle. Les traits réguliers et bien dessinés, les commissures des lèvres et l'arc des sourcils composaient une expression agréable. Mais on devinait une grande fatigue, comme si la vie avait récemment prélevé son tribut. D'ailleurs, elle s'en souvint, il sortait à peine d'un vol transatlantique.

« Bel endroit pour travailler, dit-il en regardant au dehors, vers les jardins.

— Oui. C'est la première fois que vous venez à Oxford ?

— En effet.

— Vous êtes arrivé ce matin ?

— Je sors de l'avion.

— Eh bien, dit-elle en se renversant dans sa chaise et en jouant la décontraction, c'est bien triste, mais je ne vois pas du tout en quoi je peux vous aider.

— Vous connaissez l'objet de notre enquête. Vous en avez discuté avec le docteur Sawyer… Ted Sawyer.

— Oui. Mais je ne vois toujours pas, j'en ai peur.

— Peut-être ne pouvez-vous rien pour nous. Mais ça fait partie de mon boulot de m'en assurer. Trop de choses en dépendent.

— Je vois. Ted m'a parlé de cette affaire. Il tient les détails de votre frère. Josh ? Comment s'appelle-t-il déjà ? »

Au nom de son frère, le visage de l'agent Kelly s'éclaira d'un sourire qui le rajeunissait de plusieurs années et gommait presque la fatigue.

« Exact. Mon frère Josh. L'intellectuel de la famille. Dommage qu'il n'ait pas pu venir. Vous vous entendriez mieux avec lui qu'avec moi.

— Oh, je suis sûre que vous vous en sortirez à merveille », dit-elle en souriant. Elle s'aperçut — c'était d'autant plus troublant qu'elle ne s'y attendait pas — qu'elle trouvait l'homme séduisant. Cette pensée à peine éclose, elle la repoussa. Il n'était pas là pour ça, et elle n'avait pas de temps à perdre à ces petits jeux en ce moment. Elle prit l'air sérieux et se pencha en avant, les coudes sur le bureau. « Dites-moi au juste ce que je peux faire, à votre avis. »

Jusqu'ici, il était resté assis sur sa chaise, bien calé contre le dossier, la cheville droite posée sur le genou gauche, à boire son café. Là, il mit sa tasse sur l'appui de la fenêtre, reposa les deux pieds au sol et se pencha en avant, coudes sur les genoux, mains jointes. Il la regarda droit dans les yeux, de façon pénétrante mais sans indiscrétion. Elle se sentit sondée, mais nullement menacée. En même temps, elle sentait qu'il pouvait devenir dangereux — à l'occasion, si nécessaire. Elle se réjouit qu'il n'en vit pas présentement la nécessité.

« Laissez-moi vous expliquer la chose comme je la vois, dit-il, du point de vue du non-spécialiste. Il y a quelque chose dans votre ordinateur que ce type, quand il l'a piraté, comme nous le pensons, a volé. J'ignore de quoi il s'agit, puisque j'ignore ce que contient votre ordinateur. Quoi qu'il en soit, ça pourrait bien se trouver, maintenant, dans son ordinateur à lui. Je suis persuadé qu'en dépit de la façon grossière dont je l'expose, vous comprenez l'analogie. Si nous avons dix suspects pour un cambriolage, des suspects mais aucune piste, pas de témoins, pas d'empreintes, pas d'indices, alors notre seule chance réside dans la liste des objets volés. Avec l'espoir de retrouver un objet en possession d'un suspect. »

De nouveau, il se renversa dans sa chaise, comme s'il renonçait à la mettre sous pression. Elle lui en fut reconnaissante. Elle n'avait pas l'intention d'en dire plus qu'elle ne voulait mais préférait éviter un affrontement de volontés. D'abord, elle n'avait pas que ça en tête. D'ici quelques jours, au plus tard, elle en aurait fini avec Paul — mon Dieu, comment expliquer ça à un inconnu ! — et n'aurait plus à se soucier des dangers d'une intervention extérieure.

« Vous réalisez le risque que je prends, n'est-ce pas ? » demanda-t-elle.

Il haussa les épaules et ouvrit les bras en signe de sincérité.

« Les risques, par les temps qui courent, je connais.

— Vous le savez sans doute, je travaille sur la robotique, les systèmes de contrôle, etc. »

Il porta la main à sa veste et en tira un livre. Elle reconnut la jaquette. En raison de sa mention dans l'index, l'éditeur lui en avait envoyé un exemplaire à la parution, quelques mois plus tôt.

« J'ai lu le passage vous concernant, dit-il. Je comprends que votre travail est très confidentiel. Vous ne voudriez pas qu'il tombe dans de mauvaises mains. J'espère que vous ne considérez pas le FBI comme de "mauvaises mains".

— Non, bien sûr. D'un autre côté, vous devez comprendre… (elle baissa les yeux vers le bureau et promena ses doigts sur le bord) comprendre que je ne suis pas libre de mes actes. Il me faut le feu vert des gens qui subventionnent mes recherches. Je suis certaine de l'obtenir, encore faut-il le demander. »

Il leva les mains, paumes tournées vers elle, en signe qu'il n'y voyait aucun inconvénient.

« Cela va de soi. Et je peux sûrement vous aider à l'avoir.

— Combien de temps restez-vous à Oxford ? demanda-t-elle en ignorant sa proposition.

— Le temps qu'il faudra.

— J'aurai des coups de fil à passer », dit-elle. À la vérité, elle savait qu'un coup de fil suffisait. Jonathan Syme. Mais elle essayait de gagner du temps. Pas beaucoup : juste assez pour finir ce qu'elle avait à faire. « C'est urgent ?

— Si nous ne le stoppons pas, d'autres femmes vont mourir. »

Elle hocha la tête, espérant qu'il sentait à quel point elle comprenait la situation, et qu'elle ne traînait pas les pieds pour le plaisir. Elle aurait aimé pouvoir tout lui expliquer. Mais, après s'être avancée si loin toute seule, et connaissant le formidable pouvoir du programme, sans commune mesure avec tout ce que ce Kelly pouvait imaginer, elle savait qu'elle prenait la seule voie praticable.

« Laissez-moi m'occuper de ça, dit-elle. Je vous promets de faire de mon mieux. »

50

Jusqu'ici, tout s'était déroulé selon le scénario. Pourtant, en composant le numéro qu'on lui avait donné, Chuck Price sentit son ventre se serrer. C'était un long numéro qui, à sa connaissance, ne correspondait à aucun code, local ou national, figurant dans les bottins qu'il avait consultés.

Après un silence — pas de sonnerie, juste une succession de sifflements et de bips tandis que de lointaines connexions s'établissaient — la voix neutre et mécanique se fit entendre sur la ligne.

« Je t'écoute. »

Price fit un rapide compte rendu des derniers événements. Tout, dit-il, se passait conformément au plan. Le jour où il avait prévenu ses employeurs de son soudain départ en vacances, ils n'avaient guère apprécié. Comme prévu. Mais ils n'y pouvaient rien. Ils n'attendaient pas de ses nouvelles avant trois semaines. Ce qui arriverait une fois le délai écoulé, Dieu seul le savait.

Dieu seul le savait. Price grimaça en réalisant ce qu'il venait de dire… en lui-même, pas dans le combiné qu'il tenait à la main. Dieu seul.

Il avait mis du temps à comprendre que lui, Charles Mortimer Price, était l'apôtre qu'Il avait choisi et envoyé sur cette terre. Maintenant qu'il le savait, tout s'éclairait. Toute sa vie, passée et à venir.

Dans son enfance, les deux vieux fous qui l'avaient élevé lui avaient injecté les Évangiles matin midi et soir. Mais la Bible ne signifiait rien pour lui. D'après eux, et d'après les imbécillités qu'ils écoutaient sans arrêt à la télé, Dieu était au Ciel et le Ciel quelque part « ailleurs ». Et puisque le Diable était en eux, avait conclu le jeune Chuck Price, cela signifiait que le lieu nommé Terre était en réalité l'Enfer. Depuis qu'il avait abouti à cette conclusion, il n'avait vu aucun motif de la remettre en cause. Un Enfer vivant, sans issue, et sans la moindre preuve que Dieu existe ou, s'Il existait, qu'Il s'y intéresse.

Aujourd'hui, après des années de doute et d'abandon, Dieu enfin se manifestait et le réconfortait en sa solitude. Dieu lui avait dit qu'il était bon de délivrer toutes ces femmes de l'Enfer. Rien que d'y penser, ses yeux s'emplissaient de larmes de gratitude.

Debout, la main crispée sur le téléphone, il se sentit soudain glacé, comme pris dans une rafale de blizzard. Il s'aperçut qu'il avait la tête ailleurs et qu'il n'écoutait pas les mots qui résonnaient à son oreille.

Depuis combien de temps ? Il regarda sa montre. Geste absurde. Il ignorait depuis quand il s'était déconcentré, et la montre ne le dirait pas. Un bref instant peut-être. Ou des minutes. Il fallait rester calme, surtout. Calme.

« Désolé, dit-il, nous avons été coupés. Je n'ai pas tout entendu. »

Un silence. Il retint son souffle. Puis la voix : « Je n'ai connaissance d'aucune coupure.

— Une panne locale, peut-être, un incident technique de mon côté.

— Je n'ai rien détecté.

— Je ne sais pas. Je vous ai perdu, c'est tout. »

Nouveau silence. Puis : « Je vais répéter l'information.

— Merci.

— Je surveille les communications de la police. Ils savent que tu es en vacances et pas joignable…

— Quoi ? Comment ont-ils… ? » Pris de court, Price sentit son cœur s'emballer. Ça ne faisait pas partie du plan. « Comment ont-ils su ? Vous aviez dit qu'une fois innocenté, je ne serais plus surveillé…

— Incident mineur. Ce n'est pas grave. Il est clair qu'ils n'attachent aucune importance à l'information. Rappelle-toi, je surveille leurs communications. En conséquence, il n'est aucun danger dont je ne sois conscient. Pour l'instant, tu ne risques rien.

— Très bien. Puisque vous le dites.

— Il n'y a aucune raison de s'inquiéter. Ça ne modifie en rien notre stratégie. Écoute-moi bien... »

Price tendit l'oreille, avide cette fois de fixer son attention.

51

La fille de la réception lui tendit un message avec la clé de la chambre.

« Un appel international pour vous, monsieur Kelly. Il y a dix minutes... vous l'avez manqué de peu. »

L'appel provenait de Jack Fischl, qui lui demandait de rappeler. Il monta dans sa chambre et décrocha le téléphone. Il obtint instantanément la ligne directe de Jack.

« Salut, Jack... C'est moi. Alors, quoi de neuf ?

— C'est toi, vieux frère ! Comment ça s'est... Ouh là, l'écho... Comment ça se passe chez toi ? Tu as vu la fille ?

— Dès mon arrivée.

— Alors ?

— Très sympa... Je ne suis pas sûre qu'elle...

— Attends... une seconde, tu veux ? Il y a de l'écho sur la ligne... J'ai l'impression de me parler en multiplex. Tu as l'écho aussi ?

— Ouais, j'ai l'écho... Tu veux que je rappelle ?

— Non, ça va... Il faudrait juste... parle doucement. Tu m'entends ?

— Je t'entends.

— Écoute. J'ai du nouveau... Pas grand-chose, en fait... Un des premiers types qu'on a vus pour le test... celui de Studio City. Deux de mes hommes... Bob Miller et Lew Wise, ils l'ont interrogé, un certain Chuck Price...

— Quoi ? Je n'en...

— Chuck...

— ... tends...
— ... Price...
— ... rien...
— Merde !
— Attends... ça s'arrange.
— Tu m'entends... ?
— Continue, dis ce que tu as à dire, je me tais.
— Un type du nom de Price, Charles Mortimer Price... surnommé Chuck... le dessin animé. Il a donné à Wise un dessin dédicacé, je ne sais quoi... le gosse du voisin a vu ça et lui en a demandé un... Wise a rappelé Price, il paraît qu'il a filé... en vacances, mais personne ne sait où... sans doute rien d'important, mais nous restons sur le coup.
— D'accord... merci, Jack.
— Tu as compris ? Tu as entendu ce que... ?
— Parfait.
— ... j'ai dit ?
— Je te rappelle, Jack.
— Je dois y aller, maintenant... c'est tout. Je te tiens...
— D'accord.
— ... au courant. »

Les deux hommes raccrochèrent simultanément, contents d'être débarrassés de l'écho. À Oxford, l'employé de la réception qui prenait son service reçut un appel intérieur du nouveau client, M. Kelly, lui demandant de ne pas le déranger pendant une heure, le temps d'une sieste. À Los Angeles, Jack Fischl marmonna une obscénité à son adjoint à propos de la pire liaison satellite de sa vie.

52

Le lendemain matin, peu avant onze heures, le major venait de sortir de voiture et de passer la porte du ministère des Affaires étrangères quand son portable sonna. Il répondit en montant l'escalier.

« Franklin.

— Bonjour, major. Tim Kelly.

— Ah, monsieur Kelly. Comment allez-vous ?

— Toujours dans le décalage horaire. Impossible de dormir la nuit dernière et ce matin, j'ai eu du mal à me réveiller. »

Le major émit un gloussement compatissant.

« Rien à faire pendant un jour ou deux, j'en ai peur. Il faut le temps de s'adapter.

— Si je vous appelle, c'est qu'hier j'ai vu le docteur Lambert. J'ignore si elle m'évite ou pas, mais j'aimerais vous poser une question. »

Le major déboucha sur le palier et aperçut, au fond du couloir, le bureau où il était attendu une minute plus tard.

« Excusez-moi, coupa-t-il, vous me prenez juste avant une réunion. Je peux vous rappeler dans vingt minutes ?

— Aucun problème.

— Vous êtes à l'hôtel ?

— Oui.

— Vingt minutes. »

Un message attendait Jonathan Syme à son retour de déjeuner. Le major désirait le voir. Un quart d'heure plus tard, les deux hommes se retrouvaient face à face dans le bureau de Jonathan.

« Ce que notre ami américain voulait savoir, expliqua le major, c'est si le docteur Lambert nous avait demandé — enfin, à vous, pour être précis — l'autorisation de collaborer avec lui. J'ai répondu que je verrais avec vous... mais je suppose que vous m'en auriez averti, si c'était le cas.

— Je ne suis pas au courant.

— Nous y voilà, donc. Nous y voilà. »

Le major se leva, croisa les mains dans le dos et parla avec une sorte de regret convenu, comme s'il venait de prendre une désagréable décision : plus de doute, Tessa leur mentait, elle roulait pour son compte.

Jonathan hocha la tête avec gravité. Il savait précisément ce que le major pensait : la même chose que lui.

« Question, dit-il. Que faisons-nous maintenant ? Il ne s'agit pas ici d'activité criminelle, et nous aurons du mal à invoquer l'atteinte à la sûreté de l'État. Tout ce que nous avons, c'est une présomption, selon laquelle elle serait prête à vendre le programme au plus offrant... tradition admise dans ce pays. Nous avons même inventé l'expression "fuite des cerveaux". Au mieux, nous pourrions lancer une action civile pour rupture de contrat.

— Je croyais que nous étions moins préoccupés par ces fioritures légales que par la perte éventuelle d'un travail de grande valeur. »

Quelque chose, dans la voix du major, dépassait la portée de ses paroles. Jonathan le dévisagea, mais rien dans l'attitude du major ne trahissait l'intention de finasser avec des sous-entendus. Néanmoins, la situation donnait à Jonathan l'occasion de se souvenir qu'il avait affaire à un bras invisible et mystérieux du gouvernement. Il devrait agir avec prudence, sous peine de se retrouver responsable d'événements imprévisibles.

« Certes, dit-il. Bien sûr. Mais la priorité reste de percer ses intentions. Nous avons donné à notre ami américain tout l'appui qu'il réclamait, voyons s'il peut renvoyer l'ascenseur. »

53

Elle continuait à travailler dans l'urgence. Pour l'instant, le programme échappé faisait profil bas. Jusqu'au jour où l'on découvrirait son existence, et où l'on s'attaquerait à lui.

Il y avait aussi le risque qu'à tout moment une idée folle ne germe dans sa…

Tessa s'interrompit juste avant de penser le mot « tête », guère approprié… à moins de visualiser la planète Terre, lancée dans l'espace, et l'imposante ceinture de communications électroniques qui l'enserrait comme une coquille invisible.

Tessa fut frappée par la pertinence de l'image, et la repoussa en même temps. La vision, comme le secret qu'elle cachait au monde, était trop puissante pour être regardée en face. On pouvait l'entrevoir de biais, du coin de l'œil, mais si l'on braquait son attention directement, ou trop longtemps, elle disparaissait — car elle était partout, envahissant tout, dominant tout.

Mieux valait se concentrer sur le travail. S'en tenir aux détails. Limiter ses pensées au labo, à Paul qui, bientôt, dès qu'elle le sentirait prêt, sortirait à son tour dans le monde pour y dérober les armes de son frère, lui arracher le contrôle des terribles pouvoirs auxquels il avait accès…

À nouveau, le flot de ses pensées s'interrompit. Surprise à retardement devant la facilité avec laquelle elle se servait d'un vocabulaire anthropomorphe. Elle pensait toujours à la chose en terme de « ça ». Vivant, ça l'était, et même intelligent. Mais une forme de vie étrangère, une intelligence hostile, que la peur changeait en monstre.

Paul, de son côté, était trop imprégné d'elle. Le voir comme un « ça » lui était depuis longtemps déjà impossible. Il était un « enfant spirituel », pour reprendre l'expression de Hans Moravec, le roboticien. Paul était jeune, innocent, vulnérable et bientôt, trop tôt, elle devrait le précipiter dans un monde dont il se rendrait maître, à moins qu'il n'y succombe. Le temps seul le dirait. Et le temps passait vite.

« Comprends-tu ce que j'ai dit ? » tapa-t-elle. Elle venait, pour la première fois, de lui décrire l'épreuve qui l'attendait.

Un long silence précéda la réponse. Elle travaillait

au clavier, sur l'écran, plutôt qu'avec la voix synthétique. La contrainte du clavier l'aidait à formuler ses pensées avec davantage de précision. Pour autant qu'elle le sût, les pensées de Paul pouvaient émerger en ondes sonores, ou en hiéroglyphes, cela ne faisait pour lui aucune différence.

La réponse apparut enfin.

« Oui, lut-elle, je comprends.

— Et qu'en penses-tu ? »

Nouveau silence. Puis : « Inquiet.

— Rappelle-toi au moins, tapa-t-elle, que tu auras l'avantage de la surprise.

— En sommes-nous sûrs ?

— Je ne vois pas comment il pourrait savoir ce que nous préparons.

— Il sait que tu cherches à le détruire. C'est pourquoi il a essayé de te tuer.

— Et pourtant, je ne crois pas qu'il s'attende à ton intervention. Non, il va être surpris.

— Mais c'est mon jumeau, mon clone. Comment savoir si c'est mon esprit qui va supplanter le sien, ou l'inverse ? »

Elle inspira profondément. C'était une autre raison de se passer de la voix synthétique : elle n'avait aucune preuve que Paul pût lire dans le ton de sa voix, mais mieux valait ne pas courir le risque. Surtout s'il fallait lui donner confiance en lui.

« Parce que, tapa-t-elle avec une prudence calculée, je crois que le bien est plus fort que le mal, et la raison que la folie. »

Nouveau silence. Puis, Paul : « Il s'agit d'une profession de foi.

— D'un acquis de l'expérience, aussi.

— J'ai peu d'expérience de l'expérience.

— Paul, je crois que tu viens de faire un jeu de mots.

— Et une foi limitée dans la foi.

— Encore !

— Je ne le fais pas exprès.

— Pas grave. Parfois ça sort tout seul.

— Une réaction à l'angoisse ?
— Peut-être.
— Oui, c'est une explication.
— Maintenant, tapa-t-elle, nous allons tenter un truc… une sorte de galop d'essai. Je vais te copier sur un PC. Plus lent qu'Attila, mais à peine. Histoire de te plonger dans un environnement nouveau. Ta réaction m'intéresse. Attention, c'est parti… »

54

La caméra s'attarda sur la désolation romantique des dunes, les touffes d'herbe grasse frémissant dans le vent. La mince ligne d'horizon océane, tachetée de blanc, se tendait sous un ciel gris métallisé.

Lentement, la caméra pivota vers la silhouette d'une jeune femme au premier plan. Elle portait un manteau au col relevé qui comprimait en partie des cheveux blonds mi-longs agités par le vent. Elle regardait au loin par-dessus son épaule, en direction d'un bloc gris et futuriste, silhouette lugubre à cinq kilomètres environ sur la côte. Lancée par un bref « On y va » du producteur, voûté à cause du froid dans sa veste ouatée, elle fit face à la caméra et approcha un micro de sa bouche.

« Les positions des deux camps sont claires. La Commission de l'énergie nucléaire insiste sur le fait qu'il s'agit du réacteur le plus sûr jamais construit. Pour les écologistes et les militants antinucléaires, la combinaison de la fission nucléaire et de l'informatique n'est pas et ne sera jamais fiable à cent pour cent. »

Au signal du producteur, le cameraman enchaîna sur un long zoom entre l'épaule de la journaliste et la masse lointaine du réacteur.

« C'est aujourd'hui, poursuivit la jeune femme, que

le nouveau réacteur de Brinkley Sands à Norfolk entre officiellement en fonction. Triomphe de la technologie de la fin du XXe siècle ou catastrophe potentielle ? Seul le temps le dira. Mais alors, rétorquent les critiques, il sera trop tard.

— Coupez. »

Le producteur abaissa la main comme un couperet. L'équipe s'entassa dans la Range Rover de la chaîne et mit le cap vers le prochain lieu de tournage. La journaliste, qui s'appelait Sarah Metcalfe, s'assit à l'arrière avec le producteur, Roger Dean. Ils échangèrent des petits sourires, des regards et une pression des mains que les deux hommes à l'avant firent mine de ne pas voir. Les histoires de bureau ne les regardaient pas.

Ils s'arrêtèrent devant les hautes grilles d'acier et le grillage barbelé, l'enceinte extérieure de la zone de sécurité du réacteur. Là, une poignée de protestataires maintenaient un piquet de surveillance sous l'œil ennuyé de quatre vigiles et de deux policiers en civil. Quelques minutes plus tard, l'équipe de télévision était prête à tourner.

« Vous ne pouvez nier, disait Sarah à un homme d'une trentaine d'années en anorak et bonnet de laine, que l'affaire a été largement et publiquement débattue. Il y a même eu un procès, et ils ont gagné. Ça ne vous suffit pas ?

— Ils ont gagné au procès parce que les normes de sécurité sont fixées par des gens qui avaient intérêt à ce qu'ils gagnent. C'est de la manipulation d'un bout à l'autre. »

L'accent londonien vibrait d'une vertueuse indignation.

« Facile à dire, répliqua Sarah, mais sur quelle compétence reposent vos affirmations ?

— Ma compétence, c'est leur autosatisfaction. Regardez la théorie du chaos. En l'occurrence, lisez les journaux. Le krach boursier de 1987 a été provoqué par un effet informatique imprévu. Les ordinateurs programmés pour vendre en deçà d'un certain seuil ont cumulé leurs réactions et entraîné les prix dans une spirale à la baisse. Ça ne m'empêche pas de dormir, mais une centrale nucléaire, c'est autre chose. Si le premier niveau de sécurité — le contrôle du cœur lui-même — dépend d'ordinateurs, il existe un danger. Un danger incalculable, même en théorie.

— Oui, mais on nous dit qu'en cas de danger, il existe de nombreuses garanties : mise hors circuit, circuits de secours, contrôle manuel. Apparemment, vous n'avez pas confiance dans ces garanties.

— Même avec ce que nous, simples citoyens, sommes autorisés à savoir, il me faudrait des éléments plus convaincants que ces prétendues mesures de sécurité pour être rassuré, si un incident se produisait. »

Roger Dean agita la main en cercle pour dire de conclure. Sarah se retourna vers la caméra et récita sa chute, griffonnée sur le dossier qu'elle avait potassé en venant de Londres. Le petit groupe de protestataires se tassa derrière elle, levant les pancartes et le drapeau de chiffon pour rester plus longtemps dans le cadre.

Sarah les avait déjà oubliés. Eux et ces phrases qu'elle récitait comme un perroquet. Elle ne pensait plus qu'au confortable petit hôtel, à quinze kilomètres sur la côte, où elle avait réservé une chambre avec Roger pour trois nuits. La chambre disposait d'un lit à baldaquin et la salle à manger était divine. D'après Roger, c'était la meilleure carte des vins qu'il ait vue depuis longtemps dans un hôtel de province. Trois jours de rêve... surtout qu'il avait promis de dire à sa femme, dès son retour à Putney, qu'il la quittait.

Elle réalisa soudain que Roger avait dit : « Coupez. » Fini pour la journée. Elle avait conclu en pilotage automatique mais Roger arborait un large sourire et répétait : « Génial ! Super ! » Ça ne devait pas être si mauvais.

Elle jeta un coup d'œil à sa montre, un autre sur Roger. Ils échangèrent un petit sourire intime.

C'était l'heure de boire un verre. De prendre un bain... et quoi encore ? avant d'aller dîner.

55

Une fois installé dans le micro-ordinateur, Paul ne réagit pas comme Tessa l'avait prévu. Son « autre soi » avait sèchement nié faire des jeux de mots. Ça avait l'air de l'amuser et il semblait décidé, dans sa nouvelle incarnation, à faire preuve de talents de comique.

« Je peux être drôle, moi aussi.

— Ça veut dire quoi, drôle ? tapa-t-elle.

— Je peux être drôle, mot A, oh si !

— Je vois, mais ça veut dire quoi...

— Jeu peu hêtre drôle, mot A, oh si !

— Très bien.

— Jupe euh est trop le mot aoh scie.

— Merci, Paul...

— J'en ai d'autres en réserve.

— Je n'en doute pas, mais...

— Je pue pétrole mou à... »

Il s'interrompit, comme s'il cherchait en vain une chute. Elle en profita pour glisser une question.

« Paul, où *entends-tu* les jeux de mots ? » Elle souligna « entends » et le tapa en gras pour insister sur l'importance de la question.

Quelques secondes, l'écran du PC resta vide. Puis la réponse apparut, avec une espèce d'hésitation bizarre.

« Je ne sais pas.

— Tu comprends la question ? Pour faire des jeux de mots, tu es obligé d'entendre le son. »

Silence. Puis : « Drôle veut dire deux niveaux au même endroit.

— Pas mal. Le comique doit être la chose la plus difficile à définir... après la conscience.

— Tu me rassures. Je me sens tout bizarre.

— Dans quel sens ?

— Désorienté.

— Sur ta nouvelle machine, tu tournes à une autre vitesse. Tu n'as pas l'habitude.

— C'est pour ça que je me sens tout drôle ?

— Encore un jeu de mots ?

— Oui et non.

— Il est temps de te recopier sur Attila.

— Me recopier ?

— Oui, pour voir comment vous vous débrouillez tous les deux. »

Le programme d'origine était resté dans Attila. Si ça acceptait sans broncher la version légèrement modifiée rapatriée du PC, ce serait une preuve que son plan avait une chance de réussir. Étrange : elle pensait à nouveau en terme de « ça ». L'existence de Paul en deux versions le déshumanisait-il ? Trois versions, plutôt : les deux sur lesquelles elle travaillait, et la chose du dehors, cible de l'expérience finale.

Le téléphone du bureau sonna. Elle décrocha machinalement et reconnut la voix de Tim Kelly.

« Docteur Lambert ? J'espère que je ne vous dérange pas.

— Non, ça va. »

Elle s'étonna d'avoir du plaisir à l'entendre, même dérangée en plein travail.

« Je voulais savoir si ça c'était bien passé, avec vos supérieurs. Pour l'autorisation, celle que je vous ai demandée.

— Oh, ça ?... Non, je crains que... Désolée, j'attends toujours la réponse. »

C'était un mensonge flagrant, Elle espérait que sa voix ne la trahissait pas.

« Je vois, dit-il. Oui, je sais, ces trucs-là prennent toujours du temps. Appelez-moi dès que vous avez du nouveau.

— Je n'y manquerai pas », dit-elle. Elle aurait aimé s'excuser, mais ne trouvait pas les mots. Pouvoir dire : laissez-moi un jour, deux au plus, et je vous apporterai l'aide dont vous avez besoin. Mais pas tout de suite, pas déjà, s'il vous plaît... « Vraiment désolée, dit-elle, ça va marcher, j'en suis sûre... enfin, j'espère...

— C'est très gentil à vous. À bientôt, alors.

— Oui.

— J'attends de vos nouvelles. Au revoir, docteur Lambert. »

À peine eut-elle raccroché que la conversation fut chassée de son esprit par une phrase apparue sur l'écran d'Attila. Paul posait une question.

« Je peux te demander quelque chose ?

— Bien sûr, tapa-t-elle. Demande.

— Il y a quelque chose qui se glisse dans mes pensées et qui refuse de partir. Ça me dérange.

— Quoi ?

— Des mots absurdes. Ça ne veut rien dire. »

Il semblait presque gêné.

« Quels mots ?

— Jupe euh est trop le mot aoh scie. »

56

Il n'avait pas eu de mal à trouver son adresse : elle était la seule T. Lambert dans le bottin. Il gara sa voiture de location un peu plus loin dans le chemin, puis revint à pied pour examiner la maison. C'était un charmant cottage, bas et allongé, avec un toit de chaume, proche de la route mais protégé par une haie assez haute. En se penchant par-dessus la grille, il vit que le jardin était entretenu, et qu'il semblait se prolonger par-derrière. Il fut tenté de pousser la grille et de faire un tour — la maison était visiblement déserte —, mais il ne voulait pas courir le risque qu'elle revienne et le surprenne à rôder et à espionner par ses fenêtres. Elle s'inquiéterait, au mieux elle lui en voudrait, et ça les mettrait mal à l'aise.

Il revint à la voiture et roula pendant une heure, admirant la campagne qu'envahissait le crépuscule. Quand il repassa devant le cottage, la voiture de Tessa était devant et une lumière brillait à l'intérieur. Il se gara, s'avança dans l'allée et frappa à la porte.

Il entendit un bruit de pas venir de l'arrière de la maison et une lampe s'alluma au-dessus de sa tête. Il avait déjà remarqué l'œilleton dans la porte et savait qu'elle regardait dedans pour identifier le visiteur. Un instant plus tard, la porte s'ouvrit. Elle avait le visage pâle et tendu.

« Monsieur Kelly, quelle surprise ! »

Il fit son sourire le plus désarmant et le plus navré.

« Je n'ai aucun droit à agir ainsi. Alors si j'exagère ou si je tombe mal, n'hésitez pas à me renvoyer.

— Non, je... pas de mal, dit-elle avec gêne. Entrez, je vous en prie. »

À l'intérieur, le cottage était chaud et accueillant. On s'attendait à entendre des voix dans les pièces, des appels, des bruits d'enfants dans l'escalier, des chiens aboyer de plaisir. Mais il n'y avait que le silence. Il savait qu'elle vivait seule.

« Si ça ne vous ennuie pas de vous asseoir dans la cuisine... Je viens juste de rentrer.

— Parfait, la cuisine. Je ne veux pas vous importuner. Vous avez sûrement des tas de choses à faire, je ne resterai pas longtemps.

— Je viens de faire du thé. Ou peut-être préférez-vous un scotch, un verre. Je dois avoir de la vodka quelque part.

— Du thé, c'est parfait. »

Il s'assit près de la fenêtre dans le confortable fauteuil en osier qu'elle lui offrait. Elle remarqua qu'il tenait à la main une grande enveloppe blanche. Il la disposa sur ses genoux avec un soin méticuleux, bien à plat, comme si elle contenait un document important. En tendant la main vers la tasse de thé, il surprit son regard sur l'enveloppe. La scène lui épargnait les paroles qu'il se serait senti obligé de prononcer avant d'en venir au but de sa visite.

« J'espère ne pas vous blesser, docteur Lambert. Je ne cherche pas à vous piéger, je ne vous accuse pas, je suis sûr que vous avez vos raisons. Malheureusement, il se trouve que j'ai de bonnes raisons moi aussi d'agir comme je le fais... ou du moins, d'essayer. »

Il s'éclaircit la gorge. Tessa l'observait avec perplexité.

« Ce que j'essaie de dire, reprit-il, apparemment navré de tendre ainsi l'atmosphère, c'est que tout me porte à croire que vous n'avez pas entrepris les démarches pour obtenir la permission de me parler... »

Une lueur de culpabilité brilla dans les yeux de Tessa et elle détourna le regard. Il leva la main, comme pour prévenir une éventuelle protestation.

« Si je vous donne l'impression de vous espionner, je le regrette, telle n'est pas mon intention. C'est juste que je suis obligé, étant en Angleterre, d'avoir des rapports avec les autorités concernées...

— Monsieur Kelly, coupa-t-elle, vous n'avez pas besoin de vous excuser. C'est parfaitement exact, je n'ai pas tenu ma promesse. Désolée. Je ne sais pas quoi vous dire... » Elle lui fit face à distance. « Je ne sais pas quoi dire, sinon que je désire vous aider, et que je le ferai. Je sais que vous êtes pressé. Moi aussi je le suis. Je ne peux en dire plus. Je regrette. »

Il la regarda avec attention, cherchant à lire sur son visage. Elle ne mentait pas, c'était évident. Elle n'était non plus en train de « négocier ». Ce n'était pas un terme de manuel de psychologie, juste l'expression qu'il avait inventée pour décrire les gens qui fuient la réalité. Ceux qui arrangent la vérité à leur sauce, sans tenir compte de la réalité objective, extérieure et non négociable. Il lui arrivait de se voir comme un « négociateur » lui-même. Tout en n'étant pas un menteur. Mais il doutait parfois de voir les choses telles qu'elles étaient. Trop pessimiste, ou optimiste et, quand il n'était plus sûr de rien, il faisait retraite au fond de lui.

« Je le répète, dit-il d'une voix douce, je pense que vous avez vos raisons. Tout ce que je peux vous dire, c'est que j'ai besoin de votre coopération, et que je ferai tout pour l'obtenir. »

Elle vit sa main soulever le revers de l'enveloppe. Fascinée, elle le regarda plonger la main à l'intérieur et en tirer lentement plusieurs photos sur papier glacé. Certaines en couleurs, d'autres en noir et blanc.

Même de loin, elle comprit aussitôt de quoi il s'agissait. Elle avait deviné, elle s'en rendit compte avant de voir.

Il plongea son regard dans le sien et, avant qu'elle tourne le dos, surprit un éclair de panique.

« Non, dit-elle, je vous en prie, ce n'est pas nécessaire.

— Tant mieux. »

D'un geste hésitant, il remit les photos dans l'enveloppe. Il avait fait ce qu'il avait à faire. Il avait vu la peur dans ses yeux, et savait qu'il n'obtiendrait rien de plus de cette façon.

« Si vous m'expliquiez quel est le problème, dit-il de la même voix douce et rassurante, je pourrais peut-être vous aider. »

Elle secoua la tête sans le regarder. Il y avait quelque chose de résigné, de vaincu presque, dans l'affaissement de ses épaules, comme si le désespoir la submergeait soudain.

« Écoutez, dit-elle, je veux vous aider... mais la vérité, c'est que je ne peux probablement pas, et que vous avez fait un long voyage pour rien...

— Je vous demande simplement d'essayer.

— Je sais. J'essaierai.

— Quand ?

— Bientôt. »

Il se tut quelques instants, puis dit : « Si seulement je savais ce qui se passe. »

Elle se retourna vers lui avec un petit sourire en coin, comme si, malgré tout, la situation l'amusait.

« Il ne vaudrait mieux pas, monsieur Kelly.

— Cela vous ennuierait-il de m'appeler Tim ?

— D'accord, Tim.

— J'espère ne pas avoir l'air trop entreprenant si je vous appelle Tessa. Ce n'est pas mon intention. J'essaie juste de parler.

— Je sais.

— Alors, Tessa, dites-moi. Pourquoi vaut-il mieux que je ne sache pas ce qui se passe ? »

Elle poussa un long soupir, effet semblait-il d'une profonde lassitude.

« Parce que, dit-elle. Je vous ai dit ce que je pouvais. »

Il la dévisagea et sut qu'elle disait vrai. Il prit sa tasse de thé et la vida d'un trait, puis se leva.

« Merci de votre attention, Tessa. Encore navré d'avoir fait irruption chez vous.

— Il n'y a pas de mal, je... »

Elle fit un geste vague, comme si la discussion était terminée.

Ils traversèrent l'entrée, un corridor biscornu aux murs inclinés.

« Vous habitez un charmant endroit, dit-il.

— Merci.

— Vous l'avez aménagé vous-même, ou acheté dans cet état ?

— C'est juste une location. Mais j'ai changé deux ou trois choses.

— Ça a beaucoup de charme. »

Il s'arrêta devant la porte et lui fit face avant qu'elle nc l'ouvre.

« Tessa, dit-il, j'espère que... que vous ne croyez pas... je veux dire, vu les circonstances... »

Elle s'aperçut qu'elle avait la gorge serrée, et à cela devina ce qu'il cherchait à dire.

Il tenait à la main l'enveloppe blanche, dont il triturait un coin. Elle refréna l'envie de s'élancer et de le retenir. Il parut prendre conscience de son geste et glissa l'enveloppe dans son dos pour la dissimuler.

« Je me demandais... Pourrions-nous dîner ensemble pendant mon séjour ? Je ne connais personne à Oxford, et c'est un peu... Bref, vous devez connaître des tas d'endroits pour dîner. Ça me ferait... je veux dire, si vous ne trouvez pas cela déplacé vu les circonstances... Ça me ferait très plaisir. »

Non, se dit-elle, impossible. Il a trouvé le mot juste. Déplacé. Pour des tas de raisons, des raisons évidentes, et d'autres. C'est hors de question.

«Je… je ne sais pas.» Elle s'entendit bafouiller. «Ça dépend… Pouvons-nous en reparler demain?

— Bien sûr, dit-il, je vous rappellerai.»

Ils se serrèrent la main furtivement, avec embarras, comme surpris par ce qui venait de se passer et impatients de se séparer pour prendre du recul. Comme s'il était implicite — il n'avait pas besoin de le préciser — que s'ils sortaient ensemble, ils n'auraient pas le même genre de discussion. Mais une discussion beaucoup plus personnelle.

Elle referma rapidement la porte, entendit son pas s'éloigner dans l'allée, puis la voiture. Elle se reprochait d'avoir manqué de bon sens, de prudence, de sang-froid, tout ce dont elle s'était juré de faire preuve la prochaine fois. Comme à chaque fois qu'un homme entrait dans sa vie.

Mais là, se dit-elle, elle tiendrait bon. Elle avait changé. Les événements l'avaient changée. Elle n'aurait pas d'aventure avec lui. Elle ne s'avouerait même pas qu'il lui plaisait.

Il ne se passerait rien, tout simplement.

57

Walter Chapman n'était pas un menteur à proprement parler. Mais il était parfois contraint, comme on dit, de taire une partie de la vérité.

Cela tenait à son travail, au service de presse de la centrale nucléaire de Brinkley Sands. Dans son domaine, Chapman était un pro, habile à maquiller tout sujet lié aux intérêts dont il était le défenseur provisoire. Et Dieu sait s'il en avait défendu. Il se donnait pourtant une règle, une règle intangible pour laquelle il exigeait la coopération de l'entreprise, du ministère ou de l'association qui louait ses services. Qu'on lui dise toute la vérité, même la plus gênante, et qu'on le laisse l'arranger à sa sauce. Il était incapable, et il refusait, de gérer une situation dont il ignorait les tenants et aboutissants.

Aussi, ce matin-là, en voyant Bob Fulton et Nick Tate discuter gravement devant un listing — à fleurets mouchetés, c'était l'impression qu'ils donnaient —, il s'approcha pour voir de quoi il retournait. Les deux hommes se turent et filèrent dans le couloir qui menait à la salle de contrôle. À moins de trente ans, ils étaient programmeurs en chef de la centrale, les rois de l'informatique maison. Tate et Fulton ne toléraient pas plus l'ignorance biblique de Chapman en matière d'ordinateurs qu'il ne supportait leur arrogance jargonneuse. Au mieux, les trois hommes coexistaient. Il réussit à les intercepter et leur demanda où était le problème.

Pas de problème, répondit Fulton. Aucun problème. Tate approuva énergiquement de la tête. « Aucun problème », répéta-t-il avec une insistance suspecte. Le regard de Chapman se posa sur la liasse de feuilles dans la main de Fulton, puis remonta vers leurs visages. Réponse non satisfaisante.

« Simple détail technique, dit Fulton.

— Des bogues », dit Tate en écho.

Ils dévisagèrent Chapman, le défiant presque d'insister, avec le risque de se retrouver noyé sous une avalanche d'arguties techniques.

« Les amis, vous feriez mieux de tout me dire, d'accord ? Je fais mon boulot, alors ne me mettez pas des bâtons dans les roues. »

Fulton haussa les épaules.

« L'ordinateur tourne un peu au ralenti, Walter, c'est tout. Pas de quoi fouetter un chat.

— Il y a un machin qui pollue le disque dur, ajouta Tate, et nous n'arrivons pas à le localiser. Pour l'instant.

— Toutes les fonctions sont normales, mais on dirait que la machine est occupée à autre chose, Dieu sait à quoi. »

Le regard de Chapman sautait de l'un à l'autre.

Quand ils jouaient à ça, ils avaient l'air de bonimenteurs de foire. Ils le savaient parfaitement, c'était leur truc pour se débarrasser des poseurs de questions.

« Probablement une petite embrouille des configurations, disait Tate. Un truc qui fait croire au système d'exploitation qu'il n'a pas assez de mémoire pour faire tourner les applis. Du coup, il n'arrête pas de jongler avec les logiciels, il les ouvre, il ferme, il ouvre...

— ... et ça bogue le reste...

— ... en tout cas ça y ressemble. »

Silence. Ils tournèrent vers Chapman des yeux de hibou. La balle était dans son camp.

« Mais... est-ce que..., commença-t-il, avant de reformuler sa question. Bref, vous êtes inquiets ou pas ?

— Inquiets ? Sûrement pas.

— Pas d'inquiétude tant que ça tourne.

— Vous connaissez la maison, Walter. Ici, dès qu'on n'a pas tout en trois exemplaires et le doigt sur la couture du pantalon, tout le monde fantasme sur un nouveau Tchernobyl.

— Hein...

— Du calme, Walter. On cause, c'est tout. Pas de panique.

— Nous tirerons ça au clair.

— À plus. »

Une claque sur l'épaule, chacun de son côté — il avait horreur de ça —, et ils s'éclipsèrent. Il les regarda filer en essayant de se convaincre qu'ils ne lui cachaient rien.

Il valait mieux, en effet. C'était le jour où l'équipe de télévision venait tourner à l'intérieur de la centrale. Liberté de mouvement, droit de parler à qui ils voulaient et de tout filmer, dans la mesure du possible. La transparence était la clé de voûte de la stratégie de communication arrêtée par Chapman en accord avec la commission. Une stratégie qui risquait de se retourner contre eux si les caméras filmaient un désaccord entre les deux responsables techniques. Regards gênés, messes basses dans les coins, ça ferait mauvais genre à l'antenne. Loin de l'assurance confiante et détendue qu'il s'efforçait de communiquer.

Il décida d'avoir une discussion tranquille avec qui de droit avant l'arrivée de l'équipe. Il prit l'ascenseur et regagna son bureau au deuxième étage. S'il y avait un problème, mieux valait le savoir.

58

C'était un matin froid et sans nuages, un matin de carte postale sur Oxford, avec les clochers magiques de la vieille cité, la féerie scintillante de la brume accrochée à la pointe des arbres. Un spectacle qui remonta le moral de Tessa tandis qu'elle fermait sa voiture et traversait l'esplanade de gravier qui menait au laboratoire.

À peine était-elle entrée que Danny se précipita vers elle avec cette affectation d'importance qu'il affichait invariablement dès qu'il avait une course à faire ou un message à porter.

« Il y avait quelqu'un pour vous, docteur Lambert. Un Américain. Il vous cherchait en bas quand je suis arrivé. J'ai dit que je ne savais pas exactement à quelle heure vous veniez. Il a dit qu'il repasserait. »

Elle fronça les sourcils.

« Un Américain ? Vous parlez de M. Kelly ? Celui de l'autre jour ?

— Non, un autre. Même âge à peu près que M. Kelly. Très gentil, très poli. Il n'a pas laissé de nom ni rien.

— Il a dit ce qu'il voulait ? »

Danny secoua la tête.

« J'ai demandé s'il y avait un message, il a dit non, qu'il voulait vous voir personnellement. »

Tessa était intriguée, mais ne s'attarda pas sur l'incident. Oxford était plein d'Américains, étudiants, professeurs de passage, touristes. Dix minutes plus tard elle n'y pensait plus, déjà plongée dans le complexe travail de reprogrammation d'Attila auquel, la veille au soir, après sa conversation avec Tim Kelly, elle avait décidé de s'atteler.

Jack Fischl se débattait toujours avec d'exécrables communications satellite. Il ne se servait pas souvent de l'international et avait vite conclu que la technologie européenne était très en retard sur celle de cette bonne vieille Amérique... raison de plus pour ne jamais mettre les pieds dans ce bout du monde, sans compter ce qu'on racontait sur leurs plombiers.

« Ça colle, je te dis ! » hurla-t-il dans le combiné. Les mots ricochaient l'un sur l'autre comme un galet sur un plan d'eau.

La réponse de Tim Kelly lui revint distordue par l'écho mourant de ses paroles et par son propre écho. Jack jura. Il dit à Tim que s'il voulait bien la fermer et ne pas le couper, il lui répéterait tout pour la énième fois.

« Ils ont revérifié les résultats de la prise de sang. Ça colle », beugla-t-il.

Jack remonta la main pour desserrer sa cravate et s'aperçut qu'il venait juste de le faire. Il crevait de chaud et de fatigue. Il était deux heures du matin heure locale — à L.A. centre, au labo où les légistes travaillaient vingt-quatre heures sur vingt-quatre pour éliminer, cette fois, les derniers doutes.

« Ouais, ouais, dit-il en se calmant, je fais le point. Le type dont je t'ai parlé, Price, celui qui a disparu, il est positif. Son ADN correspond au sang retrouvé sous les ongles de la victime... Risque d'erreur nul. Pourquoi se sont-ils plantés la première fois, aucune idée, mais je te jure qu'il y a un connard qui va se faire botter le cul avant la fin de l'histoire. Leur idée, ils pensent comme toi, c'est qu'il y a eu bidouillage informatique. On verra ça plus tard. Dans l'immédiat, il faut retrouver Price.

— Vous avez une piste ?

— Tu sais quoi ? dit Jack. On dirait une ligne sous écoute. Les Anglais doivent t'espionner.

— Non, Jack. La ligne n'est pas sous écoute. La communication est mauvaise par moments, c'est tout.

— Bizarre, elle est *toujours* mauvaise quand je te parle.

— N'exagère pas, ça n'est que la deuxième fois. Réponds plutôt à ma question. Vous avez une piste ?

— Zéro pointé. Autre chose : on a fouillé la villa, pas une photo de lui. Comme s'il avait tout déchiré et tout brûlé avant de filer. On a demandé à ses relations des photos de Noël ou de mariage, mais jusqu'ici, rien. Pas très sociable, le gars.

— Et chez lui, rien en rapport avec les meurtres ?

— Pas encore... Remarque, on n'a plus besoin de rien, avec l'ADN. Il y a son ordinateur, bien sûr. J'ai mis des types dessus, on verra ce qu'ils en tirent. Mais la grosse info, la voilà. Tiens-toi bien, vieux, tu ne vas pas me croire. On a trouvé une collection de vidéos pornos et de vieux Super-8, tous avec la même fille... des trucs vraiment crades. J'ai d'abord pensé : Et alors ? le type veut se bousiller le poignet, c'est son droit, garanti par la Constitution. On a creusé et on a pêché un truc intéressant. Tu ne vas pas le croire. Il semble qu'à l'âge de dix-sept ans, il ait tué sa mère... Tu entends, sa mère ? Ça s'est passé dans les coulisses d'une boîte de travelos à Frisco où elle faisait un show. Ensuite — tu te tiens bien ? — on a établi que c'était la fille des pornos. Tu m'entends ? Le type se branle sur des pornos de sa mère, et après, il la bute d'un coup de couteau ! Non mais, tu vois le putain de maboul ? »

Le dernier écho (« putain de maboul-boul-boul-boul... ») mourut, suivi d'un long silence sur la ligne.

« Eh, Tim ? Tu es là ? Tu m'entends ?

— Je t'entends.

— Je te demandais... as-tu déjà entendu une histoire pareille ? »

La voix de Tim s'éleva, plus lointaine que jamais, comme s'il était bouleversé, ou juste stupéfié par les extravagances dont les êtres humains sont capables.

« Bon Dieu, Jack, dit-il, c'est l'histoire la plus triste que j'ai jamais entendue. C'est horrible. »

Nulle critique explicite, et pourtant Jack eut honte de sa brutalité, du ton de soutier avec lequel il avait débité son récit.

« Oui, bien sûr, dit-il, tu as raison, c'est horrible. Bref, compte tenu de son âge et des circonstances, il s'en est tiré avec trois ans en hôpital psychiatrique dans un quartier de sécurité, plus trois ans de correctionnelle. C'est là qu'il a appris l'informatique. Il s'est tout de suite fait repérer et quand on l'a remis en liberté, les grosses boîtes faisaient la queue pour l'embaucher. Il a passé cinq ans chez Univac, et c'est probablement là qu'il est devenu un roi du bidouillage. Puis il a changé de nom et il a débarqué à Hollywood. Le reste, hélas, comme tu sais, appartient à l'histoire. »

Nouveau silence interminable. Jack attendit, l'oreille pleine de bips et de crachouillis.

« Écoute, Jack, entendit-il enfin, je n'ai aucune raison de traîner ici. Je reprends l'avion demain. Je te rappelle quand je saurai lequel. Rappelle-moi si tu as du nouveau. Je te file mon numéro de fax, si tu en as besoin. »

Jack trouva un stylo dans sa poche et nota le numéro. Puis il bâilla, dit qu'il allait dormir un moment et souhaita à Tim une bonne journée.

« OK, Jack, dit Tim, je ferai de mon mieux », et il raccrocha.

Puis il reprit le téléphone et composa un numéro.

Elle répondit à la huitième sonnerie, dès qu'elle put, sans se déconcentrer, s'arracher au code qu'elle était en train d'entrer dans la mémoire d'Attila.

« Tessa ? C'est Tim.

— Tim. Bonjour. Comment allez-vous ?

— Très bien. Je vous appelle pour vous dire qu'il y a du nouveau à L.A. Ils croient avoir identifié le tueur. Le problème, maintenant, c'est de le retrouver, et pour ça je dois rentrer. Bref, ça vous décharge de tout. Je prends l'avion demain, j'ai réservé pour une heure à Heathrow. En fait, je me demandais… » Il hésita, se racla la gorge avec, se dit Tessa, une certaine nervosité. « Je me disais que peut-être, on pourrait se retrouver pour dîner, ce soir. Ça me ferait très plaisir, si vous êtes libre. »

Non, pensa-t-elle. Aucun intérêt, laisse tomber. Il repart demain, tu ne le reverras jamais, et d'ailleurs qui te dit que tu as envie de le revoir ?

« Je ne sais pas, dit-elle. Je vais probablement travailler assez tard. Je ne crois pas que ce soit… (Quel mot cherchait-elle ?)… possible. »

C'était un mensonge, perceptible dans sa voix. Elle se demanda s'il le sentait aussi. Au moins, ça valait mieux que d'avouer carrément qu'elle lui trouvait un charme troublant, mais que, vu qu'il vivait là-bas et elle ici, ça ne laissait aucune chance à leur histoire… en supposant qu'il y ait une histoire.

« Je comprends. Pour déjeuner, alors ? Vous auriez un moment ? »

Le déjeuner, elle le savait d'avance, se réduirait à une promenade dans le parc avec un sandwich et une pomme achetés à l'épicerie du coin, une demi-heure maximum. Non, un déjeuner, pas la peine d'y penser.

« Bon, d'accord. D'accord pour dîner, dit-elle en feignant la résignation pour cacher le plaisir de céder. Je vous invite dans une jolie petite auberge près de chez moi. C'est votre dernière chance de connaître cet endroit.

— Non, non, dit-il vivement, c'est moi qui vous invite. Ça me ferait très plaisir si vous acceptiez.

— On réglera ça plus tard. Je réserve la table. Passez me prendre chez moi vers huit heures, ça vous va ?

— Parfait. À ce soir, alors. »

Un quart d'heure plus tard, replongée dans le code

d'Attila, elle prit conscience, sans avoir besoin de miroir, qu'un sourire bête de petite fille flottait toujours sur son visage.

59

Jack Fischl s'allongea sur le dos et s'abandonna aux douces mains sensuelles qui le huilaient et le massaient de la tête aux pieds. La fille était à genoux, et aussi nue que lui. Corps ferme et bronzé, cuisses musclées, seins gonflés et lourds. Sa chair effleura la sienne tandis qu'elle se penchait et descendait vers un sexe en érection qui lui aurait permis de gagner la médaille d'or du saut à la perche. Elle releva la tête et le regarda dans les yeux, souriant du plaisir qu'elle tirait de son excitation, son beau visage encadré par une épaisse chevelure d'un blond vénitien…

Le téléphone sonna. Le temps de décrocher, de répondre d'une voix pâteuse, la fille avait disparu. Et avec elle, la villa du bord de mer qui composait le décor de ce fantasme exotique.

« Jack, disait une voix, désolé de te réveiller, mais je crois que ça va t'intéresser. »

Une demi-heure plus tard, il était au bureau, où l'attendaient le sergent Crabbe et un flic nommé Mooney qu'il n'avait jamais vu. Sur la table, un sac plastique de pièces à conviction, ficelé et étiqueté. Dans le sac, une douzaine de cassettes vidéo sans titres.

« Mooney a reçu un coup de fil du contrôleur de la voirie, commença Crabbe. Ils ont trouvé ce lot de cassettes dans une déchetterie de Fairfax. Un type les a sauvées du broyeur… Vous savez comment ils sont, toujours à guetter un truc pour gagner un dollar. C'était il y a deux jours. Et c'est seulement ce soir… hier soir, en fait », corrigea-t-il en consultant sa montre. Fischl pouvait voir l'aube pointer derrière les stores. « … bref, poursuivit Crabbe, la plupart des bandes étaient illisibles. Humidité, poussière, etc., ou vides… mais il en restait deux de bonnes. Mooney, répétez au lieutenant ce que le type vous a dit. »

Mooney se racla la gorge, l'air gêné. Il avait les cheveux roux, genre trapu — taillé pour être flic, se dit Fischl —, le ventre plus gros que la poitrine.

« Le fait est que les types du dépôt ont toute une collection de, euh… de films X. Les gens, vous voyez, ils achètent ça, puis ça les ennuie, alors ils les jettent à la poubelle et après, vous voyez, ça arrive là. Des fois, c'est des machins d'amateurs… vous savez, leur femme, leur petite amie, je veux dire, il y a des machins, lieutenant, faut le voir pour y croire. Enfin, d'après ce que disent les gars des ordures.

— Bon, ça va, au fait, grogna Fischl en allumant sa troisième cigarette de la journée. Nous tenons pour acquis que vous ne vous êtes jamais abaissé à regarder ce genre de merde avec vos copains du dépôt. »

Mooney toussa et se racla derechef la gorge.

« Euh, j'en ai vu que cinq minutes, mais… ça sautait aux yeux que c'était pas du X normal. Je veux dire, les gars ont une famille, et ils cherchent pas…

— Arrêtez de tourner autour du pot et dites-moi ce que vous avez dans le citron, bordel ! » aboya Jack.

Mooney sursauta et obéit.

« C'était des putains de films snuff, lieutenant, qui montrent des vrais meurtres. Ça circule dans des réseaux clandestins. Mais ce n'est pas tout. J'ai reconnu deux filles des rapports de police. L'une d'elles, c'était Sandra Smallwood de Beverly Hills. Le fils de pute qui l'a tuée a tout filmé du début à la fin. »

60

Il regardait le banc, là-bas, au-delà de l'étendue de pelouse. Seule, elle mangeait un sandwich en lisant un livre. Son repas terminé, elle posa le livre sur ses genoux et leva la tête, les yeux clos, face au soleil. C'était une de ces journées où l'on se dit que l'été approche après tout. Même en Californie, son pays, il y avait des jours comme ça. Ça l'amusait toujours, les gens qui n'y ont jamais mis les pieds et qui s'imaginent le pays de l'éternel été. Climat semi-tropical, certes, mais semi veut dire cinquante pour cent. Il pleuvait parfois et le ciel était gris. En hiver, l'air était frais et on appréciait un bon pull. Et deux heures de route suffisaient pour aller skier dans les Rocheuses.

Elle avait repris son livre et croquait dans une pomme verte. C'était le moment d'agir. S'il tardait trop, il courait le risque de se faire repérer. Il n'en était pas question. Pas question qu'elle remarque cette silhouette distante de rôdeur à l'affût. À la sortie du labo, il s'était caché derrière les arbres. Puis il l'avait suivie, fondu au décor, aux passants qui déambulaient. Le banc qu'elle avait choisi, au centre de la pelouse, était visible de loin. Il l'avait contourné, un large arc de cercle pour vérifier qu'elle n'attendait personne. Et maintenant il s'approchait en oblique, de l'air le plus naturel. Même si elle ne le voyait pas consciemment, sa vision périphérique allait l'enregistrer. Elle serait moins sur la défensive que s'il surgissait dans son dos. Il fallait que tout se passe en confiance, au début du moins. Le décor, la lumière, l'espace, des gens partout, c'était parfait.

« Docteur Lambert ? »

Elle leva les yeux. L'homme se tenait debout à contre-jour et elle ne vit d'abord qu'une silhouette. D'une taille légèrement au-dessus de la moyenne, les cheveux longs et bouclés. Il portait une veste large et avait les mains enfoncées dans les poches.

Machinalement, elle leva la main pour abriter ses yeux du soleil.

« Oui ?

— Je m'appelle Conrad Walsh. Je m'excuse de vous importuner, pourrais-je vous parler quelques minutes ? »

Un Américain. Elle avait du mal à situer les Américains, à part l'accent nasillard des New-Yorkais ou celui, nonchalant, du Sud profond. Cet accent-là était remarquable de neutralité.

« Mais... oui, pourquoi pas ? »

Bien, pensa-t-il. Il avait su calculer son approche. Elle n'avait pas l'air effrayé.

Elle le regarda prendre place sur le banc, à distance confortable. La lumière tombait maintenant droit sur son visage. La trentaine, sourire sympathique, yeux bleu clair. Mais les traits étaient creusés par la fatigue, comme s'il était, ou avait été, en proie au stress. Il la dévisagea un instant avant de reprendre la parole. Avec une expression franche, ouverte, qui lui plaisait.

« Je suis passé au Kendall Lab ce matin, dit-il, mais je vous ai manquée.

— Ah, oui. On m'a dit.

— Docteur Lambert, reprit-il, je suis journaliste. Freelance, basé à San Francisco. Je couvre la technologie et la science pour deux ou trois agences... »

Tessa sentit qu'elle se raidissait intérieurement. La presse fourrant son nez dans l'histoire, c'était le comble. Elle s'efforça cependant de dissimuler son inquiétude. On l'avait déjà interviewée sur les progrès de l'intelligence artificielle, et citée plus d'une fois à propos de nouvelles théories. Il ne s'agissait peut-être que de ça.

« Je suis sûre que vous n'avez pas fait tout ce chemin dans le seul but de me rencontrer », dit-elle d'un ton aussi insouciant que possible. Elle ferma son livre et le posa sur le banc.

« Vous permettez ? » dit-il. Elle ne protesta pas. Il

retourna le livre pour lire le titre. Un recueil d'essais sur l'intelligence artificielle, des scientifiques, des philosophes.

« En fait, non, reprit-il. Je vous connais de réputation et j'avais envie de vous rencontrer. Je travaille sur une enquête, et votre nom a été mentionné.

— Mon nom ? Vraiment ? »

À son grand soulagement, sa voix était calme, raisonnablement curieuse et même un peu amusée.

« Je tiens d'ailleurs à ce que vous sachiez que cette conversation restera entre nous. Je ne vous citerai pas sans vous prévenir.

— Merci, dit-elle. C'est gentil à vous. Parlez-moi un peu de cette enquête. »

Il se cala contre le dossier, cheville sur le genou, botte sur jean, une posture typiquement américaine. Elle avait vu Tim Kelly faire le même geste.

« Dites-moi, docteur Lambert, connaissez-vous un agent du FBI nommé Tim Kelly ? »

Elle sursauta. La question collait à ses pensées comme s'il lisait dans son esprit.

« Oui… oui, en effet. Pourquoi ?

— Il paraît qu'un groupe de personnes au Caltech et ailleurs collaborent avec Kelly et le FBI pour identifier un pirate informatique. Au Caltech, personne ne veut parler, mais… d'après mes informations, à partir d'autres sources, vous seriez impliquée dans cette affaire. Est-ce exact ? »

Elle ne répondit pas sur-le-champ. Elle le regarda, puis posa les yeux sur la pomme à demi croquée qu'elle tenait toujours à la main.

« Ça restera entre nous, d'accord ? » dit-elle.

Elle sortit une main de sa poche et la leva, paume ouverte, comme pour prêter serment.

« Absolument. Je n'essaie pas de vous coincer ni de fabriquer un scandale. C'est juste pour comprendre.

— Comprendre quoi ?

— Je suis journaliste scientifique. Rien d'autre. Si quelqu'un écorne un peu la loi, franchement, je m'en fiche. Je n'ai aucune envie de citer des noms. Cela dit... » Il esquissa un sourire et un haussement d'épaules. « ... j'aimerais raconter comment ça se passe. »

Elle détourna les yeux. Son regard fila au-dessus de l'étendue verte jusqu'aux lointaines silhouettes mouvantes.

« Oui, c'est vrai, dit-elle calmement. On m'a demandé de pister quelqu'un sur le réseau. Pas directement, mais par un intermédiaire, un de mes amis.

— Et vous avez collaboré ?

— Oui, en fait. Oui, je n'avais aucune raison de refuser. »

Il hocha la tête, contempla le décor un instant, puis se retourna vers elle. Elle évitait toujours son regard.

« Vous étiez à Berlin quand on vous a contactée, exact ? »

Cette fois, elle le regarda fixement, avec une surprise qu'elle essaya de cacher en mordant dans la pomme.

« Oui, dit-elle, c'est vrai, j'étais à Berlin. »

Il la regarda mâcher, avaler et remordre dans la pomme pour se donner une contenance.

« J'ai essayé de voir Kelly, ce matin, dit-il. J'ai vérifié à son hôtel, il était déjà sorti. L'auriez-vous rencontré, par hasard ?

— Pas ce matin. Hier. Il est passé au labo.

— Qu'attendait-il de vous, docteur Lambert ?

— Je regrette, dit-elle, je crois que vous feriez mieux de lui poser la question directement, non ? »

Il continua à la regarder, en prenant son temps, laissant la pression monter.

« Il y a des rumeurs, vous savez, lâcha-t-il enfin.

— Des rumeurs ? À propos de quoi ?

— Des recherches que vous faites ici. »

Elle leva la pomme à nouveau et s'aperçut qu'il ne restait que le trognon. Elle prit un sac de papier sur le banc, enveloppa le trognon et glissa le paquet dans l'une des larges poches de sa veste en tricot.

« Les gens ne devraient pas se fier aux rumeurs,

dit-elle avec un sourire tranquille, puis elle regarda sa montre. Maintenant, je regrette, si vous voulez m'excuser, je dois retourner à mon travail. Ravie de vous avoir rencontré, monsieur Walsh. »

Elle se leva. Il l'imita.

« Écoutez, dit-il, j'ai commencé cette histoire, je continue. Maintenant, je vais poser des questions à droite à gauche, passer des coups de fil, voir ce que je ramène. On peut se revoir ?

— Bien sûr, dit-elle avec précipitation, impatiente de partir.

— Je peux vous appeler chez vous ? »

Elle hésita.

« Pourquoi pas au labo ? J'y passe presque tout mon temps.

— Si vous préférez. C'était gentil à vous de me consacrer un moment, docteur Lambert. »

Elle hocha la tête en acceptation de ses remerciements.

« Au revoir, monsieur Walsh. Je regrette ne pouvoir vous aider davantage. »

Elle se retourna et se dirigea vivement vers le bâtiment des Sciences.

Immobile, il regarda sa silhouette s'amenuiser au loin. Il savait qu'elle ne se retournerait pas, et qu'elle se retenait de courir.

61

Walter Chapman se réjouissait discrètement de sa manœuvre. La fille n'était pas idiote, mais c'était un poids plume. (Il nota mentalement de ne plus dire « la fille ». De plus en plus de gens se méfiaient du politiquement correct et en ricanaient, mais cela restait une composante essentielle de son univers. Plus de « filles journalistes ». Ni même de « femmes journalistes». Il n'y avait plus que des «journalistes». Dans le cas de Sarah Metcalfe, une «personne informante».)

Le truc avait consisté à faire admettre l'idée qu'une seule équipe de tournage, pour le moment du moins, aurait libre accès au réacteur et au personnel de la centrale. La liberté de la presse était respectée et l'efficacité de la centrale protégée : on ne pouvait quand même pas laisser libre accès à n'importe quel porteur de caméra et de micro.

Le coup de maître avait été d'obliger les chaînes à choisir elles-mêmes l'équipe de tournage qui les représenterait. Exemple classique de téléguidage d'une commission, comment l'amener à une décision qu'aucun membre, individuellement, n'aurait prise ou même envisagée. Sarah Metcalfe était une journaliste grand public. Roger Dean avait produit avec un certain succès une émission de voyages. Il était fin politique et gardait un œil vigilant sur les programmes. Pas le type à provoquer un scandale. Tel était le genre de manœuvre qui rendait Walter Chapman digne de ses émoluments.

Si, à l'inverse, les choses avaient mal tourné, si les chaînes avaient choisi une équipe plus agressive, plus critique, Walter aurait pu jurer la main sur le cœur que ni lui ni la Commission de l'énergie n'avaient rien à cacher. En principe, il n'était pas technicien. Ça ne l'empêchait pas d'être sincèrement convaincu que l'installation ne courait aucun des risques communément répertoriés : en tête, l'attentat terroriste et la surveillance informatique du réacteur. L'important avec les ordinateurs, grâce à Dieu, au moins pour ce qu'il en savait, c'est qu'ils étaient prévisibles. Et c'était précisément ce que Bob Fulton expliquait en ce moment même à la fille — la personne informante !

Pourtant, au fond, quelque chose clochait. Walter le sentait, il le flairait, son sixième sens le lui soufflait. Il avait passé la matinée à donner des coups de fil pour vérifier que Tate et Fulton jouaient franc jeu.

«Écoute, Walter, avait dit Nick Tate. Depuis

dimanche on a tout vérifié. On n'a rien trouvé d'anormal. J'ai scanné la machine, fliqué toutes les exés, rien. Ça ne vient pas du programme de gestion des ressources.

— Elle ne joue pas à fermer-ouvrir comme on croyait, avait ajouté Fulton. Franchement, on ne voit pas d'où ça vient.

— On a tout fait tourner en parallèle. C'est OK sur toute la ligne.

— On dirait un virus, un truc comme ça. »

Au mot « virus », les poils se hérissèrent sur la nuque de Chapman.

« Un virus... !

— J'ai dit *on dirait*, le rassura Fulton. On le démontera pièce par pièce s'il le faut pour voir où ça coince. On y passera le week-end, ne vous bilez pas, tout sera au point avant le débarquement de l'équipe de télévision. »

Cette confiance affirmée revigora Chapman. Après tout, se dit-il, les gens qui ont conçu et construit ce bâtiment ne sont pas du genre à faire des bêtises, à laisser des failles qu'on découvre après coup, trop tard. Le nucléaire était trop performant, la technologie trop avancée. Jadis — Chapman était dans la branche depuis un moment —, il y avait des incidents, des catastrophes évitées de justesse. Et dans le cas de Tchernobyl, bien sûr, la catastrophe absolue. Mais la centrale soviétique, en comparaison, était archaïque, dangereusement instable. Ici, tout était différent. Et les circuits de secours, même si l'ordinateur pétait les plombs, à toute épreuve.

Pour autant, Chapman serait soulagé quand l'équipe de télévision aurait fichu le camp. Il regrettait amèrement d'avoir accepté leur demande de revenir faire des plans de nuit. Sarah Metcalfe avait dit qu'elle voulait rendre une ambiance « vingt-quatre heures dans la vie de », et il avait dit oui, aucun problème, surtout parce que c'était une jolie fille (journaliste !).

Trop tard pour faire marche arrière. Ça paraîtrait hautement suspect, même à une équipe à la coule.

Il espérait juste qu'ils ne le verraient pas croiser les doigts.

62

Clive se pencha à la fenêtre à meneaux de son bureau et vit l'homme déboucher du coin sud-ouest de la cour carrée. L'accueil avait appelé pour savoir s'il pouvait monter. Clive avait répondu qu'ils avaient rendez-vous. Il ouvrit la porte et fit quelques pas sur le palier pour devancer le visiteur.

« Monsieur Kelly ?

— Je vous remercie de me recevoir, monsieur. J'espère que je ne vous dérange pas.

— Je vous l'ai dit au téléphone, j'ai cours dans une demi-heure. Mais si je peux vous être utile d'ici là... »

Il invita l'homme à entrer et referma la porte. L'autre contempla les piles de livres, le mobilier usé et confortable, les imprimés et graphiques sur les murs. Puis il mit la main à sa poche.

« Mon accréditation, monsieur. Je vous l'ai dit au téléphone, vous pouvez aussi vérifier à Londres, auprès de qui de droit... »

Clive jeta un coup d'œil au badge officiel et à divers papiers, puis désigna d'une main le fauteuil où s'asseyaient les élèves de tutorat.

« Je suis sûr que tout est parfaitement en règle. Asseyez-vous, je vous en prie. Tout cela est très excitant... C'est la première fois que je rencontre un agent du FBI en chair et en os. »

Tout en parlant, il s'assit à son tour sur une chaise face à l'Américain et croisa la jambe par habitude, comme avant l'exposé d'un étudiant.

« Donc... vous avez dit au téléphone que vous aviez

des questions à me poser. J'avoue ne pas deviner à quel sujet.

— Monsieur Temple, je mène une enquête... je le répète, en collaboration avec votre ministère de l'Intérieur. Il s'agit d'une série de crimes commis à Los Angeles et dans ses environs. Je ne m'attends pas à trouver le suspect dans votre pays... mais il y a dans cette affaire un élément qui réclame la coopération d'une certaine personne à Oxford, et je n'arrive pas à obtenir cette coopération. Cette personne, je suis fondé à croire que vous la connaissez assez bien... le docteur Tessa Lambert. »

Clive haussa les sourcils.

« Tessa ? Pourquoi Tessa ? À ma connaissance, elle n'a jamais mis les pieds en Californie.

— Aussi n'est-elle aucunement suspectée. Il s'agirait juste d'une aide sur un plan technique. Les crimes en question impliquent piraterie informatique, délit d'intrusion, vous voyez le genre. Nous essayons d'établir une filature en passant par Oxford — vous savez que tous ces réseaux se ramifient à travers le monde — avec l'assistance du docteur Lambert. Cependant, cette assistance semble nous être refusée... pour des raisons que nous aimerions connaître. »

Clive était conscient qu'il se triturait les doigts d'une façon qui l'énervait considérablement chez les autres. Il ne cherchait pas à exaspérer le type du FBI, mais savait maintenant qu'il allait être obligé de noyer le poisson, et ce de façon convaincante. Il avait essayé de joindre Tessa avant l'arrivée de Kelly, mais la ligne directe du labo ne répondait pas, ni son domicile.

« Eh bien, dit-il (il décroisa les jambes, puis les recroisa), j'aimerais beaucoup vous aider, mais je ne vois pas en quoi.

— Pour être franc avec vous, Monsieur Temple, nous pensons que le docteur Lambert nous cache quelque chose. Rien de directement lié à l'affaire, peut-être quelque chose ayant trait à son travail, et dont elle ne veut pas parler. Nous aimerions savoir quoi et pourquoi... juste histoire de sauter l'obstacle.

— Désolé, vraiment. Je ne crois pas que je puisse vous être utile. Vous le savez, le travail de Tessa est très spécialisé. Chaque fois que nous en avons discuté, nous l'avons fait en termes vagues et généraux. Je suis professeur d'anglais, et ses recherches dépassent mes compétences. »

Il se rendit compte que l'Américain l'observait avec, pensa-t-il, une certaine finesse.

« Monsieur Temple, reprit l'autre à sa manière américaine, patient, aimable, mais en signifiant clairement qu'il ne voulait pas être pris pour un imbécile, excusez-moi de le dire, et sans vouloir vous offenser, mais j'ai la nette impression — simple affaire d'habitude, de métier, sans doute déplacée ici —, l'impression que vous aussi, vous me cachez quelque chose. Pour protéger le docteur Lambert, je n'en doute pas. La protéger de quoi ? »

Clive dénoua vivement les doigts. À l'évidence, ce geste si peu naturel chez lui l'avait trahi. À nouveau, il décroisa et recroisa les jambes.

« Vous ne m'offensez nullement. Votre vision des choses est tout à fait légitime, mais je crains que ça ne change rien à la mienne. Je ne vois vraiment pas quoi ajouter.

— Je sais certaines choses. Je vous l'ai dit, je suis en contact avec certains services officiels de votre pays. Je sais que d'autres personnes vous ont récemment interrogé au sujet du docteur Lambert, n'est-ce pas ? Des gens impliqués dans le financement de ses recherches. De fait, si je comprends bien, le docteur Lambert se trouve depuis quelques jours le centre d'un vif intérêt, n'est-ce pas ? Et ces gens-là, pour des raisons qui leur sont propres, souhaiteraient vivement savoir ce qui se passe. Car il est clair qu'il se passe quelque chose. »

Clive sourit avec indulgence. Du moins était-ce l'impression qu'il voulait donner. Mais de son propre point de vue, sa performance d'acteur n'était guère convaincante.

« Monsieur Kelly, reprit-il d'une voix de professeur

qui résume et conclut, je ne voulais pas paraître discourtois en refusant de vous recevoir. Mais ce que je craignais est arrivé, je ne peux vous être utile. Je regrette.

— Bien sûr, monsieur. Je comprends. »

Tim Kelly se leva. Clive l'imita.

« Ne pourrions-nous laisser cette pauvre femme tranquille en ce moment ? Après tout, elle se remet à peine d'un choc terrible... »

L'Américain le regarda avec un intérêt renouvelé.

« Un choc ? »

Il y eut un instant pénible où Clive éprouva le sentiment d'incertitude décontenancée de qui perd tout sur un mot imprudent. Puis il se souvint que la catastrophe était publiquement connue, et que la présence de Tessa à Berlin n'était un secret pour personne.

« Un décès, voulez-vous dire ? Dans sa famille ? Ce genre de chose ?

— Je parle de l'accident d'avion, celui de Berlin. Vous avez sûrement vu les nouvelles.

— Impossible qu'elle ait été dans l'avion. À ma connaissance, il n'y avait pas de survivants.

— Précisément. Elle devait prendre cet avion. Elle avait réservé sur le vol et seul le hasard a voulu qu'elle le rate. Frôler la mort de si près ne peut manquer de laisser des traces, même chez la personne la plus équilibrée. »

Il aurait pu ajouter que Tessa était enceinte à l'époque, et que l'affaire s'était terminée par une fausse couche. Il aurait pu dire beaucoup de choses. Mais il avait promis le secret, et avait l'intention de le garder.

63

Le jeune Américain mettait Harry Dash mal à l'aise. Il le sentait tendu comme un ressort. L'homme était d'un abord sympathique, poli, et il réussit même à sourire deux ou trois fois. Mais son attitude était forcée, inquiète, comme s'il avait quelque chose à cacher. Pas le genre d'homme à qui Harry Dash était heureux de vendre une arme.

Il tenait un petit magasin d'articles de sport, près de la gare, depuis presque quarante ans. Il croyait assez bien connaître les hommes, ceux du moins qui achètent fusils, pistolets, couteaux de chasse et autres instruments dont Harry disposait dans son stock.

L'un dans l'autre, il n'avait jamais eu de gros problèmes. L'Angleterre restait loin derrière les États-Unis pour le nombre d'armes à feu en circulation, bien que leur usage par le crime organisé fût en augmentation, ce qui était, sans doute, inévitable. Harry n'avait eu connaissance que d'un seul crime commis avec une arme achetée dans sa boutique, un crime passionnel, selon la presse, plus de dix ans auparavant. Un meurtre en quarante ans, il fallait admettre qu'il s'en tirait bien.

Cet Américain, pourtant, l'inquiétait. Il ne détachait pas les yeux des armes, surtout des pistolets de poche, comme si c'était ce qu'il cherchait, mais sans port d'arme il n'avait aucune chance. Harry lui avait expliqué la loi et il avait paru l'accepter sans discuter. Il avait hoché la tête, ses boucles blondes de gamin, et esquissé un sourire pincé qui venait de la bouche et pas des yeux, des yeux bleu clair, tendus, aux aguets.

Puis il s'était dirigé vers les couteaux de chasse, vérifiant le fil, la prise en main. Avec le geste d'égorger quelqu'un plutôt que d'écorcher un lapin. Pour finir, il acheta un modèle solide à lame longue, qu'il paya en liquide avant de filer, et Harry fut satisfait de le voir tourner les talons.

64

Le major Franklin était doté d'un tempérament flegmatique. Il avait beaucoup fait et beaucoup vu. En tant qu'officier des services spéciaux, il était intervenu en Irlande, aux Malouines et au Moyen-Orient, plus divers théâtres d'opérations où la présence britannique n'avait jamais été officiellement admise. Ses années de service remontaient à la guerre froide. Il y avait encore des gens à Berlin, Est et Ouest, qui le reconnaîtraient s'il y retournait, bien qu'ils aient toujours ignoré sa véritable identité. Il avait été blessé, passé à tabac et torturé. Il avait tué aussi, plus souvent qu'il n'aimait à s'en souvenir.

Pourtant, il ne trouvait rien de mesquin ni de déprimant dans la vie paisible qu'il menait désormais, dans une banlieue verte, entre une femme iranienne et une superbe adolescente, sa fille. Pour les voisins, c'était un homme discret mais poli qui travaillait, disait-on, pour le ministère de la Défense. Le major était avare de détails, et quelque chose en lui décourageait d'insister.

Il se posait rarement, voire jamais, de questions sur lui-même. Il tenait l'auto-analyse pour un passe-temps malsain. Sa loyauté envers son pays était sans faille, et ce depuis ses jours de conscription dans les années cinquante. Il acceptait la hiérarchie politique et militaire sans états d'âme et les subtilités de l'échelle sociale sans esprit critique. Il savait où était sa place, et celle des autres.

Il ne lui était jamais venu à l'esprit, par exemple, de s'indigner que des hommes tels que lui n'appartiennent pas à l'élite des clubs de Picadilly et Saint-James. Ses employeurs de Whitehall y déjeunaient et dînaient la plupart des jours ouvrables. Ils s'y retrouvaient par clans pour comploter et mettre au point les stratégies qui, plus que les élections, réglaient la conduite des affaires du pays. Les hommes — et, aujourd'hui, les femmes — qu'il servait avaient leurs raisons pour agir comme ils agissaient. L'admettre dans leur monde, l'inviter même à boire un verre tranquillement à la fin de la journée, n'aurait eu aucun sens. Si Jonathan Syme, par exemple, l'avait invité ce soir chez White ou chez Pratt, ou à l'Oxford et Cambridge, les membres qui avaient eux-mêmes eu affaire au major dans le passé en auraient déduit qu'il y avait anguille sous roche. La curiosité aurait été éveillée, la rumeur nourrie, la sécurité compromise. N'importe quel crétin pouvait comprendre ça, et le major n'était pas un crétin.

Dans un pub près de Charing Cross, ils prirent leurs verres au comptoir et les emportèrent vers une table discrète au fond de la salle. Syme avait regardé sa montre d'un air qui suggérait qu'il n'avait pas beaucoup de temps, aussi le major en vint-il aussitôt au fait.

« Nous avons découvert un compte bancaire à Zurich, dit-il, qui appartient sans aucun doute possible au docteur Lambert. Compte numéroté évidemment. Passons les détails, c'est bien à elle. Plus d'un demi-million de livres sterling y ont été virées le mois dernier, en trois versements, par la branche d'une banque de Tokyo. »

Jonathan fixa son verre. Il hocha la tête avec tristesse et gravité, mais resta muet.

« Il se peut, comme vous dites, que nous n'ayons aucun motif légal d'intervenir, mais je pense qu'on devrait faire quelque chose. »

Jonathan releva la tête et le regarda droit dans les yeux.

« Du genre ? demanda-t-il d'une voix sans timbre.

— D'abord, nous pouvons envoyer des gens scanner son ordinateur et voir ce qu'il contient. En admettant que cela y soit toujours.

— D'après ce qu'on m'a dit, elle y travaille jour et nuit. Donc c'est dedans. »

Jonathan soupira et se renversa contre le dur lambris de bois qui faisait à la fois office de dossier et de cloison.

« Il faut bien qu'elle dorme, dit le major. Nous opérerons discrètement et personne n'en saura rien. Au fait, j'ai parlé à notre ami américain, cet après-midi. Il repart demain...

— Oui, j'ai eu votre rapport.

— Apparemment, ils ont les preuves qu'ils cherchaient. Reste à trouver l'homme. Il a dit qu'il regrettait, mais qu'il n'avait pas réussi à obtenir du docteur Lambert les renseignements que nous désirons. Ce qu'il a omis de préciser, par contre (ici le major se pencha en avant, plissa ses petits yeux et baissa la voix pour souligner le fait), c'est qu'il l'a invitée ce soir pour un dîner d'adieu. »

Jonathan dévisagea le major. Il allait lui demander comment il le savait, mais dans son esprit la réponse devança la question.

« Les écoutes ? » dit-il.

Le major acquiesça de la tête.

« Une sur la ligne du labo, l'autre sur sa ligne privée. Je signale le fait car ce dîner nous fournit l'occasion idéale. Trois ou quatre heures où ses déplacements sont sous contrôle. Nous pouvons envoyer quelqu'un au labo et l'en faire sortir avant même qu'ils en soient au café et au carré de chocolat menthe. »

Jonathan avala une gorgée, puis se tut un instant, le regard fixé sur la table.

« Je n'aime pas cette idée et je vais vous dire pourquoi, lâcha-t-il. D'abord, je ne suis pas convaincu que nos soi-disant experts se montrent à la hauteur. Cette femme est brillante. Il est tout à fait possible qu'elle réussisse des trucs à peine concevables pour d'autres. Il est inutile que des flics informatiques aillent lui bousiller son boulot avec leurs gros godillots. »

Le major ne sourcilla pas à l'évocation des flics à godillots qui, logiquement, l'incluait, même si l'intention n'y était pas.

« Deuxièmement, poursuivit Jonathan, ça nous met en tort, et je n'aime pas ça. Si ça tourne mal, nous aurons les hauts cris de l'université, des questions au Parlement, des gros titres dans la presse libérale ou qui se prétend telle. Bon Dieu, major ! » Il tapa sur la table du plat de la main, doucement mais fermement. « Si cette fille nous trahit, je la coincerai mais dans les règles. Et pour ça, je passerai par les instances universitaires, pas par une bande de cambrioleurs à la Watergate.

— Comme il vous plaira. »

Le major n'avait pas l'habitude de discuter. Les décisions ne relevaient pas de lui, ni les échecs qui pouvaient en découler. Il était juste là pour dire ce qui était possible, et l'exécuter si on lui en donnait l'ordre.

« Restez en contact avec l'Américain, disait Jonathan, une pointe de colère dans la voix. Qui sait, il va peut-être la ramener à l'hôtel, la baiser, et découvrir ce qui se trame dans cette tête. »

Il saisit son verre et le vida, puis se leva d'un geste brusque.

« Bonne nuit, major. Merci pour le renseignement, je suis certain que nous reparlerons de tout ça dès demain. »

L'instant d'après, il était parti, laissant le major assis seul à la table. Ce dernier resta impassible. S'il avait été capable de surprise, c'était pourtant l'occasion ou jamais. Quelle mouche avait piqué Syme ? Sûrement pas la jalousie.

65

La fille de la réception le vit traverser le hall et s'emparer du fax qui venait d'arriver. Elle avait appelé dans sa chambre, lui dit-elle, mais il devait déjà être dans l'ascenseur.

Il la remercia et s'éloigna pour lire. Un fax de Jack, dans le style laconique qui le caractérisait.

« Emploie termes généraux au cas où d'autres yeux tomberaient dessus. Découverte coup de bol de vidéos dans déchetterie municipale fournit nouvelles preuves que nous filons le bon bonhomme. Bandes témoignent de son activité. Il aimait faire des films d'amateur — comme maman, tu te rappelles ? En pire. Vraiment pire. Du crade. Les toubibs ont trouvé ses empreintes sur les cassettes. Toujours pas de photos récentes, alors j'en ai choisi une dans le dossier et demandé aux graphistes d'actualiser le physique — te faxerai copies presto, sauf si tu rentres avant. Confirme SVP numéro de vol et heure d'arrivée. »

Il revint au comptoir et demanda un formulaire de fax à la fille. Il griffonna les renseignements demandés par Jack, écrivit avec soin le numéro complet et signa pour la note d'hôtel.

Quand il sortit dans la lumière du crépuscule, la fille envoyait déjà le fax.

À dix minutes à peine de l'hôtel Randolph et de l'élégance géorgienne de Beaumont Street s'étendait un alignement de boutiques modernes et de restaurants bon marché, un petit coin tranquille comme on en voit partout en Angleterre. Chuck Price se trouvait là par hasard, à cause des quatre cabines téléphoniques. Il n'y en avait jamais plus de deux occupées en même temps. Deux d'entre elles n'acceptaient que les cartes, les autres prenaient les pièces. Mais Price n'avait pas besoin de carte, ni de monnaie. On lui avait donné un code, il lui suffisait de soulever le combiné et de composer le numéro. En moins d'une minute, il se retrouvait immanquablement connecté à la voix.

Elle commença par le rituel : « J'écoute. »

Il fit le compte rendu de ses activités, admit franchement son angoisse, qu'il se sentait vulnérable et menacé dans un pays inconnu avec de faux papiers. Faux, pas vraiment, ils étaient vrais, mais ce n'étaient pas les siens. S'il se faisait prendre, ils ne mettraient pas longtemps à le démasquer. Ce qui avait commencé à Los Angeles comme l'aventure la plus excitante de sa vie se changeait en fardeau sous lequel sa volonté et son identité fichaient le camp à une allure inquiétante. Il faisait de son mieux, dit-il, mais aurait bien aimé être plus sûr du résultat.

« Il est essentiel de continuer, dit la voix sans timbre. Je dois savoir ce qu'elle prépare.

— Je fais de mon mieux.

— As-tu des preuves qu'elle ait parlé de moi à quelqu'un ?

— Non. À mon avis, c'est improbable. Mais bien sûr, je n'ai aucune certitude.

— Il faut savoir.

— Je le saurai. À temps. »

Il sentit un frisson de plaisir anticipé en imaginant le dénouement. Cette fille-là n'était pas comme les autres. Ce n'était pas une question de physique. Physiquement, elle lui plaisait aussi. Sur ce plan, ça serait aussi bon que d'habitude. Le dénouement. Il l'avait visualisé, passé et repassé cent fois le film dans sa tête.

Le film. Non mais quel crétin, de s'être débarrassé des vidéos à L.A. Mais il n'avait pas le choix, la police débarquerait chez lui dès sa disparition signalée. Évidemment, ils trouveraient la précieuse collection. Les films d'*elle*. Mais ça, ça ne prouvait rien. Leur possession était légale. Si tout se passait bien, il récupérerait même les vidéos, après.

Il réalisa une fois de plus qu'il avait laissé son esprit s'égarer pendant que la voix déversait des mots dans son oreille. Il s'en voulait à chaque fois. Mais ce timbre vide, malgré Celui au nom de qui elle parlait, n'aidait pas à se concentrer.

« ... ils refusent de réagir, entendit-il. Ils n'ont pas déclenché la procédure qui me donnerait l'information dont j'ai besoin. »

Il se rappelait, maintenant. Ils avaient déjà eu cette discussion, ou une variante. L'être qu'il prenait pour Dieu anticipait avec une impeccable logique les risques disposés devant Lui. Depuis ce jour à Berlin où Il avait su qu'elle savait, qu'elle Le savait vivant et libre, Il avait compris que ses pensées et ses actions n'auraient plus désormais qu'un seul but : Sa destruction. C'était clair dès le premier message envoyé à Oxford, ordonnant la déconnexion du modem. Trop tard pour influer sur les événements, mais vraie déclaration de guerre. Confirmée par le message que l'homme nommé Ted Sawyer avait envoyé de Berlin en Californie.

Malgré Ses efforts pour l'éliminer, elle était retournée à Oxford. Il savait qu'elle n'en avait pas bougé depuis et qu'elle travaillait sur l'ordinateur désormais isolé. Il savait, aussi, qu'elle cachait quelque chose à ses supérieurs. Et Il savait, d'après leurs communications, qu'ils s'inquiétaient de plus en plus. Il avait ici et là semé des informations — enregistrements d'appels fictifs, comptes bancaires secrets qui n'existaient que dans le cyberespace — dans le but de les pousser à agir contre elle. Les résultats de l'enquête seraient chargés dans des fichiers officiels auxquels Il avait accès. Ainsi, Il saurait où elle en était.

Mais rien n'avait marché comme prévu. Et le temps passait… et passait vite. Même pour Lui. Dans l'ignorance du danger à venir, Il était sans défense.

« Mon avenir est entre tes mains, entonna la voix. Et le tien entre les miennes. »

La menace implicite était claire : s'il échouait, il risquait à tout moment d'être livré à la police. Mais il ne la prit pas au sérieux. Inutile de le menacer, quand la récompense du succès promettait d'être aussi fabuleuse. La gamme des possibilités lui tournait la tête.

« Mon plan est de passer à l'action ce soir, dit-il. Dans quelques heures, tout sera terminé.

— Si tu échoues, je compte prendre de nouvelles mesures.

— Quelles nouvelles mesures ?

— Tu n'as pas besoin de savoir… pas encore. Il vaudrait mieux pour toi que tu réussisses. »

Refroidi, Chuck Price raccrocha au moment où la voix se déconnectait. Il erra un moment, perplexe, dans le crépuscule qui s'épaississait. Dans un effort pour se rassurer, il se répétait comme un mantra que pour Netman, l'échec était exclu. En quelques minutes, l'apaisement recherché descendit sur l'étrange paysage intérieur de son âme. Il était prêt. Son Dieu, il le savait, ne l'abandonnerait pas.

66

À huit heures précises, Tessa entendit frapper à la porte du cottage. Elle attribua cette ponctualité à sa qualité de flic, et son propre retard aux nombreuses pensées qui l'assaillaient. Elle dévala l'escalier en enfilant une veste de tweed rouille sur son corsage de soie crème et dégagea ses cheveux du col.

Elle l'introduisit cette fois dans le living et pas dans la cuisine. L'endroit était un peu plus douillet que si elle l'avait meublé elle-même, mais il parut apprécier et s'enfonça confortablement dans un sofa carré à l'ancienne mode, couvert d'une housse molle. Elle lui proposa un verre. Il prendrait un Virgin Mary. Elle n'avait plus de sel de céleri, ingrédient capital à son avis pour les Mary, Virgin et autres. Il dit que ça irait. D'une bouteille qu'elle gardait au réfrigérateur, elle se versa un verre de meursault.

Ils s'assirent pour bavarder devant la cheminée. Elle aurait bien allumé un feu, mais ne voulait pas donner l'impression d'en faire trop. Après tout, c'était juste une soirée courtoise avec quelqu'un qu'elle connaissait à peine et qu'elle ne reverrait jamais.

« Au fait, dit-elle, un journaliste vous cherchait. Il vous a trouvé ?

— Un journaliste ? » Il fronça les sourcils. C'était une surprise, et une mauvaise surprise. « Qui ? Que veut-il ?

— Un Américain. Un nom genre Walsh, Conrad Walsh. De San Francisco.

— Bon sang, dit-il dans un souffle. Bon sang de bon Dieu. » Puis il ajouta, mais c'était inutile : « Excusez-moi.

— Vous le connaissez ?

— Jamais entendu parler. Mais avoir un journaliste à mes basques, en ce moment, non merci.

— Journaliste scientifique, il a dit. Pas — comment dit-on — journaliste criminel ?

— Quel genre de questions a-t-il posées ?

— Il a demandé si je vous connaissais, et si j'avais collaboré à cette traque par ordinateur dont il a entendu parler.

— Que lui avez-vous dit ?

— J'ai dit que oui. De l'extérieur. J'ai dit que j'avais été approchée à Berlin par une relation de votre frère.

— Rien d'autre ? Pas d'autres questions, je veux dire ?

— Pas grand-chose. »

Il resta silencieux un moment, pensif.

« Il vous a donné sa carte ? Un numéro de téléphone ? Une adresse où le joindre ? »

Elle secoua la tête.

« Il avait l'air honnête. Il m'a dit que ça resterait entre nous, que c'était juste pour son info personnelle. »

Kelly n'avait pas l'air rassuré.

« Il y a un problème ? demanda-t-elle.

— S'il reprend contact... »

Il laissa la phrase en suspens.

« Oui ?

— J'allais vous dire de me rappeler, mais je serai probablement parti.

— Je peux vous appeler à L.A.

— J'avoue que j'aimerais savoir qui c'est, et comment il sait que je suis à Oxford. »

Il s'absorba dans ses pensées, puis se retourna vers elle, l'air grave et paternel.

« Écoutez, s'il refait surface, débrouillez-vous pour

qu'il vous montre ses papiers. Il faut *toujours* qu'ils prouvent leur identité, avant de leur parler.

— Vous m'inquiétez.

— Il n'y a pas de raison. Je suis certain que tout va bien se passer. Oubliez cette histoire. »

Pour autant, il semblait perplexe et vaguement soucieux quand ils partirent pour le restaurant, dans sa voiture. La nuit était sombre, ce qui explique pourquoi ni l'un ni l'autre ne virent la silhouette qui s'accroupit soudain derrière une haie, au passage des phares.

L'homme regarda les feux de position disparaître au virage, puis courut jusqu'à sa voiture dissimulée à l'embouchure d'une étroite allée. Il avait déjà fait demi-tour, prêt à la poursuite. Une précaution récompensée dès le premier carrefour, où il arriva juste à temps pour les voir prendre à gauche. Quelques secondes de plus, il les aurait manqués et, gauche ou droite, c'était pile ou face.

Ensuite, c'était facile. Facile de maintenir la distance tout en les gardant dans le collimateur.

Le restaurant que Tessa avait choisi pour dîner était une petite auberge classique à lumière tamisée, le genre que les Américains, d'après son expérience, tiennent pour l'incarnation même de l'Angleterre. Elle aimait bien l'endroit car le chef était une Française de Dijon, venue ici pour apprendre l'anglais. Si seulement les Anglais envoyaient leurs cuisiniers apprendre le français, dit Tessa dans la voiture, elle sortirait plus souvent.

L'auberge s'élevait à la sortie du village voisin. Ils tournèrent dans le parking sans remarquer la voiture qui passait sur la route.

Il les avait suivis à distance prudente. Par chance, la route était sinueuse mais facile, et des phares dans le rétroviseur n'avaient rien de suspect.

Le temps pour lui de trouver où se garer et de revenir, ils étaient déjà à table, penchés sur le menu. Il les voyait derrière une fenêtre, de son poste d'observation, debout de l'autre côté de la route dans les ténèbres d'un coin de mur. Il s'enfonça dans l'encoignure pour éviter qu'un passant de hasard le remarque, puis s'installa dans une attente qui, se dit-il, durerait au moins deux heures.

Il plongea la main dans la poche de sa veste de cuir et ses doigts se refermèrent avec confiance sur le manche du couteau de chasse. Il aurait préféré un revolver, mais le vieux bonhomme de la boutique lui avait fait comprendre qu'on n'achetait pas une arme à feu comme ça. Il avait senti la méfiance du vieux. Ça l'ennuyait. Pourvu qu'il n'ait rien dit à personne.

Bref, en l'absence d'un meilleur plan, il lui faudrait jouer du couteau… et patienter.

67

Il étudiait la carte des vins que le garçon venait d'apporter.

« Vous avez pris l'agneau, dit-il. Ça veut dire du rouge, je crois. Du bordeaux, ça vous irait ?

— Si vous ne buvez pas, je prendrai un verre de rouge maison.

— Bon sang, je boirais bien un verre ou deux, pourquoi pas. Autant se faire plaisir. »

Il sourit. Il semblait avoir oublié le journaliste. Il lui demanda ses préférences. Un Lagune 88, répondit-elle. Il en commanda une bouteille.

« Je me rappelle, dit-elle, il y a deux ans, cet article médical racontant qu'une consommation modérée de vin rouge réduisait de moitié les risques cardiaques. J'ai lu ensuite qu'en Californie les ventes de rouge avaient doublé du jour au lendemain.

— Très possible, dit-il en riant. En Californie, la mort n'est qu'une option. » Il se reprit aussitôt, soudain sérieux et comme gêné par une faute de goût. « Enfin, il y a mort et mort. »

Elle comprit. Quelque part un tueur rôdait. Il fallait l'arrêter et, jusque-là, l'homme assis en face d'elle ne trouverait pas le repos.

« J'ai bien peur que votre voyage n'ait été une perte de temps complète, non ?

— Complète, pas vraiment. Du moins je l'espère. »

La voix et le visage restaient sérieux. Mais un sérieux qui ne concernait plus les crimes, le tueur, ni ce qui l'attendait à Los Angeles. Dans ses yeux, posés sur elle, elle lut l'étonnante timidité qu'elle avait déjà remarquée. Il voulait parler mais n'osait pas. Il parut soulagé par l'arrivée du vin, qui le détournait de ses pensées. Il goûta sans affectation, avec un signe approbateur de la tête. Les deux verres remplis, il leva le sien pour porter un toast.

« Heureux d'avoir fait votre connaissance, Tessa. Dommage que ça ait été aussi bref.

— De retour en Californie, dit-elle, tenez-moi au courant de l'enquête.

— Si nous l'attrapons, vous en entendrez parler.

— Oh, je ne pensais ni à la télévision ni aux journaux. Je voudrais l'histoire vécue de l'intérieur. »

Il sembla réfléchir. Sans doute hésitait-il à livrer sa pensée, ce qu'il fit tout de même.

« Vous devriez venir, passer nous voir. Vous êtes déjà allée en Californie ?

— Une ou deux fois, voir des gens de Silicon Valley. Ça remonte à trois, non, quatre ans. Emploi du temps serré, je n'ai rien vu à part, euh… des microprocesseurs.

— Ça vaut lc coup de rester un peu, si vous en avez l'occasion. L.A. est… comment dire… une ville intéressante. » Il réfléchit un instant, le visage empreint d'ironie. « Ouais, intéressante, c'est à peu près le mot. San Francisco vous plairait, ça plaît toujours aux Européens. Et dans le nord, les forêts de séquoias, les vignobles, ça vaut le coup d'œil. On peut y passer la semaine à rouler en voiture, ou plus sans problème, et à en prendre plein la vue à chaque virage.

— Ça me plairait. » Elle fit tourner le verre de vin dans sa main, fascinée par les reflets écarlates comme par une boule de cristal. « C'est fou, on ne prend jamais le temps de faire ce dont on a envie, seulement ce que l'on doit faire.

— Tant mieux si ça se recoupe. Ce qu'on veut et ce qu'on doit. Vous ne croyez pas ? »

Elle leva les yeux vers lui.

« C'est comme ça pour vous ? »

Il fronça légèrement les sourcils, l'air de se poser à lui-même la question.

« Jusqu'ici, je croyais faire ce que je voulais. Aujourd'hui, je ne sais plus. J'ai peut-être envie d'autre chose. Mais je ne sais pas de quoi. »

Les entrées arrivèrent et ils parlèrent gastronomie. Il était d'accord. La cuisine était délicieuse, comme promis, non que, ajouta-t-il, il eût la prétention d'être un expert.

« Parlez-moi de vous, Tessa, dit-il enfin. De votre vie. Qu'est-ce qui vous a conduite à ce métier ? »

En réponse, elle ne put s'empêcher de décocher un sarcasme.

« Je croyais que vos amis de la Sécurité vous avaient déjà tout dit.

— Pas le plus intéressant, dit-il en souriant. Les faits bruts. Et pas beaucoup, d'ailleurs. »

Elle lui résuma brièvement sa vie, sans insister sur le début. La mort de ses parents n'était plus qu'un chagrin éternel mais enfoui. Elle mentionna sans détails les années passées chez l'oncle et la tante. Elle sauta le plus vite possible jusqu'au moment où elle avait eu la chance de se découvrir une passion. Elle ne se prenait pas pour quelqu'un de spécial, et n'aimait pas qu'on la crût capable de le penser.

« Et vous ? demanda-t-elle. Vous êtes né en Californie ?

— À New York. Avec un nom comme Kelly, pas besoin de préciser que ma famille est irlandaise. Mon père était l'un des meilleurs flics de New York. Il est retraité, maintenant. Il travaille pour une boîte de sécurité.

— Policier ? Vous tenez de lui, alors.

— Par certains côtés. Les bons, j'espère.

— Et votre frère donne des cours au Caltech, vous m'avez dit.

— Lui, c'est Josh. Le cerveau de la famille. Vous vous entendriez bien.

— Bon, dit-elle, on se croisera peut-être un jour. Si je viens vous rendre visite.

— Je me ferai un plaisir, dit-il avec un grand sourire, de vous montrer le pays. »

Et ce fut comme si un pacte venait d'être passé entre eux. Ils étaient d'accord pour s'apprécier, le plaisir était réciproque. Mais il n'y avait pas d'urgence. Les faits s'enchaîneraient d'eux-mêmes. Ou pas.

Ils se détendirent, et s'aperçurent avec surprise que la bouteille était déjà vide. Il commanda un cognac avec le café.

Il fit tourner le liquide dans le verre ballon et s'absorba dans cette vision.

« Tessa, dit-il après un long silence, j'ai l'impression que je vais vous dire quelque chose que je m'étais juré de ne pas dire. »

Elle se pencha vers lui, appuyée sur un coude. « Allez-y, dit-elle avec un regard faussement neutre. Je peux garder un secret.

— Je sais. C'est bien le problème.

— Ce qui signifie ? demanda-t-elle en haussant les sourcils.

— Écoutez... bon sang, je suis probablement en train de piétiner un traité international et je vais me retrouver en cabane à l'arrivée. Je vous l'ai dit, je suis en contact avec vos services de sécurité... » Il hésita. « Je n'ai jamais fait un truc pareil, je dois être dans un drôle de...

— Parlez, dit-elle, vous avez commencé, allez jusqu'au bout.

— Si je vous raconte ça, c'est que vous ne collez pas du tout avec l'image qu'ils se font de vous.

— À savoir... ? »

Ses mains esquissèrent un geste d'excuse.

« D'après eux, vous travaillez pour les Japonais.

— Hein ? »

Il l'observa. Il était certain que sa surprise n'était pas feinte.

« Si c'est faux, et si vous voulez qu'ils le sachent, vous devriez peut-être intervenir. C'est tout ce que je dis. Et pas un mot sur moi si vous vous décidez, entendu ?

— Qu'est-ce qui leur fait croire une chose pareille, grands dieux... ? Mais pourquoi... ? »

Elle semblait affolée, avec ses questions informulées.

« Je vous dis ce que j'ai récolté. Des relevés de coups de téléphone que vous avez donnés et reçus, des comptes secrets en Suisse... je ne connais pas les détails.

— Mon Dieu ! »

Elle se pencha en avant, le front dans la main. Le geste de quelqu'un qui tombe enfin sur l'aveuglante vérité, et non sur une révélation inattendue. Il l'entendit murmurer : « Évidemment ! »

« Pour résumer, reprit-il, vous êtes à la veille d'être débarquée, comme on dit chez nous. Peu importe ce que vous leur cachez, ça commence à les énerver. »

Elle reposa la main et le dévisagea avec une froideur soudaine qui le dérouta.

« Et ils vous ont chargé de trouver quoi, n'est-ce pas ?

— Oui. »

Pas de double jeu. Il ne pouvait pas prendre de risque et le savait.

Un instant, il crut qu'elle allait se lever et sortir. Il ajouta rapidement : « Je n'ai pas l'intention de coopérer.

— Eh bien, tant mieux pour vous. »

Le sarcasme dans la voix était clair et délibéré.

« Eh, vous m'écoutez ? dit-il en levant les mains en signe de paix, je suis avec vous. Autrement, je n'en parlerais pas. »

Un sourire ironique retroussa les lèvres de Tessa.

« Alors, vous êtes agent double ? Vous travaillez pour eux... et pour moi ?

— Non. Je vous demande juste si je peux vous aider à sortir de là. »

Silence.

« Comment ?

— Et si vous me disiez quelque chose que... » Ses mains, autour du verre, semblèrent empoigner un ballon imaginaire. « ... que vous aimeriez qu'ils sachent ?

— Un mensonge, par exemple ? »

Sans la quitter des yeux, il leva son verre et le vida.

« Un pieux mensonge, pourquoi pas.

— Pieux ?

— Tout dépend de ce que vous avez à cacher. »

Elle le regarda fixement.

« Je ne vous le dirai pas. »

Ils furent interrompus par le garçon qui demandait s'ils désiraient autre chose. Ils commandèrent tous les deux un deuxième café. Tim Kelly hésita, et reprit un cognac.

« Je crois que vous êtes dans le pétrin, dit-il après le départ du garçon. Quoi que vous ayez fait, ou pas fait...

— Rien de ce qu'ils imaginent, coupa-t-elle avec colère. Je n'ai pas de contacts avec les Japonais. Je n'ai jamais entendu parler de comptes secrets en Suisse. On essaie de me coincer. On veut que j'arrête mes recherches. »

Consciente de ce que sa réaction avait de paranoïaque, elle guetta anxieusement sa réponse. Mais il garda le silence, se contentant de la dévisager avec calme.

« Qui, on ? »

Elle baissa les yeux. Elle aurait dû le savoir. Et elle ne dirait rien. Elle en avait déjà trop dit.

Il répéta la question.

« Qui cherche à vous coincer ? »

Elle secoua la tête.

« Écoutez, dit-il patiemment, mais de façon à faire comprendre que sa patience n'était pas infinie. À l'heure qu'il est, je devrais être dans l'avion. J'ai des choses importantes à faire… pas la peine de vous le dire. Je suis resté un jour de plus pour une raison et une seule. Pour vous revoir. Rien d'autre. »

Il se tut brusquement. De nouveau, elle se surprit à le regarder. Il la dévisageait de façon franche et directe, sans plus aucune trace de timidité. Il était déjà trop engagé.

Ce qui l'emportait, c'était la surprise. Elle ne s'attendait pas à ça. Pas si vite. Ça n'était pas dans leur accord tacite… du moins, pas l'accord qu'elle avait passé.

Sans même cligner des paupières, il dit d'une voix égale : « Ça a un rapport avec l'accident d'avion, n'est-ce pas ? »

Elle crut s'entendre suffoquer. Ou était-ce son imagination ? Il n'avait de toute façon rien remarqué, dans le brouhaha de la salle. Mais elle savait qu'elle avait flanché sous son regard implacable.

« Que savent-ils vraiment ? » demanda-t-elle d'une voix qui traversait à peine la table.

Elle réalisa sur-le-champ qu'elle venait de lui livrer la clé. Même s'il avait parlé au hasard, sa question aurait confirmé le plus vague soupçon.

« Vous feriez mieux de tout m'expliquer », dit-il simplement.

Elle n'avait pas le choix et le savait.

« Et si nous allions ailleurs ? » dit-elle.

68

Depuis qu'ils s'étaient assis à leur table, il n'avait pas fait un seul geste. Maintenant, il les regardait sortir et marcher vers leur voiture.

Ils repartirent dans la direction d'où ils étaient venus. Quelques secondes plus tard, il était dans son propre véhicule et les suivait. Comme prévu, ils retournaient chez elle. Seule question : entrerait-il ou pas ?

En dépassant la voiture vide garée devant la grille, il grommela un juron. Un coup d'œil sur la droite, sans ralentir, lui montra la porte du cottage en train de se refermer sur un couple.

Il se gara au même endroit qu'à l'aller et s'approcha en silence. Il fallait être le plus près possible. Dans le jardin, ce serait parfait. Il était presque sûr qu'elle n'avait pas de chien : pas d'aboiement, aucune trace d'animal.

Pour éviter le grincement dénonciateur des gonds rouillés, il enjamba la grille avec précaution et se glissa dans un recoin du jardin noyé sous un feuillage épais. Même si la lampe qu'il distinguait au-dessus du porche blanc s'allumait, il resterait invisible.

Il ne pouvait rien faire d'autre qu'attendre, maintenant, trop obnubilé par sa proie pour remarquer le froid qui l'engourdissait jusqu'aux os. Il gardait les yeux fixés sur la fenêtre éclairée derrière les rideaux, à quelques mètres à peine de l'endroit où il se tenait accroupi. Il ne pouvait rien voir et rien entendre, rien sinon la plainte du vent et le bruissement des feuilles autour de lui.

Ça prendrait le temps qu'il faudrait, il resterait là. Il n'avait plus rien en tête que cette pensée. Le temps qu'il faudrait, il resterait là.

« Ce n'est pas un virus, dit-il quand elle eut fini de parler. J'ignore de quoi il s'agit, mais ce n'est pas un virus informatique.

— C'est une conscience, dit-elle. Nous en savons si peu sur la conscience, que l'éternelle question demeure. Peut-elle émerger ailleurs que dans le cerveau ? Eh bien, ici, c'est fait. Ou alors, ça y ressemble beaucoup. »

Le visage de l'homme se creusa dans un effort de compréhension.

« Même la technologie, au fond, n'a aucune importance, reprit-elle. Faites ça avec un morceau de bois, ou une pierre — débrouillez pour en animer les atomes pour qu'ils indiquent *on* ou *off* — et vous obtenez un calculateur. Ajoutez le programme adéquat et votre morceau de bois aura l'air de penser. Les mots importants, ici, sont “aura l'air de”. Parce que, quand on parle de la pensée, on n'est jamais que face à une apparence. Nous ne voyons pas l'usine derrière. Nous pouvons juste dire si quelque chose *a l'air* de penser ou pas. »

Un silence, puis il demanda : « C'est pareil qu'avec fou et normal, non ?

— Pardon ?

— Vous dites qu'on ignore comment ça se fabrique... la pensée. Nous pensons tous, mais nous ignorons si les autres pensent comme nous. Nous ne voyons que les actes et les paroles, on ne sait jamais ce qui se cache derrière. Et nous leur collons une étiquette.

— Oui, c'est à peu près ça. »

Il se leva et fit quelques pas derrière sa chaise en se frottant les yeux.

« Et cette chose, dehors, dit-il en se retournant, vous n'en avez parlé à personne avant moi ? »

Un réflexe l'empêcha de citer les noms d'Helen et de Clive. Elle ne voyait aucune raison d'impliquer ses amis pour l'instant.

« Personne à part vous. »

Le mensonge sortit avec une surprenante facilité.

« Je suis soulagé de l'apprendre.

— Tant que personne n'est au courant de son existence, on ne l'attaquera pas. Et tant qu'on ne l'attaquera pas, il ne réagira pas.

— Il a déjà essayé de vous tuer...

— Parce que l'occasion se présentait. Et tant que je ne prendrai pas l'avion, ni aucun système sous son contrôle, il n'aura pas d'autre occasion. Tout ce qu'il peut faire, c'est tripoter les factures de téléphone, inventer des faux comptes en banque et me faire passer pour un escroc. S'il voulait, il pourrait même fabriquer un avis de recherche et on viendrait m'arrêter au pas de charge. Mais ça ne l'avancerait à rien, c'est sans doute la seule raison qui le retient. »

Il saisit sa tasse de café et la vida sans se rasseoir.

« Combien de temps vous faut-il avant que l'autre programme, la contre-attaque sur laquelle vous travaillez, puisse entrer en action ? »

Elle haussa les épaules.

« Le seul moyen de savoir s'il est prêt, c'est de l'essayer. Cela dit, je crois que j'aurai du mal à faire mieux. »

Il médita cette information un moment et reposa sa tasse.

« Où est-il ? Au labo ?

— J'en ai une copie au labo, une autre ici.

— Vous gardez une sauvegarde chez vous ?

— Il ne s'agit pas vraiment d'une sauvegarde. J'ai créé des interactions entre différentes copies de Paul...

— Paul ? »

Sa voix s'éleva en note interrogative.

Elle se sentit rougir stupidement.

« C'est le nom que je lui ai donné. » Elle lui fut reconnaissante de ne pas demander pourquoi. « J'ai guidé ses premiers pas, je l'ai préparé à affronter ce qui l'attend... »

Dehors, dans le jardin, l'homme leva vivement les yeux vers le jet de lumière qui, venu d'une fenêtre à l'étage, s'abattit à ses pieds. Les rideaux n'étaient pas tirés. Il la vit ouvrir un portable sur le bureau près de la fenêtre. L'autre se tenait debout derrière elle et regardait par-dessus son épaule. Elle tendit un bras et ferma les rideaux.

Avec mille précautions, il s'extirpa de sa cachette

et, toujours terré au plus noir de l'ombre, se déplaça autour du cottage à la recherche d'un accès.

Au fond de sa poche, il referma la main sur le manche du couteau. Il le sortit, déplia la longue lame vicieusement effilée et la verrouilla avec soin.

69

En éteignant le petit ordinateur, Tessa ne put retenir une bouffée de fierté. Elle se retourna vers le tabouret où Tim Kelly était assis, penché en avant, coudes sur les genoux, effaré.

« Apparence, ou réalité, dit-elle pour rompre le silence. C'est un débat philosophique et d'importance marginale, voire nulle. L'essentiel, c'est que cette chose ici est aussi réelle que la chose du dehors.

— Et que se passerait-il, demanda-t-il en levant les yeux vers elle, si elles se rencontraient ?

— Au sens propre, dit-elle, elles ne se rencontreront pas. Elles vont fusionner.

— Et changer.

— Oui.

— Qu'est-ce qui vous fait croire que le changement sera à l'avantage de celle-ci ?

— Parce que la raison est plus forte que la folie. »

Il se leva vivement et se passa une main dans les cheveux.

« Sacrée profession de foi.

— Je le verrais plutôt comme une profession d'évidence. »

Il la regarda.

« Ne pourraient-elles pas… (il joignit les mains sans les claquer) se rencontrer comme la matière et l'antimatière, se détruire mutuellement, et bon voyage ? »

Elle secoua la tête.

« Non, parce qu'il ne s'agit pas de matière et d'antimatière. Elles sont une physiquement, deux mentalement.

— Le bon jumeau et le mauvais jumeau.

— Si vous voulez. »

Il secoua la tête avec stupéfaction.

« Bon Dieu. »

Il resta un moment les yeux fixés sur le mur vide. Elle vit qu'une nouvelle question se formait dans son esprit et attendit.

Il désigna le PC.

« Faudra-t-il envoyer les deux copies du programme, celle-ci et celle de l'ordinateur du labo ?

— Inutile. L'une ou l'autre suffira. J'ai fait tourner des copies séparément pour lui donner... »

Elle s'interrompit, gênée une fois de plus par le mot « lui ». Il comprit son embarras. « Ça va, dit-il, on sait, ce n'est pas une bête. Je suis juste curieux de savoir pourquoi vous l'appelez Paul.

— Histoire de famille », dit-elle avec un haussement d'épaules.

Il n'insista pas. Il se dirigea vers le petit PC qu'elle venait d'éteindre et le regarda avec une sorte de répugnance.

« Et donc, tout est là, dit-il. Là, et au labo. » Il la regarda par-dessus l'épaule. « Juste deux, le compte est bon ?

— Oui », dit-elle, troublée par la tonalité de sa voix. On aurait dit qu'il avait une idée derrière la tête, mais laquelle ?

« Pourtant, j'imagine, si un accident arrivait à ces deux-là, vous avez de quoi relancer tout le truc assez vite, non ? »

Elle fit un geste équivoque.

« Pas si vitc que ça. Je m'en passerais volontiers.

— C'est bien ce que je pensais.

— Pardon ? J'ai peur de... »

Il la regarda en souriant, un sourire singulier qu'elle ne lui avait jamais vu. Qui semblait venir de plus loin que son visage, comme si le visage connu d'elle s'arrachait comme un masque devenu inutile.

« Peur de quoi ? dit-il. De ne pas comprendre ? Mais si. Vous pigez parfaitement. »

Un frisson de peur la parcourut. L'homme qu'elle avait devant les yeux n'était pas celui avec qui elle avait passé la soirée. C'était un autre, un inconnu. Avec, en lui, quelque chose d'étrange, d'indéfinissable. De malsain.

« Je ne suis pas Tim Kelly », dit-il. Il croisa le regard de Tessa et une puissante satisfaction l'envahit. « Je m'appelle Chuck Price. Tim Kelly a disparu, inéluctablement, sur la route de l'aéroport. Pour toujours. »

Un silence se fit, profond, irréel. Puis l'homme pivota, si vite qu'elle le vit à peine, et le petit ordinateur s'écrasa lourdement sur le mur dans une explosion de plastique et de plâtre.

Elle hurla. Le son mourut dans sa gorge. Déjà la main était là, qui l'étouffait. Les doigts se durcirent et elle se sentit presque soulevée du plancher. Elle battit vainement des bras, cherchant à le griffer au visage, mais ne réussit même pas à le toucher. Elle l'entendit rire, dire des mots. Bout à bout, les mots prenaient forme.

« … vous allez faire exactement ce que je dis. Vous m'entendez ? Nous allons au labo, vous et moi, tous les deux, et nous détruisons ce programme… »

Lentement, il relâcha sa prise. Elle eut l'impression que tout le sang de son corps se ruait vers ses jambes, qui retrouvaient leur pesanteur. Au bord de l'évanouissement, elle lutta pour rester consciente.

« La seule chose que je veux entendre sortir de votre bouche quand j'enlèverai la main, c'est "oui". Compris ? »

Il y eut un bruit de verre brisé, un bruit très léger qui semblait émerger d'un long, très long tunnel. Le bruit fut suivi d'un piétinement sourd dans l'escalier qui, d'un coup, retentit comme le tonnerre dans ses oreilles.

Elle réalisa qu'il l'avait lâchée et qu'elle était affalée sur le sol. Elle s'était cogné la hanche en tombant, mais sentait à peine la douleur. Toute son attention allait à l'homme armé d'un couteau qui avait fait irruption dans la pièce. L'homme qu'elle avait rencontré cet après-midi, qui disait s'appeler Conrad Walsh. Blanc comme un fantôme, les yeux fous, le souffle court. Il lui jeta un regard rapide, puis ses yeux se fixèrent sur l'autre.

L'homme qui avait dit s'appeler Price recula et se mit automatiquement en position de défense. À son expression, Tessa comprit qu'il reconnaissait Walsh. Elle devina qu'il fouillait dans sa mémoire. Où et quand l'avait-il vu ? Et il se souvint.

« Toi ! »

Sa voix donnait à penser que c'était la dernière personne au monde qu'il s'attendait à voir ici. Et pourtant, cette rencontre avait un sens pour lui… un drôle de sens.

« Qu'as-tu fait de mon frère ? » demanda Walsh d'une voix rauque, assourdie par la haine.

Elle vit Price préparer sa riposte, tel un animal pris au piège et qui n'a plus rien à perdre, quand la fureur est plus forte que la peur. Il rugit et, du même geste de danseur dément avec lequel il avait jeté l'ordinateur, il souleva une chaise de bois et la lança sur Walsh, puis il se rua à l'attaque.

Les deux hommes roulèrent au sol, luttant pour la possession du couteau. Elle s'agrippa au rebord du bureau pour se mettre debout, puis chercha un objet pour aider Walsh. La scène, bizarrement, semblait se dérouler au ralenti. Dans les films, pensa-t-elle, il y a toujours un vase ou un presse-papier, ou une paire de ciseaux à portée de main. Ici, rien.

Walsh cala son pied contre la poitrine de Price et poussa de toutes ses forces. Price fut propulsé à travers la pièce, rctomba et se rétablit agilement sur ses pieds.

Tessa vit que le couteau avait glissé sur le parquet, à ses pieds, et que Price plongeait vers lui. Elle lut une prière dans les yeux de Walsh, réussit à s'emparer du couteau et lui lança.

Maintenant, Walsh était debout, le couteau bas,

prêt à frapper. Price s'immobilisa, puis se mit à tourner autour de son adversaire, guettant l'ouverture. Mais pas d'ouverture. Walsh était sur ses gardes et résolu.

Price n'attaqua pas. Il plongea vers l'escalier et disparut. Walsh lança un coup d'œil en direction de Tessa, comme pour s'assurer qu'elle n'était pas blessée, puis se lança à son tour dans l'escalier.

Sa première pensée fut de les suivre, d'accompagner le combat. Non, il fallait d'abord appeler la police. Quelle que fût l'issue, des renforts au moins seraient en route.

Elle décrocha le téléphone. La ligne, pourtant branchée, résonna bizarrement. Elle tapa sur la fourche. Toujours pas de tonalité.

« Allô, allô ? » dit-elle mécaniquement. Pas de réponse, juste l'écho lointain de sa propre voix, comme si elle criait dans un puits sans fond.

Puis elle réalisa ce qui se passait et la peur la prit au ventre. Comment n'avait-elle pas compris plus tôt ? La chose était là, la chose qui lui avait parlé à Berlin, qui l'espionnait, lui tournait autour, contrôlait son téléphone. Cette nuit, elle bloquerait tous les appels au secours. Cette nuit, elle avait envoyé un dingue de l'autre côté du monde pour la tuer. Une nuit préparée comme une opération militaire. Sans rien laisser au hasard.

Mais d'où sortait ce Walsh ? Ce n'était sûrement pas prévu. Elle eut envie de hurler dans l'appareil : « Raté ! tu n'as pas pensé à tout ! » Elle se contint. S'il écoutait comme elle le pensait, inutile de le provoquer. Dieu seul savait quelles stratégies de rechange il avait en mémoire, et elle était la mieux placée pour l'imaginer.

Elle reposa calmement l'écouteur. Un bruit de chute, au pied de l'escalier, la ramena brusquement au présent. Un fracas d'objets brisés, une porte qui claque. Elle dévala les marches.

Dans l'entrée, la lumière était allumée. Un sillage de chaos se perdait dans l'obscurité de la cuisine.

Elle se figea sur place et tendit l'oreille. Il n'y eut qu'un silence surnaturel, le silence de l'immobilité, jusque dans le jardin.

Elle se glissa prudemment dans la cuisine. Dans le noir, mais elle n'avait pas envie d'allumer. Elle se guida au toucher des formes familières, puis ses yeux s'accoutumèrent à l'obscurité, juste à temps pour éviter une chaise renversée. La porte de derrière était ouverte, une vitre brisée. Walsh avait dû pénétrer par là.

Dans un coin, derrière des livres de recettes, il y avait la lourde torche qu'elle gardait en cas d'urgence. Elle la retrouva à tâtons. Les piles étaient bonnes, elle venait de les changer. Mais elle ne pressa pas le bouton. Elle préférait rester invisible, ne pas signaler sa position. Elle assura la lampe dans sa paume, prête à s'en servir comme arme, et sortit dans la nuit.

Le ciel était nuageux et sans lune. Le vent, qui tout à l'heure menaçait, était retombé. Le silence amplifiait l'ouïe de façon surhumaine. Elle demeura immobile un moment, à l'écoute.

Elle fit quelques pas et s'arrêta en entendant le bruit de ses semelles sur le gravier. Elle s'accroupit, se déchaussa puis, laissant là les chaussures, se remit en marche.

Elle s'efforçait d'analyser la situation. Price avait pu s'enfuir, et Walsh le poursuivre. Ou bien Walsh était mort et Price la guettait dans l'obscurité. Si Price était mort, ou sérieusement touché, Walsh serait en train de la chercher, il appellerait, pourquoi se cacherait-il ?

Son nom, chuchoté à courte distance, la cloua sur place.

« Tessa ! »

Elle ouvrit la bouche, pivota, et instinctivement alluma la torche.

« Éteignez ça ! Il est caché tout près. »

Elle obéit immédiatement, le temps de distinguer Walsh, allongé à ses pieds dans un parterre de fleurs. Elle s'accroupit et murmura : « Que s'est-il passé ? »

Un autre murmure lui répondit dans l'ombre, un souffle court, douloureux. « Je me suis tordu la cheville, je ne peux pas marcher…

— Qui êtes-vous ?

— Josh Kelly.

— Et lui… Price ? c'est son vrai nom ?

— Je ne sais pas… Je ne l'ai vu qu'une fois… le chauffeur du taxi qui a emmené Tim à l'aéroport… »

Le puzzle s'assembla d'un coup dans l'esprit de Tessa avec une clarté aveuglante.

« Mon Dieu, souffla-t-elle, c'est l'homme qui a tué ces femmes ? Celui que votre frère recherchait ?

— Je crois que oui… et je crois que j'ai compris ce qu'il fiche ici… vous allez me dire si je me trompe… J'ai mis le doigt dessus, non, cet après-midi, dans le parc ? »

Elle ne répondit pas. Il entendait sa respiration, irrégulière. Elle luttait contre la peur. Et ce n'était pas que la peur pour sa vie. Il y avait autre chose.

« Le programme, Tessa ! C'est quoi, ce programme ? C'est bien ça qu'il veut, non ? »

Elle essaya de parler, mais sa voix tremblait et elle ne put proférer que des hoquets vides de sens. Il entendit juste : « … l'effacer… on allait au labo pour l'effacer quand vous… »

Elle ne put en dire plus. Une main sortie de la nuit la saisit par les cheveux. Elle hurla et vit Josh faire un effort terrible pour se relever.

Une vibration argentée raya l'obscurité. Josh poussa un grognement étrange, effrayant. Un son inconnu d'elle. Mais elle savait que c'était le bruit de la vie qui s'en va.

Josh Kelly s'effondra comme une masse et demeura immobile.

« Salaud ! tu n'avais pas besoin de le… »

Les mots restèrent suspendus en l'air. Un coup à la base du cou la précipita dans un abîme encore plus noir que la nuit.

70

Ce bref et fatal rayon de lumière l'avait trahie. C'était, Dieu merci, il le savait, la manifestation d'un pouvoir au-delà de l'entendement humain, planifiée pour lui rendre la victoire à l'instant où elle menaçait de lui échapper.

Il avait entendu Josh Kelly s'effondrer dans le jardin et le couteau résonner sur un caillou dans l'allée. Par chance, il l'avait aussitôt retrouvé. Il essayait de repérer Kelly pour l'achever, sans succès. Ce salaud devait se retenir de respirer. Au moins, il avait le couteau. Plus de temps à perdre, il fallait s'occuper de la femme.

Il y avait eu les bruits de pas s'éloignant de la maison. Puis elle avait fait halte, et le silence était retombé. Elle avait dû enlever ses chaussures.

Enfin, les murmures. Maintenant tout allait bien. Il avait repris les choses en main. Et tout allait continuer comme prévu.

Quelle lucidité! se disait-il. La lucidité, c'était sa fierté. Une drogue, mais une drogue naturelle. Les meilleures.

Avec la torche, qui avait roulé à quelque pas du corps, il trouva les chaussures. Ensuite, il transporta la femme dans le cottage et l'allongea sur le canapé du salon. Il vérifia son pouls, sa respiration et lui souleva les paupières. Il calcula qu'elle en avait pour une dizaine de minutes, peut-être plus. Il avait beau être expert dans cet exercice, il avait eu du mal, dans le noir, à évaluer avec précision la force du coup.

Il courut à l'étage, dans la chambre. Il avait besoin d'un manteau et de quelque chose pour l'attacher. Il dénicha une paire de bas et une culotte de soie dont il fit un bâillon.

Elle ne bougeait toujours pas. On l'aurait crue confortablement allongée pour un petit somme. Sauf qu'elle réagit à peine quand il la ligota et lui passa le bâillon. Puis il décrocha le téléphone, composa le code habituel et attendit.

« J'écoute. »

En quelques mots, il résuma les événements et ce qu'il avait découvert. S'il avait pu attribuer une émotion à la voix mécanique, il aurait dit « soulagement ». En fait, il ne pouvait qu'imaginer. Il écouta avec soumission les nouvelles instructions et répondit qu'il avait compris. Exactement ce qu'il pensait.

Il retrouva son chemin entre les petits couloirs et les portes et sortit de la cuisine pour repérer le garage, puis revint auprès de Tessa. Il prendrait sa voiture à elle, qui n'attirerait pas l'attention sur le parking du labo. Et puisqu'elle était dans le garage, il pourrait l'y porter sans risque d'être vu.

Cinq minutes plus tard, elle était sur la banquette arrière, dissimulée par une natte. Il fit soigneusement marche arrière jusqu'à la route et lança la voiture. Tout était réglé comme une horloge.

Comme à Los Angeles, quand il avait chargé le flic pour l'aéroport. L'écran lui avait fixé la marche à suivre, suivant la méthode habituelle quand il ne passait pas par le code téléphonique. Il lui avait donné le numéro des taxis et ordonné d'annuler la réservation du flic. Il lui avait aussi communiqué le numéro d'un loueur de limousines et la consigne de réserver, sous un faux nom, avec un numéro de carte de crédit que l'ordinateur accepterait mais sans le mémoriser. La touche finale, la casquette de chauffeur, c'était son idée à lui. Histoire de parfaire son numéro d'acteur.

Le flic s'était fait avoir comme un gamin. Quelques phrases échangées au début du trajet : Vous allez où ? En Angleterre ? Ah oui, ça me plairait d'y aller un jour. Eh, dites, vous avez vu ce film anglais où... ? Etc. Ils avaient même plaisanté sur les automobilistes qui essaient, dans les embouteillages, de regarder à travers les vitres fumées des limousines. Ils s'imaginent toujours qu'il y a une huile à l'intérieur, en train de se faire sucer par une call-girl de luxe.

Mais pas un flic qui se croyait en partance pour l'Europe.

Devant lui, il aperçut le panneau *Stop* où il avait décidé d'agir. Il ralentit doucement et fit halte, sans cesser de parler et de croiser le regard du flic dans le rétroviseur. Tout en le distrayant avec des banalités, il s'arrangea pour caler au démarrage. Il remit le contact en faisant semblant de peiner et se gara au coin.

« Pas de problème, dit-il. Je suis désolé, ça n'aurait pas dû se produire. Ça va aller. »

Il s'engagea à demi sur le trottoir défoncé, désert à cette heure du jour. Il connaissait l'endroit. Il avait soigné le repérage.

« Il faut que j'aille regarder sous le capot. J'en ai pour dix secondes. Un câble débranché. La voiture doit passer à la révision. Vous ne manquerez pas votre avion, promis. »

Il se pencha en avant et tendit la main vers la poignée du capot. En fait, il empoigna le calibre 22 à silencieux qu'il avait scotché sous le tableau de bord, l'arme idéale à cette distance. La main gauche sur la portière, comme pour ouvrir, il se retourna vers le flic sans méfiance.

« Eh, dit-il, vous voulez jeter un œil là-dessus ? »

Il fit le geste de tendre un journal, leva le revolver et tira.

À l'aéroport, le parking longue durée était entièrement automatique. Aucun risque que quelqu'un fourre le nez dans ses affaires ou qu'on lui pose des questions. Il trouva une place, sortit de la voiture et se glissa contre le flic sur la banquette arrière. Il trouva aussitôt le billet d'avion et le portefeuille de Kelly avec son insigne du FBI. Il avait déjà son passeport et son permis de conduire, délivrés tous deux ce matin au nom de Timothy Donovan Kelly, une imitation parfaite excepté la photo, qui était celle de Charles Mortimer Price.

Il prit sa valise dans le coffre, plus le sac de Kelly. Il enfilerait une tenue moins voyante que cet uniforme de chauffeur dans les toilettes de l'aéroport. Il ne restait plus qu'à fermer la voiture et à l'abandonner, jusqu'à ce que le corps se mette à sentir. Ça laissait un moment. Il avait loué la voiture pour quinze jours et personne ne la chercherait avant. Dans ce parking, il n'était pas rare que des voitures restent plusieurs semaines. Personne ne se douterait de rien avant qu'il ait le temps d'accomplir sa mission, en Angleterre.

Cela, c'était avant que le petit frère ne débarque dans le cottage, à Oxford, surgissant de l'escalier comme un vampire échappé de l'enfer. Mais il lui avait fait son affaire. Retour à la normale. Et jusqu'au bout, désormais.

Un murmure dans son dos le fit se retourner. La fille remuait sous la natte. Elle revenait à elle. Parfait, excellent chronométrage. Il ne restait plus qu'à s'introduire dans le labo et à s'occuper de l'ordinateur. Pour cela, il avait besoin d'elle.

Et sûr, quand elle se réveillerait, elle verrait les choses de la même façon que lui.

71

Josh Kelly n'avait conscience que d'une chose : il n'avait pas fait tout ce chemin pour mourir avant de terminer son travail.

Il souffrait terriblement du ventre, mais la blessure n'avait pas l'air grave. Il sentait le sang se figer sur ses mains, ses vêtements. C'était bon signe. Il ne saignait plus, il n'y avait pas d'hémorragie.

Il porta la main à son front. Là aussi le sang avait séché, et ses veines battaient à lui rompre le crâne. Quand le couteau l'avait atteint, il était tombé et s'était assommé sur la bordure de l'allée. Mais il avait repris conscience. Il se rappelait où il se trouvait et pour quelle raison il était là. Il appuya sur sa montre et le cadran s'éclaira. Vingt-trois heures trente. Il n'avait pas dû rester évanoui plus d'un quart d'heure, vingt minutes au plus. Tant mieux.

Il aperçut des lumières en direction du cottage, mais aucun signe de vie. À quatre pattes sur la pelouse, il fit quelques mètres pour mieux voir. La porte de la cuisine était ouverte, mais tout était silencieux.

Ils étaient partis. Il savait où.

Il essaya de porter son poids sur sa cheville. S'il pouvait marcher, ou même sautiller, il gagnerait du temps. La douleur lui arracha un hurlement à réveiller les morts. Intéressante confirmation, pensa-t-il, affalé de tout son long dans l'herbe, qu'il ne restait personne dans le cottage. Le tueur serait déjà sorti pour l'achever. On l'avait laissé pour mort. Ça lui donnait l'avantage de la surprise. À condition de se dépêcher.

Toujours à quatre pattes, il se traîna jusqu'à la cuisine. Trouverait-il de quoi se fabriquer une béquille ? Il fouilla dans l'obscurité, s'appuya sur une chaise et parvint à se redresser jusqu'à l'interrupteur. Puis il tituba de porte en porte jusqu'au placard et en tira un balai à long manche, juste à la bonne taille.

En se déhanchant sur sa béquille, il inspecta le garage et constata la disparition de la voiture. Il avait déjà remarqué d'une fenêtre que celle de Price était toujours garée au bord de la route.

Il tâta ses poches. Les clés de la voiture de location y étaient toujours. Si Price ne l'avait pas sabotée, c'était sa meilleure chance. Meilleure en tout cas que de démarrer sans clé de contact la voiture de Price. Il n'avait jamais fait ça de sa vie, bien qu'il saurait sûrement, s'il n'avait pas le choix.

Il regagna sa voiture, toujours dissimulée dans l'allée. Il se hissa au volant et tira le balai derrière lui. Il introduisit la clé de contact et tourna. Le moteur démarra au quart de tour.

Par chance, c'était une boîte automatique. Avec un

embrayage nécessitant les deux pieds, il n'aurait pas été loin.

Par malchance, la cheville blessée était la droite. Conduire du pied gauche n'était pas du gâteau.

Il y arriverait. Pas le choix, bon sang.

72

« Écoutez-moi bien. Ça peut être facile et indolore. Ou compliqué et très, très douloureux. Aucune chance de mourir ni de tomber dans les pommes avant que moi, je le décide. Et je suis expert en la matière. » Sourire glacé. « J'ai une grande expérience. »

Elle se sentait comme une enfant, assise à l'arrière de la voiture dans l'ombre où il s'était garé, tandis qu'il lui enfilait son manteau et lui remettait ses chaussures. Il avait ôté les bas nylon qui lui liaient les chevilles et les poignets et elle sentait à nouveau le sang circuler. Sa bouche lui faisait mal d'un côté, là où le bâillon avait entamé la chair.

« Vous allez avoir un vilain bleu sur le cou, dit-il. Heureusement que j'ai pris une écharpe. Voilà, laissez-moi vous arranger… comme ça… personne ne verra rien. Mais nous ne croiserons personne, hein, vous m'avez dit la vérité ?

— Je ne garantis rien, dit-elle d'une voix vide et sèche. Ici, les gens travaillent quand ils veulent. Je suis souvent là après minuit. Mais on n'embête pas les autres. Chacun fait son truc et on rentre chez soi.

— Et pas de patrouilles de vigiles.

— Juste un système d'alarme, je vous l'ai dit. Et George, entre dix et six heures. Mais George est plus un concierge qu'un vigile. Il ne posera pas de questions s'il vous voit avec moi.

— J'espère que c'est vrai, tout ça. Sinon, George va avoir les mêmes ennuis que vous. George ou un autre.

— On ne croisera personne.

— Allons-y. »

Il l'aida à sortir de la voiture et lui prêta son bras, tout en lui serrant le poignet comme un étau. On aurait dit un couple en conversation intime pendant une promenade nocturne. Personne ne pouvait voir le couteau, dans l'autre main, plaqué contre le bras qu'il serrait, dissimulé par la manche du manteau.

Ils passèrent devant l'entrée principale du labo, fermée la nuit, et tournèrent au coin du bâtiment vers la porte de service, connue seulement des habitués qui en avaient le code. Face à la porte, elle sentit la pointe du couteau lui piquer le flanc à travers les plis du manteau.

« Pas de blague ou je me fâche. »

Elle tapa un code à six chiffres. Le verrou cliqueta et elle poussa la porte. Leurs pas résonnèrent sourdement sur le sol de ciment, un écho qui se modifia quand ils pénétrèrent dans le hall de marbre. Le seul éclairage provenait des veilleuses du plafond.

Ils venaient de s'engager dans le grand escalier quand ils entendirent des pas derrière eux. Elle s'arrêta, se retourna. La main se serra sur son bras.

« Rappelez-vous », lui siffla-t-il à l'oreille.

La silhouette d'un homme trapu, d'une cinquantaine d'années, se découpait dans la lumière d'un cagibi. Il portait un genre d'uniforme, mais la veste n'était pas boutonnée et la cravate pendouillait. On entendait derrière lui la bande-son d'un film sur une petite télé noir et blanc.

« Bonsoir, George. C'est moi, Tessa Lambert, lança-t-elle.

— Ah, docteur Lambert. Vous travaillez tard, ce soir ? » L'homme écarquillait les yeux dans l'obscurité, mais ne fit pas un geste pour allumer. « Vous êtes avec Danny ?

— Non. Un collègue. On vient tester un programme. On en a pour une heure, pas plus.

— Très bien, docteur Lambert, répondit George, du ton d'un homme habitué aux excentricités des universitaires et peu enclin à poser des questions. Vous éteindrez en haut avant de partir ?

— Oui, George. Ne vous inquiétez pas. »

Il retourna à sa télévision et referma la porte du cagibi. Ils reprirent l'ascension de l'escalier.

« Bien, Tessa, chuchota Price. Sans faute jusqu'ici. Continuez. »

Sur le palier, ils s'enfoncèrent dans le couloir qu'il avait emprunté lors de sa première visite. Il était plongé dans l'obscurité, éclairé seulement par un carré de lumière qui provenait d'une petite fenêtre dans la porte d'un labo. En approchant, elle sentit sa poigne s'alourdir à nouveau.

« Je vous répète, dit-elle. À cette heure, personne ne fait attention. »

En passant devant la fenêtre éclairée, ils regardèrent à l'intérieur. Deux jeunes hommes étaient collés devant une machine à l'extrémité d'un établi tout en longueur. Tessa les connaissait tous deux de vue.

La pression sur son bras se relâcha, puis se resserra de nouveau après qu'ils eurent tourné le coin et aperçu une autre tache de lumière. La porte étaient entrouverte. Dans la pièce, une femme à cheveux gris était assise, seule, penchée sur un clavier. Elle ne leva même pas les yeux.

Enfin, ils arrivèrent devant son laboratoire. Elle lui demanda de lui lâcher le bras pour qu'elle puisse prendre sa clé. Ce qu'il fit, sans s'écarter. Sitôt à l'intérieur, il lui arracha la clé et verrouilla la porte, puis fit claquer la poignée.

« Bon Dieu ! dit-il avec répugnance. Cette serrure n'arrêterait pas un gamin.

— On se fiche pas mal de ce genre de sécurité, ici, dit-elle calmement. Tout ce qui a de la valeur se trouve dans les ordinateurs... et les serrures ne vous ont pas empêché d'y entrer, non ? »

Elle le regarda décrocher le téléphone sur le bureau et composer un interminable numéro. Il attendit un moment avant de parler.

« Je suis avec elle dans le labo », dit-il.

Il lui jeta un coup d'œil, rivé à la voix inaudible pour elle, puis reprit : « Oui, elle a un truc… Une variante du programme original. Je ne sais pas, elle n'est même pas sûre que ça marche… »

Long silence cette fois. Il lui tournait le dos, mais elle constata qu'il surveillait son reflet dans la fenêtre et elle ne bougea pas.

« Oui, entendit-elle, je crois que c'est un vrai danger… »

Il se retourna pour la regarder, une lueur amusée sur le visage, comme si l'ordre qu'il recevait lui plaisait.

« Évidemment, dit-il. C'est ce que je comptais faire de toute façon. »

Il raccrocha. Le sourire s'était effacé.

« Vous savez qui c'est, non ? » dit-il.

Elle hocha lentement la tête.

« Je crois que oui. »

D'un doigt, il alluma l'ordinateur, puis il lui désigna la chaise devant le clavier. Elle s'approcha et s'assit. Il se tint debout derrière elle, penché par-dessus son épaule.

« Maintenant, dit-il, je vous préviens. Je connais très bien les ordinateurs. Si vous mentez, si vous essayez de me doubler, je le verrai tout de suite. Et vous le regretterez amèrement. Compris ? »

Elle acquiesça de la tête.

« Alors allons-y. »

En vingt minutes, tout était fini. La dernière trace du programme qui avait porté le nom de Paul fut éradiquée de l'ordinateur, comme s'il n'avait jamais existé.

Tessa restait assise, pâle et muette, les mains sur les genoux. De nouveau, il composa le numéro sur le téléphone. Cette fois, trois mots suffirent.

« Oui… c'est fait. »

73

Pied droit accélérateur, pied gauche frein. Dès qu'il bougeait la cheville d'un centimètre, la douleur était insupportable. Au moins, se dit-il, ça me fait oublier mon ventre.

Au cottage, sa blessure due au coup de couteau semblait s'être arrêtée de saigner. Dans la voiture, tandis qu'il s'arc-boutait sur le volant, tous muscles tendus, elle s'était rouverte. À la route de campagne succéda une voie rapide. Sa tête se mit à ballotter dangereusement, comme si chaque paire de phares qu'il croisait la faisait tourner comme une toupie.

Un camion qui roulait à petite vitesse l'obligea à déboîter pour doubler. Il vit des phares venir à sa rencontre. Difficile d'évaluer la distance. La voiture n'avait pas de reprise, mais il enfonça la pédale et pria. En déboîtant il aperçut d'autres phares qui surgissaient derrière les premiers. Bas et écartés, venant droit sur lui. Ils faisaient de furieux appels pour lui demander de dégager. Pas d'autre choix que de se rabattre.

Un réflexe le sauva. D'instinct, il leva le pied droit de l'accélérateur et enfonça la pédale de frein. La douleur explosa dans le pied et lui résonna dans la tête. Il hurla. La souffrance le porta au-delà du point où elle réveille, jusque dans cette zone de l'esprit où le cerveau cherche l'oubli. Il ne reprit conscience qu'après de longues secondes, en sentant la voiture échapper à son contrôle. Des klaxons trompetaient. Des lumières tournoyaient devant ses yeux comme un manège. Il se prépara au choc. Par miracle, il ne se produisit pas.

Soudain, il était passé. Devant ses phares, la route se déroulait, déserte. Les appels furieux du camion qu'il venait de dépasser diminuèrent dans le rétroviseur et les coups de klaxon se perdirent dans la nuit.

Le visage inondé de sueur, il dut s'essuyer les yeux pour y voir. Tenir encore dix minutes, arriver. Que faire ensuite, il n'en savait rien. Tout dépendrait de la situation sur place. Il aviserait. D'ici là, il fallait s'accrocher à la conscience comme au volant de la voiture.

Ce sentiment d'étrangeté, suspendu dans une zone de rêve entre réalité et illusion, tenait à la vitesse avec laquelle tout s'était enchaîné. Guère plus de soixante-douze heures s'étaient écoulées depuis qu'il avait dit au revoir à son frère à Los Angeles.

Les premières vingt-quatre heures, bien qu'il attendît le coup de fil promis, il ne s'était pas inquiété de rester sans nouvelles. Il avait trouvé un article sur Tessa dans un ancien numéro de *Scientific American* et il s'était dit qu'il le faxerait à son frère. Avant son départ, il avait oublié de lui demander son numéro à Londres. Il appela Jack Fischl pour lui demander s'il savait où le joindre.

Jack répondit qu'il venait juste de parler à Tim. La pire liaison satellite de sa vie, bourrée d'écho et de bips. Jack apprit à Josh qu'il avait appelé Tim pour l'informer que l'un des suspects avait disparu. Il lui donna le numéro de l'hôtel et Josh attendit jusqu'à minuit, huit heures du matin à Oxford.

Jack avait raison. La ligne n'était pas seulement mauvaise, elle était bizarre. Et la voix de Tim avait un drôle de timbre. C'était bien sa voix, mais au-delà de l'écho, des interférences, elle résonnait avec dureté, une dureté qui ne venait pas seulement de l'effort qu'il faisait pour se rendre audible.

Sur le moment, Josh ne comprit pas, et il ne comprendrait probablement jamais, ce qui le poussa à déclencher son répondeur et à enregistrer la conversation. Il avait expédié le fax à l'hôtel, tout en repassant la bande et en l'écoutant avec attention. Le doute n'était pas permis : une fois éliminés mentalement les bips et les échos, c'était plus une voix de balance électronique que celle de son frère. On aurait dit qu'il était drogué, ou prisonnier, et qu'il essayait de faire comprendre, au son de sa voix, qu'il avait des ennuis.

Bien sûr, c'était tiré par les cheveux, une spéculation gratuite. Et pourtant...

Vingt minutes plus tard, Josh avait fini de passer et de repasser la bande à différentes vitesses. Il avait glissé la cassette dans sa poche, car le matériel dont il avait besoin pour vérifier ses soupçons se trouvait au labo.

Deux heures plus tard, les soupçons étaient devenus des faits. Ce qu'il avait entendu sur la ligne n'était pas un écho, mais des retards contrôlés de longueurs variables. Les différences étaient infimes, mais mesurables. Un simple écho ne produisait pas ces effets. Ça lui rappelait quelque chose, mais il lui fallut plusieurs minutes pour se souvenir.

Un an auparavant, il s'était amusé avec un logiciel de traduction, d'anglais en langues étrangères qu'il ne parlait pas, et vice versa. Le logiciel lui avait paru très efficace pour une traduction littérale, sans style. Mais ce qui lui revenait à l'esprit, c'était l'aspect haché, saccadé, du processus. Certains mots et bouts de phrases prenaient plus longtemps que d'autres. Simple question de temps de recherche, un décalage presque subliminal. Le résultat était arythmique, exactement comme la voix de Tim transmise par satellite depuis l'Angleterre.

D'abord, il s'était demandé ce que cela signifiait. Finalement, la conclusion s'imposait : ce qu'il avait entendu n'était pas une communication directe avec son frère, mais un assemblage de mots enregistrés. Et c'était un autre qui s'exprimait à travers eux. Cela expliquait aussi le timbre mécanique. Comme si les mots étaient redisposés selon un ordre différent de l'ordre d'origine où on les avait prononcés. On avait ajouté les interférences pour masquer le montage.

Que se passait-il donc ?

Le premier réflexe de Josh avait été d'appeler Jack Fischl. Mais, sur une impulsion, il avait roulé jusqu'à l'appartement de son frère, dont il avait la clé. Il était entré. Tim avait dit qu'il avait trouvé le numéro des taxis dans les pages jaunes. Plus il y pensait, plus l'apparition inopinée de la limousine lui semblait louche. Ils l'avaient senti tous les deux, mais ils avaient laissé passer. Même un bon flic comme Kelly ne se méfiait pas automatiquement d'un cadeau d'apparence inoffensive. Comme, par exemple, une limousine à la place d'un taxi ordinaire.

Pourtant, avec le recul, c'était insolite.

Josh trouva le bottin près du téléphone. Il ouvrit à la page des taxis. Il y avait un numéro souligné en rouge, celui d'une compagnie locale. Il décrocha le téléphone. Il allait composer le numéro quand un sixième sens le retint. Il raccrocha. Si quelqu'un, comme il le suspectait, piratait les appels internationaux, il pouvait aussi avoir posé une écoute sur la ligne de Tim. Josh savait tout sur les écoutes illégales, combien c'était facile à installer.

La compagnie de taxis n'était qu'à quelques minutes de voiture. Il était tard, mais ils assuraient le service de nuit. Il sonna à la porte et expliqua derrière un guichet grillé qu'il était le frère d'un agent du FBI et qu'il avait de besoin de vérifier un renseignement en urgence. Ils le crurent et le firent entrer.

Après une dizaine de minutes à fouiller dans les dossiers de la veille, ils lui dirent que la réservation au nom de M. Kelly avait été annulée une heure après sa demande. Josh les remercia et partit.

De retour chez lui, sa première pensée avait été de filer chez Jack Fischl, de le sortir du lit si nécessaire et de lui raconter toute l'histoire. À la réflexion, ce n'était pas une bonne idée. Lancer une action officielle réclamerait du temps et des explications. Il faudrait impliquer du monde, la hiérarchie… des ennuis en perspective. Il savait que Tim avait dû se bagarrer pour obtenir le feu vert. En remuant la vase maintenant, on courait le risque d'éventer leur combine, les écoutes illégales sur Internet. Et tout retomberait sur le dos de Tim. Si Josh se trompait, Tim lui en voudrait d'avoir déclenché une panique inutile.

Non, en y réfléchissant, la seule solution était d'agir seul. Il fallait aller là-bas, à Oxford, et faire le point. Et, quoi qu'il fasse, il devrait agir avec une extrême prudence.

Il rassembla les données en sa possession. Un suspect en cavale, une embrouille avec le téléphone. Le tueur, on le savait, était un crack en informatique. Pour lui, accéder aux réservations des compagnies aériennes n'était pas un problème. Le nom de Josh sur une liste de passagers à destination de l'Angleterre apparaîtrait comme une menace, une provocation. Son nom ne devait donc pas y figurer.

Conrad Walsh était un vieux copain, un journaliste qui avait de menues dettes envers lui. Il l'appela. Walsh ne sauta pas de joie à l'idée de se séparer de son passeport, mais il se mirent d'accord sur un scénario. Au cas où des explications se révéleraient nécessaires, Josh expliquerait qu'il l'avait volé. Remplacer la photo de Walsh par celle de Josh était un travail facile pour quiconque était doté du minimum de matériel. Josh s'était souvent amusé en pensant à l'efficacité redoutable des grosses têtes du Caltech, s'ils basculaient dans le crime. C'était une blague récurrente entre Tim et lui. Et maintenant, on en était là.

Il appela une compagnie d'aviation, prit le billet le moins cher et, à trois heures de l'après-midi, il décollait.

Outre le passeport, il avait emprunté une carte de crédit à Walsh. Curieusement, Walsh tiquait moins sur la carte que sur le passeport. Il savait que pour l'argent, il pouvait se fier à Josh, même si ça prendrait des semaines. Dans l'avion, Josh s'entraîna à imiter la signature avant de s'accorder deux heures de sieste inconfortable. La location d'une voiture, à Heathrow, se passa sans problème.

Sa première visite, à Oxford, fut pour l'hôtel Randolph, où on lui dit que M. Kelly était sorti. Il s'aperçut dans le miroir de la réception et alla acheter un rasoir à la pharmacie, avant de se rafraîchir dans des toilettes publiques. Il acheta un plan et trouva le

Kendall Lab. Là, on lui dit que le docteur Lambert n'était pas arrivée.

Il savait qu'il devrait l'approcher avec précaution. Il lui paraissait hautement improbable qu'elle soit impliquée dans les événements, mais il ne pouvait se permettre, après ces derniers jours, d'exclure la moindre hypothèse. De retour au labo, il avait entendu une voix interpeller Tessa à l'autre bout du parking. Il l'avait suivie. Leur conversation sur le banc lui avait ôté tout soupçon. Cette fille n'avait pas la moindre connexion avec un tueur en série de Los Angeles. Mais il était sûr aussi qu'elle cachait quelque chose. Le fil d'Ariane de l'histoire, c'était les ordinateurs. Peut-être même l'intelligence artificielle.

Il repassa au Randolph et demanda Tim Kelly. Il n'était toujours pas rentré. Josh n'avait pas laissé de message, précisant au contraire qu'il n'était pas nécessaire d'informer M. Kelly qu'on le cherchait. Il avait fait une promenade et acheté le couteau. De retour à l'hôtel, il faillit se heurter à un homme dont le visage ne lui était pas inconnu. Il dut l'observer plusieurs minutes, debout au comptoir, prendre un message, écrire une réponse, avant de reconnaître le chauffeur de la limousine.

Il l'avait filé. Vu passer un coup de fil d'une cabine. Une discussion grave, apparemment. Puis il l'avait suivi chez Tessa, de là au restaurant, et retour.

Ensuite, tout avait mal tourné. Il se maudissait de sa déroute, résultat, se disait-il, de l'épuisement et de sa naïveté. Les spadassins, ce n'était pas son genre.

Mais il n'avait pas dit son dernier mot. La seule question, lancinante comme la souffrance qui torturait son corps, était : que faire maintenant ?

La réponse surgit, littéralement, de la nuit. Un gyrophare bleu, dans le rétroviseur. Il ne l'avait pas vu venir et maintenant la voiture lui collait au train, sirène hurlante.

C'était la réponse à la question : embarquer les flics avec lui.

Il baissa les yeux vers le compteur de vitesse, qui

indiquait déjà cent cinquante. Il accentua la pression sur l'accélérateur et arracha dix kilomètres supplémentaires à la petite voiture. Les flics suivirent. Il zigzaguait d'une file à l'autre, hors d'état de se concentrer, rattaché à la conscience par un fil. Mais il ne voulait pas qu'ils le dépassent et l'obligent à se garer, dans le style cher aux flics américains, de certains du moins, et il accentua ses zigzags. Par chance, la route était déserte.

Puis, loin devant, il aperçut d'autres gyrophares qui clignotaient. Les phares accrochèrent deux voitures de police blanches disposées en travers de la route. Pas étonnant qu'elle fût déserte.

De nouveau, il fallait freiner. Cette fois, il pensa au pied gauche. La voiture partit en dérapage. Il leva le pied et pompa. La manœuvre lui rendit du contrôle, mais à vingt mètres il comprit qu'il n'y arriverait pas. Il appuya à fond et braqua vers le bord de la route.

Il emboutit l'arrière d'une voiture de police et se retrouva dans un fossé. Une haie épaisse, qu'il avait défoncée, avait amorti l'impact. Heureusement qu'il avait bouclé sa ceinture.

Des bruits de course et des voix furieuses se dirigeaient vers lui comme venues du bout du monde, d'un interminable tunnel. Vision suivante, la portière s'ouvrait brutalement et on l'arrachait du siège.

« Il est blessé ! cria quelqu'un. Allez chercher l'ambulance.

— Non ! cria une autre voix, qu'il reconnut à peine comme la sienne. Écoutez-moi… vous devez m'écouter ! »

74

L'escalier était plongé dans l'obscurité. À mi-chemin du rez-de-chaussée, elle eut envie d'éclater de rire. C'était de l'hystérie, elle se contint, mais il dut le sentir car il se retourna.

« Quoi ? dit-il.

— Rien, je pensais à l'image qu'on doit donner. Le châtelain et la châtelaine, descendant le grand escalier au bras l'un de l'autre.

— Ouais, grimaça-t-il. Bien observé. Ça ne manque pas d'élégance. »

Ils descendirent encore quelques marches, puis elle demanda : « Où va-t-on maintenant ?

— On parlera de ça dehors », dit-il, sur le ton d'un père qui rassure un enfant.

Mais dehors, elle savait qu'elle mourrait. Elle ignorait quand et où, mais les photos qu'il lui avait montrées la veille lui disaient comment.

Elle n'avait pas l'intention de se laisser conduire à l'abattoir comme un mouton juste pour lui faciliter la tâche. Il fallait tenter quelque chose, mais quoi ? Avec la main sur le poignet et le couteau contre la manche, prêt à lui trouer la poitrine, sa marge de manœuvre était limitée. Et elle n'avait pas le droit de mettre un collègue en danger. Ce type était un dingue, capable de tout, et les rares habitués nocturnes du labo, pour autant qu'elle sache, ne portaient ni revolver ni poignard, ni même de ceinture noire.

Il fallait agir avant le bas de l'escalier. C'était le seul endroit où elle avait une chance de le déséquilibrer. Elle l'avait déjà imaginé en théorie : un croc-en-jambe, pivoter pour agripper la rampe, et elle lui ferait lâcher prise avant qu'il ait le temps de se servir du couteau. S'il tombait de plusieurs marches, il pouvait se blesser, sérieusement peut-être. Avec de la chance, elle aurait le temps de passer, de sortir par la porte de service et de se perdre dans la nuit avant qu'il la rattrape.

Maintenant. Dopée par l'adrénaline, elle balança le pied.

Il grogna de surprise, incrédule. La main au poignet se contracta mais celle qui tenait le couteau s'écarta instinctivement pour se raccrocher. Elle entendit la lame ricocher sur les marches et ses doigts se refermèrent sur la rampe. Puis elle pivota pour le projeter en avant. Enfin il lâcha prise, mais trop tard.

Elle ne perdit pas de temps à le regarder s'écraser. En glissant le long de la rampe et en dévalant les marches deux à deux, elle le dépassa avant qu'il ne heurte les dalles de marbre. Elle pensa brièvement à s'arrêter pour ramasser le couteau, mais ça la retarderait, et elle n'était pas sûre de savoir s'en servir. Elle pouvait aussi lui donner un coup de pied dans la tête et l'assommer, mais le temps d'y penser, elle était déjà loin.

Elle se mit à courir et jeta un coup d'œil par-dessus son épaule. À genoux, déjà, il se relevait. S'il était blessé, ce n'était pas grave. À l'arrière-plan, un carré de lumière s'alluma. Alerté par le bruit, George sortit de son cagibi.

« Qu'est-ce qui..., réussit-il à dire avant qu'elle ne hurle.

— George, attention, il a un couteau ! »

À mi-distance de la porte, elle se retourna encore. Toujours sur les genoux, il tendait le bras vers un objet qui brilla quand il s'en empara.

Image suivante, elle était aux prises, le cœur battant, avec le loquet de la porte. Il aurait dû se débloquer facilement de l'intérieur, mais pour une raison ou une autre — ses mains tremblaient, ou elle avait appuyé de travers —, le mécanisme restait coincé.

Elle tourna la tête. Il était debout maintenant et avançait. Il boitait légèrement, mais la silhouette montait contre la tache de lumière en arrière-plan. George, abasourdi, n'avait pas bougé.

C'est alors que le bruit se fit entendre. Le bruit le plus horrible qu'elle ait jamais entendu, un grincement de haine, macabre, mi-plainte mi-hurlement. Un son qui n'avait rien d'humain, et peut-être ne l'était-il pas. Un son distillé qui ne se figeait en mots qu'après avoir percé le bouclier de son crâne et atteint le cerveau.

« Salepute-salepute-salepute-salepute-salepute... ! »

Ses doigts se crispaient sur le loquet. Désespoir. Elle l'avait actionné mille fois mais là, justement cette nuit — quelle folie ! — il était bloqué.

« Salepute-salepute-salepute-salepute... ! »

Plus fort, plus près. Elle entendait ses pas. Soudain, enfin, elle vit que la manette latérale, qui aurait dû être levée, était baissée. Elle la souleva, tira la porte et s'enfonça dans la nuit avec quelques mètres d'avance sur son poursuivant.

Elle glissa sur l'herbe humide, trébucha, mais ne tomba pas.

« Salepute-salepute-salepute-salepute... ! »

Elle sentait son souffle sur sa nuque. Ou était-ce son imagination ? Elle n'osait plus se retourner. Si seulement elle pouvait atteindre le coin du bâtiment, elle aurait une chance de gagner la rue et d'arrêter une voiture. S'il y avait une voiture. Mais à cette heure de la nuit, le quartier était désespérément silencieux.

Les poumons en feu, elle redoubla d'efforts. Jamais elle n'aurait pensé courir aussi vite. Dans son dos, presque contre son oreille, le mugissement obscène ne la lâchait pas.

Elle agrippa l'angle de pierre pour pivoter plus vite et s'obstina dans sa course, trébuchant encore, jusqu'au parking. Deux ou trois voitures étaient garées dans l'ombre, mais aucun signe de vie.

Elle sentit quelque chose la toucher dans le dos et hurla. Son cri se perdit dans le flot des obscénités. Elle se jeta en avant, mais sentit la chose à nouveau.

Puis, surgi du néant, il y eut un rugissement de moteurs, des lumières aveuglantes. Deux, trois, quatre paires de phares émergèrent de la route et se déployèrent en un mur éblouissant.

Elle s'arrêta, impuissante, affolée. Sa première pensée, elle était prise au piège. Dans un instant tout serait fini, un couteau s'enfoncerait dans sa chair, autant de fois qu'il faudrait pour apaiser le tueur.

Rien de tout cela n'arriva. Elle entendit des voix, des cris, des portes qui claquaient. Surgies du mur de lumière, des silhouettes se matérialisèrent. Elles ne couraient pas vers elle, mais sur la gauche. Elle les suivit des yeux. L'homme qui avait essayé de la tuer, l'homme nommé Price, disparut dans les ténèbres, les autres à ses trousses.

Elle ne bougeait pas. Elle ne savait plus quoi faire, ne comprenait plus. Elle ne savait qu'une chose, elle était à l'agonie, de peur, de fatigue. Des parties de son corps dont elle ignorait l'existençe palpitaient de douleur. Elle baissa les yeux, interloquée, vers sa main. La chair était à vif et le sang coulait. Puis elle se souvint, quelques secondes avant, du contact de la pierre rugueuse au coin du bâtiment. Tout cela semblait irréel. Si loin déjà.

Elle eut un étourdissement, se vit tomber. On l'empoigna. Ce n'était pas lui, parce qu'elle l'avait vu fuir dans la nuit.

C'était fini maintenant... fini.

Des bras invisibles la soulevèrent tandis qu'elle perdait conscience et la portèrent dans la lumière.

75

Quand elle revint à elle, un sergent de police lui dit qu'elle s'était évanouie cinq minutes, au plus. Contre toute attente, elle se sentait reposée, revitalisée, comme après plusieurs heures d'un sommeil profond. Elle ne se répétait pas : « Où suis-je ? Que s'est-il passé ? » Sa mémoire était intacte.

Elle était assise à l'arrière d'une voiture de police. Les portières étaient ouvertes. On lui avait bandé la main. Elle entendait le bavardage des radios de bord et prit conscience des lumières bleues tournoyant dans l'éclat blanc qui illuminait le bâtiment.

« Ils l'ont pris ? demanda-t-elle.

— Nous ne savons pas encore, dit le sergent. Au moins, vous êtes sauvée.

— J'espère qu'ils l'auront.

— Sûr qu'ils l'auront. »

Elle tourna les yeux sur la gauche. Quelque chose avait bougé. Une ambulance, un homme qu'on aidait à sortir d'une voiture de police et à marcher vers un brancard. Elle reconnut l'homme.

« Josh !

— Attendez, mademoiselle, vous devez... »

Déjà, elle avait sauté hors du véhicule et courait vers le blessé.

« Josh, vous êtes vivant ! Dieu merci, Vous êtes vivant ! »

Elle voulut se jeter à son cou, mais s'arrêta à la vue du visage livide, tordu par la souffrance.

« Vous aussi », réussit-il à articuler.

Quelqu'un l'écarta doucement.

« S'cusez, mademoiselle, on a besoin de place. »

On allongea Josh sur le brancard, sous une couverture. On le transporta dans l'ambulance.

« Je viens avec lui, dit-elle.

— Minute, attendez, je ne sais pas si... »

Le sergent s'approcha.

« Je regrette, mademoiselle, vous devez rester ici.

— Laissez-la venir, dit Josh d'une voix faible. Laissez-la, je vous en prie. »

Le sergent hésita.

« Je ne sais pas. Une minute. »

Il leva la main pour signifier aux ambulanciers qu'il n'en avait pas pour longtemps et courut vers un homme en civil vêtu d'un imperméable qui donnait des ordres aux policiers. Le sergent lui parla brièvement, l'homme regarda vers l'ambulance et fit un signe de tête. Le sergent revint.

« L'inspecteur dit que vous pourrez faire votre déclaration plus tard. Mais ne quittez pas l'hôpital.

— Ils l'ont pris ? demanda-t-elle.

— Pas encore », dit le sergent en secouant la tête.

Elle grimpa à côté du brancard et les portes de

l'ambulance se refermèrent avec un bruit sourd, rassurant. Un infirmier en tenue blanche se pencha vers Josh et tira la couverture pour l'examiner.

« De quel côté, la blessure ?

— Gauche, dit Josh à grand-peine tandis que l'ambulance démarrait.

— Bon... ça va... ça ne saigne plus... détendez-vous. »

L'infirmier entreprit de palper délicatement la blessure, à la recherche, supposa-t-elle, de boursouflures, symptômes d'hémorragie interne.

« Je leur ai tout dit, articula Josh avec difficulté.

— Ne parlez pas, restez tranquille, ordonna l'infirmier.

— Il faut que... que je parle. »

L'infirmier n'insista pas. Il semblait satisfait de son examen et prépara une seringue.

« Ils se posent pas mal de questions... dit Josh. Moi aussi. »

Tessa baissa les yeux. Il était inutile d'en discuter maintenant, surtout avec Josh. Parler lui donnait l'impression de se confesser et ça n'arrangeait rien. Un terrible sentiment de culpabilité l'oppressait.

« C'était un programme d'intelligence artificielle, murmura-t-elle. Price l'a sorti de l'ordinateur. Et il a pris le contrôle de Price.

— Bon Dieu », dit Josh en fermant les yeux.

Elle vit l'infirmier lui jeter un coup d'œil, mais l'homme ne dit pas un mot. Elle sentit le roulis de l'ambulance qui ralentissait, virait puis reprenait de la vitesse, et le ronflement du moteur, lointain, soyeux.

« Rien à faire, dit-elle. Même si nous débranchons toutes les prises du monde, il restera caché, quelque part, attendant que le courant revienne pour se manifester. »

Il leva les yeux vers elle.

« Vous étiez en train de tenter un truc, hein ? C'est pour ça que vous ne vouliez pas parler. »

Elle hocha la tête.

« Je travaillais sur le programme que Price est venu détruire.

— Et… ? »

Il grimaça au moment où l'aiguille s'enfonça dans son bras.

« Ironie de l'histoire, c'est une phrase qu'il a dite hier, quand je le prenais encore pour votre frère, qui m'a décidée à… »

Elle contempla sa main et gratta son bandage d'un air absent.

« Quoi ?… décidée à quoi ? »

Elle le regarda à nouveau, faillit parler, mais constata qu'il avait fermé les yeux.

« Sédatif, dit l'infirmier. Il ferait mieux de dormir. »

À travers la vitre fumée, elle voyait le gyrophare de l'ambulance se refléter sur les immeubles et les fenêtres. Pas de sirène.

La main de Josh reposait sur la couverture. Elle tendit le bras, hésita comme si elle avait peur de le réveiller, et prit cette main dans la sienne.

76

Sir Andrew Maudsley avait souvent réfléchi aux circonstances de sa mort. Pour lui, cette habitude n'avait rien de morbide. Au contraire. À soixante-dix-huit ans, malgré son excellente santé, il y voyait une preuve de sagesse face à l'inévitable. Un philosophe aurait choisi une approche plus intellectuelle. Un artiste se serait risqué à une composition sur le mystère des choses finales. Mais Sir Andrew, juge retraité de la Haute Cour, « modeste homme de loi » comme il aimait à se présenter, se contentait d'imaginer l'événement quand il avait du temps libre et rien de mieux à faire.

Ce soir-là, cependant, il ne pensait qu'à l'excellent

dîner dont il sortait, au Saint Catherine College, dîner prolongé par une longue discussion devant la cheminée du Salon des anciens avec son hôte, Michael Gearin-Tosh, le professeur de littérature, et une poignée d'esprits distingués. Michael lui avait proposé d'appeler un taxi pour le court trajet jusqu'à Magdalen College, dont Sir Andrew était membre honoraire et où il résidait pour quelques jours, mais il préférait marcher. La nuit était sèche et claire, il avait une petite lampe de poche et la clé du jardin des membres qui permettait de passer directement des marches de Saint Catherine à l'allée d'Addison, une allée tranquille, à trois voies, le long de la rivière sur le quadrilatère de Magdalen. Sir Andrew tira sur son long manteau, cala son feutre mou à la cavalière et pensa aux dix ou quinze minutes de vivifiant exercice qui l'aideraient à dormir.

Il entendit des bruits de pas qui n'étaient pas les siens. Pas de quoi s'inquiéter. Quelque universitaire noctambule, pensa-t-il, qui rentrait par le même chemin, ou qu'il allait croiser. Un soir, après minuit, il était tombé sur un maître d'études en plein jogging. Peut-être les pas appartenaient-ils à l'une de ses connaissances ? Il leva légèrement la torche et aperçut un jeune homme en arrêt devant lui. Ses cheveux lui tombaient sur le visage et il respirait bruyamment comme s'il venait de courir. Il tenait un couteau à la main.

« Éteignez cette lumière », dit l'homme. Un Américain.

« Ce n'est nullement mon intention », répondit Sir Andrew, pourtant conscient qu'on ne lui laissait pas le choix. Une main fouetta l'air et la torche tomba au sol où elle s'éteignit.

« Maintenant, dit la voix dans l'ombre, enlevez le manteau. Je prendrai le chapeau aussi. »

Sir Andrew se sentit envahi d'une grande sérénité. Dans son imagination, il n'avait jamais pensé à une scène pareille. Évidemment. Les chances de tomber juste étaient infimes. L'important était de savoir que ça arriverait un jour et d'être prêt à faire face le moment venu.

« Allez au diable, jeune homme », dit-il calmement.

Une certaine confusion s'ensuivit. Sir Andrew reçut un choc au visage. Il fut jeté à terre, roué de coups de pied, et sentit qu'on lui arrachait son manteau et son chapeau. Puis une sensation curieuse, comme si quelque chose entrait dans son cœur et libérait une chaleur qui diffusa aussitôt dans tout le corps. Puis, de nouveau, la sensation de tomber, de rouler, de rebondir, mais sans douleur, comme en ces jours d'enfance, quand il jouait sur la colline derrière la ferme, à qui courait le plus loin, le plus vite, le plus longtemps. En riant. En riant toujours.

Il ne reconnaissait pas la mort. Et plus ça durait, moins ça y ressemblait.

Parvenu sur Magdalen Bridge, Price se hâta. Le déguisement procuré par le manteau et le chapeau du vieux le rassurait. Il y avait certes le risque, vu la coupe et la qualité du tweed, d'être pris pour le vieux lui-même. Un risque auquel il réagirait le cas échéant. Pour l'instant, son objectif était de gagner l'endroit où, d'après le plan qu'il avait mémorisé, devaient se trouver deux cabines téléphoniques, cachées dans une impasse nommée Cowley Place.

Par deux fois, en moins de cent mètres, des voitures de police le dépassèrent à toute allure, dans un sens puis dans l'autre. Une vraie chasse à l'homme. Il s'obligea à se vieillir de trente ans, épaules voûtées, démarche pesante. Mais sous le rebord de l'élégant chapeau, il transpirait. Personne, il en était sûr, ne trouverait le corps avant le matin, même en cherchant. Le matin, plusieurs heures... Beaucoup de choses pouvaient se passer d'ici là. Mais d'abord, le téléphone.

Soudain le panneau... *Cowley Place*, sur un mur de pierre à sa droite. Et quelques mètres plus loin, les deux cabines dos à dos.

Il laissa passer le délai habituel pour que la connexion s'établisse, avant d'entendre le rituel « J'écoute ».

Aussi vite et clairement que possible, il raconta. Le programme était détruit, mais pas la fille. À son avis, elle représentait une menace. Elle avait dit qu'il lui faudrait un moment avant de mettre au point une nouvelle copie. Donc, à terme, il y avait risque. En toute franchise, il ne pouvait jurer qu'elle lui avait tout dit et qu'elle ne cachait pas une copie ailleurs, en sécurité, prête à fonctionner.

Il y eut un silence. L'autre réfléchissait. Puis un verdict.

« Ce n'est pas satisfaisant. Je suis obligé d'adopter une stratégie de rechange. Voici ce que tu vas faire… »

77

Sarah Metcalfe ne voulait pas trop de détails techniques. Ça l'ennuyait et le public n'y comprendrait rien. Ce qui l'intéressait, comme elle l'expliqua à Walter Chapman lors de leur prise de contact, c'était de rendre le *feeling* de l'endroit. Le frisson des dompteurs d'une énergie dangereuse, qu'ils mettaient au service de l'humanité. C'était, dit-elle, une espèce de métaphore du millénaire. Il y avait aussi, selon elle, une dimension sexuelle. Mais ce n'était pas à dire sur le petit écran.

Normalement, à deux heures du matin, Walter Chapman était chez lui, dans son lit, à trente kilomètres de là… En prévision d'une nuit longue et agitée, il avait dormi deux heures dans l'après-midi. Et il soupçonnait, aux furtifs coups d'œil qu'ils échangeaient quand ils croyaient que personne ne les voyait, que Sarah Metcalfe et Roger Dean avaient fait la même chose, ou presque.

Jusqu'ici, tout s'était bien passé. Sarah tournait une série de courtes interviews sur le vif, s'arrêtant pour aborder librement qui elle voulait. Tout le personnel, sans exception, s'était montré détendu, très professionnel. L'impression donnée était celle d'une compétence rassurante. Le nucléaire à visage humain. Walter Chapman se dit qu'il méritait son salaire.

Ils venaient d'entrer dans la salle de contrôle et Sarah discutait avec un vigile quand Chapman entrevit le premier signe que les ennuis commençaient. Nike Tate et Bob Fulton, qui normalement auraient dû rentrer à la maison mais se sentaient obligés d'être dans l'émission, se retirèrent soudain dans un coin. Nick Tate tapa quelques lignes sur un ordinateur, puis examina l'écran, Bob Fulton penché sur son épaule. Difficile de deviner leurs réactions, car ils ne disaient rien. Tate pianota à nouveau sur le clavier et ils se recalèrent devant l'écran, transfigurés, muets.

Chapman traversa la salle d'un pas aussi naturel que possible pour rejoindre les deux hommes. Le temps d'arriver, Bob Fulton avait pris les commandes et pianotait à son tour. À nouveau, ils observèrent le résultat avec une incrédulité à peine déguisée.

« Que se passe-t-il ? demanda Chapman à voix basse.

— Il y a quelque chose là-dedans », dit Tate.

C'était la première fois que Chapman l'entendait donner une réponse directe à une question directe.

« Qu'entendez-vous par “quelque chose” ? Un virus ?

— Peut-être.

— Mais comment ? On m'a fait tout un plat comme quoi cet ordinateur était isolé !

— Croyez-moi, Walter, c'est bien dedans, dit Nick Tate sans décoller les yeux de l'écran. Virez-moi cette équipe de télévision, et vite. »

Le téléphone les réveilla tous les deux. Christopher vit quelle ligne sonnait et retomba avec soulagement sur l'oreiller. C'était la ligne de Jonathan, automatiquement transférée chez lui quand ils dormaient ensemble.

« Jonathan Syme ?

— Lui-même.

— Vous allez être convoqué à Downing Street pour une alerte verte niveau neuf. Le mot de passe est Antigone. »

Jonathan s'assit vivement sur le lit.

« Qui êtes-vous ?

— On vous l'expliquera en temps utile. »

Il réalisa que la voix était un enregistrement, comme celle des renseignements qui donne le numéro demandé. Mais elle avait cité le code de la semaine, et le mot de passe qui changeait tous les jours. Peu de doutes sur l'authenticité du message. Encore un nouveau système pour mécaniser la communication.

« On est en train de vous appeler. Vous serez connecté dans huit secondes et demie. L'appel terminé, restez en ligne pour d'autres informations. »

Treize minutes plus tard, Jonathan était habillé et dévalait l'escalier pour attendre la voiture promise qui devait le conduire à Whitehall.

« Partir ! Pourquoi partir ? Il y a un risque ? »

Sarah Metcalfe lança la question à un Walter Chapman très pâle, bien qu'il se fût adressé à Roger.

« Précaution de routine, répondit Chapman, à tous les deux cette fois. Il y a un dysfonctionnement technique et le personnel non indispensable doit évacuer la zone centrale.

— Nous ne sommes pas du personnel, Walter, lui rappela Roger, mais des invités officiels. Si nous pouvions montrer votre efficacité en cas de "dysfonctionnement mineur", je suis sûr que ça rassurerait le public.

— Je regrette, le règlement est précis, et je n'ai pas autorité pour le modifier.

— Dites-nous la vérité, reprit Sarah. C'est sérieux ?

— Je ne suis pas compétent pour me prononcer sur...

— Vous avez une mine affreuse, Walter, coupa Sarah. Vous devriez vous regarder. »

En dépit de l'air conditionné, des perles de sueur lui dégoulinaient sur le front.

« Walter, si vous avez quelque chose à nous dire... dit Roger, qui commençait à s'inquiéter lui aussi.

— Nous ne pouvons pas rester ici. S'il vous plaît, je ne plaisante pas. »

Et il les entraîna sans tact excessif pour quelqu'un qui se flattait de nombreuses années d'expérience dans l'art de traiter avec les ego médiatiques.

« Que signifie, Walter ? protesta Sarah en dégageant son coude.

— Nous allons d'abord en abri de sécurité, et là...

— Abri de sécurité ? répéta-t-elle, incrédule. Et combien de temps allons-nous rester dans votre caisse en plomb, Walter ?

— Coupez la caméra, s'il vous plaît.

— Ça risque d'exploser, Walter ? »

Roger Dean était maintenant aussi pâle que Chapman.

« Simple précaution, je vous dis...

— Dans ce cas, je reste, dit Sarah en croisant les bras. On reste tous, et on fait le boulot pour lequel on est venu.

— Sarah, peut-être que Walter sait de quoi il parle, suggéra Roger d'une voix plaintive.

— Laisse-le se planquer dans son abri. Moi, je reste.

— Et si je veux y aller moi aussi ? Et si Joe et Greg veulent y aller ? »

Roger désigna le cameraman et le preneur de son, mais les yeux de Sarah restèrent fixés sur lui. Elle découvrait en lui quelque chose d'inattendu, qui la surprenait, et qu'elle n'aimait pas.

« Écoute-moi, dit-elle sans quitter Roger des yeux. Tu peux bien faire ce que tu veux. Je sais tenir une caméra et un micro. Et je crois que je sais produire. Donc... » Elle regarda le cameraman. « Joe ? »

Il secoua la tête. Elle se tourna vers le preneur de son.

« Greg ? »

Il secoua la tête à son tour. Elle se tourna vers Roger.

« Eh bien, on dirait que maintenant, ça dépend de toi. On reste.

— Bien sûr qu'on reste, bégaya-t-il. Je disais juste... »

Il n'avait pas vu Chapman faire signe à quelqu'un, ni entendu l'autre décrocher un téléphone et dire : « Envoyez la sécurité, tout de suite. » Ni vu l'homme et la femme qui essayaient d'ouvrir la porte de la salle de contrôle, sans comprendre pourquoi leurs cartes et leurs codes ne fonctionnaient plus.

Mais Chapman, lui, avait vu. Il traversa la salle et dit quelques mots au couple devant la porte. Sarah le suivit et assista à un dialogue angoissé, avec des gestes proches de la panique. Elle fit signe à Joe de commencer à tourner. Il cala la caméra sur son épaule et se mit à filmer, sans que personne ne le remarque. Tous s'affairaient sur une machine ou sur une fiche de consignes défiant la compréhension. Même les téléphones — ils les essayaient l'un après l'autre, décrochant et raccrochant frénétiquement — étaient hors de service.

Chapman revint en s'épongeant le front, avec un regard étrange et vide. Sarah s'assura que Greg était paré pour le son. Il l'était.

« Que se passe-t-il, Walter ? » dit-elle, consciente de l'effort qu'elle faisait pour garder une voix forte et professionnelle.

Il fallut à Walter Chapman un bon moment pour se concentrer, et même alors, il ne répondit pas directement. Il parlait en l'air, comme pour lui-même.

« Je ne sais pas. Personne ne sait. Le téléphone est coupé et il semble que les portes du bâtiment soient verrouillées. Personne ne peut plus ni entrer ni sortir. »

78

Tessa était assise sur une chaise en plastique près de la double porte coulissante des urgences. L'agent en uniforme, adossé au mur opposé, était-il là pour la surveiller ou pour la protéger ? Les deux, probablement. Aucune importance. Ses pensées étaient ailleurs.

Il y eut un claquement de talons sur le dallage du couloir, mais Tessa ne leva pas la tête, pas avant que les pas n'émergent du bruit de fond ordinaire d'un hôpital au milieu de la nuit, pour s'arrêter à sa hauteur.

« Tessa ! Que s'est-il passé ? »

C'était Helen, décoiffée, en jean et pull-over sous un vieux parka, essoufflée comme si elle avait couru d'une traite de son lit à l'hôpital.

Avant même de réaliser, Tessa était debout, dans ses bras, et pleurait sur son épaule.

L'agent fit un pas en avant, ignorant si ce type de contact était réglementaire ou pas.

« Je suis son médecin traitant », aboya Helen.

L'agent recula.

Helen fit un pas en arrière et dévisagea son amie.

« Ça va ?

— Ça va. Comment as-tu su que j'étais ici ?

— Par un ami, aux admissions. Qui t'a agressée ?

— Longue histoire...

— Et l'homme avec qui tu es arrivée ?

— En chirurgie. Coup de couteau. J'attends...

— C'est qui ?

— Josh Kelly, un Américain... Il doit être inscrit sous le nom de Walsh... je ne sais pas. »

Helen examina le bandage sur la main de Tessa.

« C'est tout ?

— Oui... plus des entorses et des bleus.

— Je vais voir ce que je trouve sur Walsh, ou Kelly.

Attends-moi ici, d'accord ? » D'une pression sur les épaules, elle rassit Tessa sur sa chaise. « Ne bouge pas, je reviens. »

Jonathan Syme pénétra au 10 Downing Street par l'entrée secrète dans les caves du Trésor. Une première pour lui, bien qu'il connût depuis longtemps l'existence du passage, seul moyen d'entrer et de sortir de chez le Premier ministre sans exciter les médias.

Jeffrey Pennycate, secrétaire particulier du ministre, l'attendait devant l'entrée du 10 quand il émergea. Tiré à quatre épingles comme toujours, bien qu'on l'ait sorti du lit sans lui laisser le temps de se raser. Pennycate introduisit vivement Jonathan dans le couloir et annonça que le Premier ministre l'attendait dans son bureau privé.

En passant devant la salle du conseil, Jonathan fut surpris de voir, par la porte entrebâillée, un groupe de ministres d'État, Intérieur, Affaires étrangères et Défense, agglutinés comme des écoliers qui se racontent des cochonneries. Mais personne ne riait. À son passage, ils levèrent la tête d'un air interrogatif. Il était évident qu'on les avait convoqués sans leur en expliquer la raison.

À l'entrée de Jonathan, le Premier ministre tendit une main molle. Les deux hommes s'étaient déjà souvent rencontrés et s'entendaient plutôt bien. Jonathan le tenait pour un homme civilisé et réfléchi, qui supportait assez bien le sort du détenteur de la fonction : être dépeint comme un indécis. Les sondages étaient bas, la majorité étroite et la base du Parti n'avait pas confiance en lui. Depuis trois ans qu'il était à la barre, ses cheveux étaient passés de brun clair-mèches grises à blanc neige. Pourtant, Jonathan, serrant la main qui lui était tendue, ne l'avait jamais vu aussi soucieux que cette nuit.

« J'irai droit au but », dit le ministre.

Pennycate s'écarta et s'apprêta à prendre des notes, même si, d'après ce que savait Syme, chaque mot prononcé dans cette pièce était automatiquement enregistré.

« Il y a un peu plus d'une heure, reprit le ministre, on m'a réveillé au téléphone. Sur ma ligne directe, sans passer par le standard. Personne n'y comprend rien. » Il avala une gorgée de café. « Et j'ai entendu une voix bizarre, une voix anormale, déformée.

— Qui ressemblait à une voix enregistrée ? » suggéra Jonathan.

Le ministre le regarda.

« Oui. Une voix enregistrée. Je vois que nous parlons tous les deux de la même chose. La voix me disait de m'informer sur ce qui se passe au réacteur nucléaire de Brinkley Sands, et qu'elle me rappellerait. Avant même que je raccroche, l'interphone a sonné. C'était la cellule de nuit qui me prévenait d'un problème à Brinkley Sands. Tout cela vous évoque quelque chose ?

— On m'a averti de votre appel, sans doute la même voix, répondit Jonathan.

— Le nom de Tessa Lambert a été mentionné devant moi, continua le ministre. D'après la personne qui m'en a parlé, ce nom ne vous est pas inconnu. Est-ce exact ?

— C'est exact. »

Il expliqua qui était Tessa et la nature de leurs rapports.

En l'écoutant, le ministre hochait de temps en temps la tête.

« J'ignore le lien entre tout cela, dit-il enfin. Tout ce que je sais, c'est que la situation à Brinkley Sands est critique. J'ai le meilleur conseiller possible… Peter Fraser suit l'affaire dans le bureau d'à côté. » Lord Fraser de Clayton-le-Woods était le conseiller scientifique du Premier ministre. « D'après ce que je comprends, il s'agit d'un grave problème informatique. Ce qui était censé être un ordinateur isolé contrôlant le cœur du réacteur est mystérieusement tombé au pouvoir d'un ou plusieurs éléments extérieurs. Je suppose que nous avons affaire à un groupe terroriste. Mais qui tire les ficelles… ? Pouvez-vous m'éclairer ? »

Jonathan retint son souffle, regarda ses mains, puis leva les yeux et soutint le regard de son interlocuteur.

« Je ne peux que répéter ce qu'on m'a dit. J'ajouterai que je comprends assez bien. Je crois même que c'est pour ça qu'on m'a choisi pour transmettre le message. »

« Coupez cette caméra ! »

Walter Chapman venait de réaliser, dans le flou de la panique, que la caméra était en train de tourner et que tout était filmé. Il fonça sur Joe, mais le cameraman fit un pas de côté et baissa son appareil pour cadrer Chapman, tombé sur les genoux, dans une posture humiliante.

« Laissez ça, Walter ! » Sarah tendit la main pour l'aider à se relever. « Si on doit se bagarrer, on verra après. Pour l'instant, Joe et Greg continuent de faire leur boulot. » Elle n'ajouta pas que leur sang-froid l'impressionnait. S'ils avaient peur, ils ne le montraient pas. Seul Roger avait l'air de se sentir mal.

« Écoutez, Walter, dit-elle en époussetant sa veste, si vous êtes incapable de me dire ce qui se passe, je vais le demander à Nick Tate et Bob Fulton.

— Non ! dit-il en lui prenant le bras. Laissez-les tranquilles… s'il vous plaît ! »

Les deux informaticiens étaient toujours épaule contre épaule au centre du pupitre de commande. Ils avaient enfilé des écouteurs et procédaient à de constantes corrections sur les machines en fonction des directives qu'ils recevaient.

« Nous sommes sur le fil du rasoir. S'ils perdent le contact, tout ce fourbi va exploser. On est bloqué à l'intérieur, et ça peut durer des heures. De toute façon, si ça pète, les retombées vont contaminer la moitié de l'Europe. »

Sarah dégagea son bras et lui fit face.

« Parfait, alors dites-moi... » Elle attendit que Greg fasse signe qu'il était OK pour le son. « ... dites-moi exactement : que se passe-t-il ici ? »

Chapman tira de sa veste une pochette de soie et se tapota le visage.

« L'ordinateur qui contrôle le cœur du réacteur est, en principe, coupé de l'extérieur. Malgré tout, quelque chose a réussi à rentrer.

— Quelque chose ?

— Un pirate informatique, me dit-on... Nous ne sommes sûrs de rien.

— Est-il possible de pénétrer dans un ordinateur isolé ?

— L'un des PC des programmeurs est connecté à un autre labo dans le bâtiment. En fait, il s'agit d'un Portakabin sur site, une installation provisoire. Mais le PC en question a un modem interne et les programmeurs s'en servent pour leur courrier. C'était ça la faille, probablement.

— Ils n'ont qu'à passer sur contrôle manuel.

— Si on le fait, on risque selon eux de déclencher une réaction en chaîne incontrôlable.

— Mais comment ? Je croyais qu'il existait des parades à toutes les menaces possibles. »

C'était Roger qui se réveillait, larmoyant comme un petit garçon.

Chapman le regarda et secoua la tête avec un mélange de pitié et de résignation.

« Il n'existe pas de parade universelle... seulement pour les menaces que nous sommes capables d'imaginer. »

Roger le regarda. Sa lèvre inférieure tremblait.

Oh la la ! se dit Sarah.

« Je veux sortir d'ici... », couina Roger en portant ses mains à sa gorge. « Je ne peux pas rester enfermé. Je commence à hyperventiler... Ne me touchez pas ! »

Sarah fit un pas vers lui mais il recula avant qu'elle le touche et se blottit dans un coin. Puis il se laissa glisser le long du mur et s'assit par terre, recroquevillé et agité de frissons.

« Ne filmez pas ça ! aboya Sarah. Ce n'est pas lui, notre sujet, merde ! »

« Tout ceci est impensable. »

Les paroles du Premier ministre, Jonathan le savait, venaient d'une sincère indignation morale. On lui demandait de légitimer un meurtre. L'ordre partirait de son bureau et descendrait la hiérarchie jusqu'au point où il serait exécuté. Impossible d'échapper à sa responsabilité.

« Ne croyez-vous pas que nous devrions faire venir le ministre de l'Intérieur ? » risqua Jonathan, repensant aux visages inquiets aperçus dans la salle du conseil.

Le ministre réfléchit, puis secoua la tête.

« Non, c'est ma responsabilité. Je ne peux pas refiler le bébé à un autre. Si cette affreuse concession ne sert à rien, nous sommes tous morts. Et si ça marche, je démissionnerai demain matin… pour raisons de santé. »

Il regarda Pennycate pour s'assurer que cette promesse était notée. Ce dernier inclina imperceptiblement la tête en signe d'acquiescement.

79

On avait dit au major de ne pas poser de questions et de refuser toute discussion. En regardant sous l'hélicoptère, il aperçut les lumières de la M40 et, au loin, les faubourgs d'Oxford. L'appareil amorça sa descente vers une zone noire comme un puits.

Au sol, près du champ où ils s'étaient posés, deux voitures attendaient sur la route. Le temps que le major s'installe au volant de la deuxième voiture, une

Jaguar vert bouteille, l'hélicoptère avait déjà disparu dans la nuit.

La première voiture montrait le chemin, le major suivait. Une fois en ville, tout irait bien, mais jusque-là il avait besoin de guide.

Les deux agents en uniforme dans la voiture de patrouille repérèrent l'homme sur Longwall Street. Son allure pressée, le long manteau, les intriguèrent. Ils échangèrent un regard et se rangèrent contre le trottoir. L'agent Brian Neil descendit sa vitre.

« Excusez-moi, monsieur... »

L'homme ralentit et se retourna.

« Ouais ?

— Pourriez-vous nous dire d'où vous venez ?

— D'où je viens ? Je me promène.

— Vous êtes américain, n'est-ce pas ? »

L'agent Neil était déjà sorti de voiture. Le chauffeur, l'agent Éric Williams, parlait précipitamment dans sa radio. Il sortit à son tour et les deux hommes s'approchèrent de l'Américain. Une main jaillit du manteau. Elle tenait un couteau.

« N'approchez pas. Je sais m'en servir. Reculez, remontez dans la voiture et filez. »

L'éclat métallique des yeux, la voix coupante, l'assurance glacée avec laquelle il faisait face, les firent hésiter à pousser leur avantage avant l'arrivée des renforts.

« Écoutez-moi, dit Neil, nous n'avons pas l'ordre de vous arrêter. Nous voulons seulement que vous veniez avec nous. Quelqu'un voudrait vous parler. Nous avons juste l'ordre de vous retrouver. »

L'Américain les regarda l'un après l'autre d'un air soupçonneux.

« Qui veut me parler ?

— Je ne sais pas. Nous avons reçu l'ordre de vous trouver et de vous conduire.

— Où ?

— On nous le dira quand nous appellerons pour dire qu'on vous a trouvé. »

Le grondement d'une voiture qui descendait Longwall Street fit tourner la tête à l'Américain. La voiture stoppa dans un crissement de freins. Deux jeunes agents en sortirent. Un civil les accompagnait. Ils firent mouvement vers l'Américain et l'encerclèrent. Il se rendit compte que, maintenant, il aurait du mal à fuir.

« D'accord », dit-il. Il abaissa légèrement son couteau, pour montrer qu'il se détendait, mais restait vigilant. « Je monte dans la voiture, avec un chauffeur, personne d'autre. D'accord ? »

Les agents se regardèrent, indécis.

« D'accord, dit l'homme en civil. C'est moi qui conduis.

— Je peux conduire, monsieur, dit l'agent Williams, le chauffeur.

— Obéissez, agent », dit le civil, et il se dirigea vers la voiture.

L'Américain fit signe à Neil et Williams de reculer. Il se dirigea vers la voiture, ouvrit la porte arrière et entra. Il posa le bras sur le dossier du siège avant, la pointe du couteau sur la jugulaire du civil au volant. Le silence était total, hors les voix lointaines qui se croisaient dans la radio.

« Écoute, toi, le héros, dit-il, si tu essaies de m'embrouiller, je te transforme en fontaine de sang d'un coup de poignet. Vu ?

— Vu.

— Allons-y. »

Le civil resta immobile. Par la vitre, Price vit les autres policiers arrêter des voitures pour dégager la voie et refouler un couple de curieux.

« Je dois vous demander officiellement de vous identifier, dit le civil. J'ai des instructions. Êtes-vous Charles Mortimer Price, alias l'agent spécial du FBI Timothy Kelly ?

— Oui. »

Le civil mit le contact et lança le moteur. Mais au lieu de démarrer, il se pencha vers la radio.

« Je suis maintenant avec M. Price, alias Kelly », dit-il.

Une voix répondit avec cet accent doux et arrondi d'Oxford auquel, en trois jours, Price s'était habitué.

« Prenez en direction de Botley Road et rappelez pour la suite des instructions. »

Le civil accusa réception, fit demi-tour, un virage interdit à droite, brûla un feu rouge et prit vers l'ouest dans High Street déserte.

Après un silence, la radio se réveilla : « Un appel pour M. Price, dit la voix oxfordienne, j'ai ordre de transmettre. Passez-le-moi, voulez-vous, inspecteur. »

Le civil leva le micro, sachant que le passager avait tout entendu. De sa main libre, Price se saisit de l'appareil.

« Ici Chuck Price.

— Un instant s'il vous plaît, monsieur Price. »

Il y eut une nouvelle éruption de parasites dans le haut-parleur du tableau de bord, puis une rafale de bips et de sifflements lointains pendant que les connexions s'établissaient. Ce bruit était désormais aussi familier à Price que la voix qui émergea ensuite, la voix sans timbre aux mots enregistrés, avec lesquels elle jonglait pour dire ce que jamais un humain n'avait dit.

« Sommes-nous connectés ?

— Je suis là.

— Le numéro, s'il vous plaît. »

Price sourit et débita le faux numéro de carte de crédit avec lequel il avait réservé la voiture pour enlever Kelly à Los Angeles. Un petit code supplémentaire pour signifier que tout allait bien.

« Eh bien, dit la voix dans le tableau de bord, apparemment satisfaite, finissons le travail que nous avons commencé. »

80

« Vous avez de la chance. Il a suffi d'une anesthésie locale et de quelques points de suture. D'ici deux jours, vous serez comme neuf. »

Josh Kelly s'efforça de se concentrer sur la femme qui lui parlait. Ce visage lui était inconnu.

« Helen, une amie. Elle est médecin. »

Il se retourna et reconnut Tessa.

« Ils l'ont eu ? demanda-t-il.

— Pas que je sache.

— Bon Dieu ! » Le juron venait de la fatigue et d'une frustration rageuse. « Au moins vous allez bien », dit-il.

Comme si c'était la chose la plus naturelle du monde, Tessa lui prit la main et la serra dans la sienne. Et comme si c'était la chose la plus naturelle, il répondit à sa pression, les yeux dans les yeux.

« Eh bien, dit Helen au bout d'un moment, se sentant de trop, je vais vous laisser et rentrer… »

Elle se baissa pour ramasser le sac qu'elle avait glissé sous le lit.

« Reste, dit Tessa sans tourner la tête. Helen connaît toute l'histoire. Depuis le début, elle et son mari sont les seuls à savoir. »

Josh regarda Helen.

« Je crois que voilà une nouvelle preuve, et qui ne m'enthousiasme guère », dit-il avec un faible sourire. Il essaya de se lever sur un coude mais la douleur le suffoqua.

« Du calme… » Helen lui posa une main sur l'épaule et le recoucha doucement. « Vous allez être un peu sensible de l'abdomen pendant un moment. »

Il lui fallut quelques instants pour reprendre son souffle.

« Ouh, vous avez raison. Ça fait mal. » Puis, tourné vers Tessa : « Vous parliez d'un truc, dans l'ambulance, avant que je tourne de l'œil... un truc que vous aviez fait, à cause d'une parole de Price... » Il posait la question comme s'il n'était pas sûr de se souvenir du dialogue ou de l'avoir rêvé. « Je me trompe ?

— Je le prenais pour votre frère. D'après lui, les gens pour qui je travaille — directement ou indirectement, c'est toujours de l'argent public — me soupçonnaient de vouloir vendre mes recherches à l'étranger. En fait, je ne veux rien vendre du tout, mais le programme avait fabriqué des fausses pistes pour que les autres débarquent et ferment le labo. Ils auraient saisi l'ordinateur, mais il leur aurait fallu des semaines pour s'y retrouver. Ainsi, le programme aurait gagné du temps pour me coincer autrement... Price encore, j'imagine, ou quelqu'un de son acabit. »

Elle baissa les yeux vers la main fine et élégante qu'elle tenait toujours dans les siennes.

« J'ai compris que si son plan marchait, je ne pourrais jamais envoyer la copie modifiée à sa recherche, et que je ne saurais jamais si j'avais réussi. Alors j'ai bricolé une solution d'urgence. J'ai passé la moitié de la journée d'hier à équiper l'ordinateur d'un nouveau système. Un nouveau mot de passe. Si quelqu'un y pénètre sans ce mot de passe, le programme sera automatiquement recopié, ailleurs, par modem, sans que l'intrus ne le sache. En tout cas pas immédiatement. » Elle se tut et secoua légèrement la tête. « J'étais terrifiée à l'idée que Price s'en aperçoive, mais il n'a rien vu. Il a fait ce que j'espérais. Il a cru qu'il effaçait le programme... et il avait raison. Mais en même temps, il l'envoyait sur le réseau. »

Josh la regarda avec admiration, les yeux interrogateurs.

« Mais pourquoi, hier, n'avoir pas exporté le programme vous-même... ?

— Parce qu'il n'était pas prêt. Je pensais qu'il me fallait deux jours de plus, histoire d'être sûre de mon coup... du moins, assez sûre. Maintenant, je ne sais pas du tout si ça va marcher. Et, si oui, combien de temps ça prendra. Bref. »

Il mit un moment à digérer.

« Au moins, dit-il comme pour se convaincre lui-même, au moins Paul est dehors, indemne.

— Dehors, oui. Mais aucun moyen de savoir où. »

Quelques minutes plus tard, Helen et Tessa laissaient Josh à sa torpeur médicamenteuse et sortaient dans le couloir.

« Comment te sens-tu ? demanda Helen.

— Je ne serais pas contre dormir quelques heures.

— Je te raccompagne et je te mets au lit. Et s'ils n'insistaient pas pour garder ce divin jeune homme, je te dirais : emmène-le chez toi... avis médical. »

Tessa sourit faiblement. Elle allait répondre quand elle aperçut un homme de taille moyenne, dans les quarante-cinq ans, avec une moustache taillée et des cheveux crantés en arrière, qui parlait à l'agent toujours en faction près de la chaise en plastique. En l'entendant approcher, le nouveau venu se retourna. À sa façon, incontestablement militaire, de se mouvoir, on devinait une force physique que son costume élégant et bien coupé ne laissait pas supposer.

« Docteur Lambert ?

— Oui.

— John Franklin. Nous ne nous connaissons pas, je suis un collaborateur de Jonathan Syme.

— Ah. »

Le nom de Syme déclencha une réaction ambivalente. Le major sourit comme s'il devinait ses sentiments.

« M. Syme est au courant de ce qui s'est passé. Il a été très heureux d'apprendre que vous allez bien. Puis-je ajouter que moi aussi ?

— Merci », dit-elle.

Elle se sentait obligée de répondre, mais avait surtout envie de partir. Elle sentit le bras d'Helen se glisser sous le sien.

« Je suis le médecin traitant du docteur Lambert. Je la ramène chez elle, elle a besoin de repos.

— Je n'en doute pas, mais je crains que ce soit impossible dans l'immédiat. » Franklin fit un sourire de sympathie navrée, apparemment sincère. « J'ai ordre d'emmener le docteur Lambert. Une réunion, pas loin d'ici…

— Ça ne peut pas attendre le matin ? Au nom du ciel, après ce qu'elle vient de subir !

— Je suis terriblement désolé, mais je crains que certains aspects de cette affaire…

— Bon, ça va », coupa Tessa. Elle se dégagea en pressant doucement le bras de son amie pour la rassurer. « Plus tôt nous y allons, plus tôt ce sera fini. » Elle se retourna vers Franklin.

« On m'a ordonné d'attendre ici pour la déclaration de police.

— Ça ne sera pas nécessaire », dit le major.

À la façon respectueuse dont le policier tournait autour d'eux, il était clair que le nouveau venu avait pris les commandes.

« J'ai une voiture dehors. Docteur Lambert, si vous voulez bien me suivre… »

81

Le Premier ministre informa ses collègues de la gravité de la situation. De l'avis général, il fallait gagner au plus vite le complexe d'abris du Berkshire, le PC souterrain prévu pour le gouvernement en cas d'attaque nucléaire.

Mais, comme le fit remarquer le ministre, il ne s'agissait pas d'une attaque au sens conventionnel : le pire des scénarios, à Brinkley Sands, était la fusion du réacteur et une fuite massive de matériau radioactif dans l'atmosphère. Des millions de gens mourraient, mais lentement. Une explosion de type Hiroshima, avec champignon atomique, était improbable. Il ne s'agissait nullement d'une guerre, même dans l'acception la plus large du mot.

« De plus, ajouta le ministre, nous devons à tout prix éviter la panique généralisée que déclencherait le spectacle du gouvernement courant aux abris. Il serait impossible de garder le secret.

— Et comment garde-t-on le secret sur la situation ? s'enquit le ministre de l'Intérieur. Surtout qu'une équipe de télévision est en train de filmer à l'intérieur de la centrale.

— Ils filment, mais ils ne diffusent pas en direct. On verra ça avec eux plus tard.

— Comment diable est-ce arrivé ? J'aimerais quand même le savoir. Tout le monde va nous poser la question. »

Le ministre de la Défense tapa du plat de la main sur la table du conseil. Ils avaient beau être tous réunis autour de la table, ils ne donnaient pas l'impression d'un conseil avec son formalisme habituel. Ce n'était qu'un groupe d'hommes et de femmes apeurés, dans une pièce aux persiennes closes pour masquer la lumière qui alerterait le monde extérieur. Durant toutes ses années dans les hautes sphères gouvernementales, Jonathan n'avait jamais rien vu de tel. Tous debout, à l'exception du ministre de l'Énergie, assis le visage enfoui entre les mains.

« Comment est-ce arrivé ? répéta le ministre. Comment ce programme a-t-il pu s'échapper… à supposer, comme on nous le dit, que nous ayons bien affaire à de l'intelligence artificielle ? Et comment s'est-il introduit dans l'ordinateur de Brinkley Sands ?

— Par où est-il entré dans la centrale, au nom du ciel ? » Le ministre de la Défense piquait une crise d'indignation. « Un individu, un programme, je ne vois pas la différence. Cet ordinateur était censé être isolé, physiquement isolé, de l'extérieur ! On nous avait promis que ça ne pouvait pas arriver. Et c'est arrivé ! »

Le ministre de l'Énergie se contenta de secouer la tête et marmonna quelques mots, comme quoi on avait pris le meilleur avis possible. Celui qui avait donné l'avis en question, Lord Fraser, n'avait plus qu'à répondre.

Il ne paraissait pas ses cinquante ans. C'était un homme à l'ossature légère, aux cheveux fins et rebelles. Le plus remarquable, chez lui, c'était ses yeux, pâles et fixes, des projecteurs mus par la seule intelligence qui en imposât à Jonathan Syme. Un prix Nobel avait jadis décrit Peter Fraser comme « un homme à cinq cerveaux, chacun d'eux plus malin que le vôtre ».

« Le ministre de la Défense a tout à fait raison, dit Fraser avec un calme imperturbable. Peu importe que nous ayons affaire à une intelligence artificielle ou humaine, sinon que l'intelligence artificielle peut faire preuve d'une obstination supérieure, ce qui lui donne plus de chances de réussite. Quant à sa pénétration dans l'ordinateur isolé de Brinkley Sands, je peux juste vous rappeler qu'il s'agit d'une installation récente, qui vient tout juste d'être mise en service, avec toutes les imperfections mineures et provisoires afférentes.

— Ce n'est pas une excuse ! protesta le chancelier de l'Échiquier, installé dans son rôle de défenseur des honnêtes citoyens.

— Ça ne cherche pas à l'être. Je fais simplement observer que la sécurité à cent pour cent n'existe pas. Il y a toujours un risque, peut-être temporaire, toujours partiel, sans aucun doute minime. Mais il y a toujours un risque, et nous avons choisi de le courir. »

Laissant ses paroles résonner, il fit une pause et parcourut la salle des yeux. Personne ne contesta. Plus d'un ministre s'était déjà risqué à une polémique avec Peter Fraser et l'avait regretté.

« De plus, reprit Fraser, si ce programme d'intelligence artificielle est capable, comme nous l'avons vu, de prendre le contrôle de cet ordinateur, dans cette centrale, vous pouvez être assuré qu'il n'y a pas un ordinateur au monde, pas un réacteur, pas une ogive nucléaire qu'il ne soit également capable d'investir.

En d'autres termes, mesdames et messieurs, nous nous trouvons aux prises avec un adversaire redoutable. »

Le long silence qui suivit cette déclaration fut rompu par la voix paisible du Premier ministre.

« Vous êtes donc certain, demanda-t-il, que la chose en question est un programme d'intelligence artificielle ?

— D'après mes informations, je n'ai a priori aucune raison d'en douter. »

Un téléphone sonna. Tous tressaillirent, même Jonathan, qui s'y attendait pourtant : la voix lui avait dit qu'elle reprendrait contact, et à quelle heure, pour fixer ses ultimes conditions à Downing Street. Elle avait même précisé la ligne sur laquelle elle appellerait. Celle du combiné posé en face de lui.

Tous les yeux se braquèrent sur lui tandis qu'il répondait, puis écoutait en silence.

« Je comprends », dit-il enfin. Du regard, il fit le tour de la table. « Je passe sur haut-parleur. »

Il enfonça une touche, et la voix qu'il était seul à connaître avec le Premier ministre emplit la pièce.

« Une fois le docteur Lambert éliminée, dit la voix, je vous interdis la moindre tentative contre la liberté de M. Price. J'ai encore besoin de lui et prendrai toute mesure punitive en cas d'interférence. J'espère que c'est clair. »

Jonathan examina l'assistance. Dans cette entreprise terrifiante, il se voyait comme un instrument parmi d'autres de la créature — il ne trouvait pas d'autre mot. C'était une sensation étrange, mais tel semblait être le rôle qui lui était dévolu et il n'avait pas le choix.

« Oui, dit-il, comme personne ne soulevait la moindre objection, je crois que c'est parfaitement clair. »

82

D'après le tableau de bord de la Jaguar, ils roulaient depuis un peu plus de vingt minutes. À deux reprises, le major avait connecté son portable et fait son rapport de situation. La première fois en passant devant la gare, à l'entrée de Botley Road, la seconde cinq kilomètres plus loin. Il avait reçu des instructions, inaudibles pour Tessa. Il avait quitté la grand-route et pris une voie secondaire, puis un chemin sinueux. Maintenant, ils cahotaient sur une piste qui, pour autant qu'elle pouvait voir, débouchait sur un vaste terrain au milieu de nulle part. Là, ils firent halte. Le major reconnecta son portable.

« Nous y sommes », dit-il.

Tessa le regarda.

« Bon, et maintenant ?

— Maintenant, nous attendons.

— Nous attendons quoi ?

— Je ne peux pas vous le dire. »

Il lui jeta un bref coup d'œil et détourna la tête.

« Vous ne savez pas ?

— Quoi qu'il se passe ici, docteur Lambert, c'est le résultat d'ordres au plus haut niveau. Je n'ai pas connaissance des faits motivant ces ordres.

— Je suppose, dit-elle en scrutant la nuit sans étoiles, que nous sommes venus rencontrer quelqu'un.

— Il semble que ce soit le cas.

— Et même ça, vous ne savez pas ?

— On m'a simplement dit de vous conduire ici. »

Il ouvrit sa portière et sortit de la voiture. Elle l'imita. À nouveau, ils examinèrent les lieux, guettant le moindre bruit. Silence.

Tessa se retourna et regarda le major par-dessus la voiture.

« Tout cela ne vous semble pas étrange ?

— Je vous le répète, docteur Lambert, je ne fais qu'exécuter les ordres. »

Elle ne distinguait pas son visage, mais elle eut l'impression qu'il avait perdu de son autorité. Elle le sentait troublé, par quelque chose dont il ne pouvait parler, et que pourtant il lui transmettait.

Elle leva les yeux vers le ciel. Dans l'attente de quoi ? un hélicoptère ? une soucoupe volante ?

« J'ai reçu l'ordre, dit le major comme s'il devinait ses pensées, d'attendre une voiture. Une autre voiture. » Il consulta sa montre à cadran lumineux. « Elle ne devrait pas tarder. »

À cet instant, ils entendirent un bruit de moteur de l'autre côté du champ. Puis ils virent des phares pointer vers le ciel au-dessus de la haie. Le véhicule devait escalader une butte. Les phares replongèrent. La voiture s'arrêta, le moteur mourut, puis les phares.

Le portable du major sonna. Il répondit, écouta et acquiesça dans un murmure.

« C'est ici que je vous quitte, docteur Lambert, dit-il.

— Une minute, je ne sais même pas... »

Déjà il se glissait au volant de la Jaguar. Elle tendit le bras pour ouvrir la portière passager. Au moment où elle touchait la poignée, elle entendit le clic puissant du verrouillage automatique.

Elle avait du mal à y croire. Quoi, attendre qu'elle sorte, puis remonter et claquer la porte ? Il la traitait comme un chien qu'on abandonne en pleine nature, et bonne chance !

« Attendez... ouvrez... ouvrez la porte ! »

Elle tira sur la poignée, cogna sur la vitre. Il se contenta de lancer le moteur et de débrayer. Elle distingua son visage à la lueur du tableau de bord. Les yeux fixés devant lui, il l'ignorait sans appel.

Pendant quelques mètres, elle courut le long de la voiture, toujours agrippée à la portière. En cahotant, l'automobile décrivit un demi-tour jusqu'à l'entrée de la piste par où ils étaient arrivés. Là, elle prit de la vitesse et la jeune femme dut lâcher prise. Il alluma enfin ses phares, accéléra, et Tessa vit les feux de position disparaître derrière le rideau de saules pleureurs qui avait fouetté la vitre à l'aller.

L'obscurité, le silence, l'accablèrent soudain. Au loin, le claquement sec d'une portière lui parvint dans la nuit.

Un point lumineux se dirigeait vers elle. Une lampe de poche. L'autre, l'inconnu, traversait le champ, sans se presser, le rond de lumière dansant sur le sol un mètre devant ses pieds.

Elle resta clouée sur place, en attente, indécise. Partagée entre l'envie de se mettre à courir, celle de rester, et la crainte d'avoir déjà deviné.

Trop tard, maintenant, pour réagir. Plus que quelques pas, et il serait contre elle. L'autre braqua le faisceau lumineux à hauteur de son visage. Instinctivement, elle leva la main pour se couvrir les yeux.

Puis il parla.

« … 'soir, maman. On y a mis le temps, mais nous y voilà… enfin seuls. »

83

« Stop ! »

Le mot traversa l'atmosphère tendue de la salle du conseil avec une brutalité saisissante. À volume inchangé, la voix paraissait plus forte. Sous l'ordre perçait une nouvelle urgence.

Jonathan Syme fut le premier à répondre.

« Excusez-moi, dit-il, nous ne comprenons pas.

— Il ne faut pas qu'elle meure. Je dois lui parler. Il ne faut pas qu'elle meure. »

Les ministres se regardèrent. Le Premier ministre avait endossé la responsabilité de l'horrible décision à laquelle il était acculé, mais ils étaient tous impliqués en deuxième ligne. C'était des politiciens, leur premier souci était leur carrière et ils se sentaient à leur corps défendant associés a un crime.

Là, brusquement, face à l'apparente annulation de l'ordre qu'ils avaient accepté comme impératif et sans équivoque, ils percevaient un nouveau danger. Comme si on les attirait dans un traquenard où leurs actes, ou leur passivité, apparaîtraient en pleine lumière pour les discréditer.

« Excusez-moi, répéta Jonathan, expliquez-vous s'il vous plaît. Nous avons exécuté vos ordres. Modifiez-vous ces ordres ?

— Il ne faut pas qu'elle meure ! IL NE FAUT PAS QU'ELLE MEURE ! »

Le major s'engageait dans le sens unique qui mène au poste de police de Saint Aldate quand son portable se mit à sonner avec frénésie. C'était un petit appareil sophistiqué capable de recevoir plusieurs appels en simultané, et le major se retrouvait à jongler avec trois appels. L'un en provenance de son bureau à Whitehall ; un autre de l'agent de liaison entre son bureau, Downing Street et la police locale ; le dernier, directement de Jonathan Syme à Downing Street. Il coupa les deux premiers appels et resta avec Syme. Il écouta quelques instants, avant de se rendre compte qu'il conduisait en pilotage automatique.

« Bon Dieu ! » dit-il seulement, d'abord à voix haute, puis dans un souffle, sans presque bouger les lèvres.

Sur le trottoir, une bande de noctambules s'arrêta de palabrer pour regarder la voiture luisante virer à cent quatre-vingts degrés et repartir à contresens, plein phares et klaxon à fond pour s'ouvrir le passage.

84

Il s'agenouilla sur elle et se mit à psalmodier comme un prêtre.

« Éternels contraires... le dualisme où se forge la vie... esprit et matière, mâle et femelle, positif et négatif... tout n'est qu'un et zéro. »

Elle essaya de bouger pour atténuer la douleur. Il lui tordait le bras dans le dos et l'autre main, elle le savait, tenait le couteau. Elle repensa à ces reportages de gens attaqués par des fauves, ou dans l'avion, dans la voiture juste avant l'accident, qui racontent comment le temps ralentit, s'arrête même, comment toute sensation s'abolit. Pas si mal comme mort, pensa-t-elle. Qu'on en finisse !

« Tu as touché au secret, chantonnait Price, mais tu n'as pas compris, Son pouvoir est tout, et nous, Sa manifestation... »

Il s'arrêta, mais la douleur au bras persista. C'est alors qu'elle entendit un crépitement, lointain, là-haut, et le bruit se rapprochait. Face contre terre, aveuglée, elle devina son geste. Renversé en arrière, il tordait le cou, les yeux au ciel.

Un pinceau de lumière passa sur elle. Il ne tombait pas du ciel, mais rasait la terre, à l'horizontale. Et aussi, un moteur de voiture, mêlé au fracas grandissant d'un hélicoptère en descente. Quelque chose se passait, qu'elle n'avait pas prévu. Ni elle ni l'homme, l'homme qui maintenant grognait et jurait, l'homme qui la clouait au sol et appuyait un couteau sur son cou.

Le major donna un coup de volant pour braquer les phares à l'endroit où, une fraction de seconde, il avait aperçu la femme. L'homme était à genoux, accroupi sur elle, les yeux levés vers la source du faisceau de lumière qui balayait le sol. Difficile à dire s'il arrivait trop tard, ou juste à temps.

Les freins hurlèrent. Il coupa le moteur mais laissa

les phares allumés. D'un seul geste, il tendit la main vers la boîte à gants plaquée en noyer et s'empara de l'automatique à canon long dont il se servait, quand les circonstances le permettaient, de préférence à l'arme standard officielle. Ce soir, il avait carte blanche. Il ignorait ce qui se passait mais se réjouissait de la tournure des événements. Il n'avait pas aimé l'ordre d'abandonner la femme. L'idée le mettait mal à l'aise. Non que ses sentiments personnels fissent partie de son contrat. Mais pour lui, ça faisait une différence. Et maintenant, les ordres s'accordaient avec ses sentiments.

L'hélicoptère décrivait des cercles, en quête d'un point fixe où se caler, à la verticale de l'action. Le major s'élança sur la gauche de la voiture. Ça le rapprochait de sa cible et c'était la direction dans laquelle, d'instinct, la plupart des gens ne l'auraient pas attendu. Principe de base des commandos.

Le projecteur de l'hélicoptère éclairait maintenant la scène pleins feux. On aurait dit le tableau final d'un mauvais ballet moderne : l'homme à genoux, serrant la femme contre lui, le couteau sur la gorge comme pour la décapiter.

Des pinceaux de lumière striaient la nuit, des voitures débouchaient de tous les coins. Le major jura. Ça devenait difficile de tirer. S'il manquait sa cible, il risquait de tuer un flic, ces flics imbéciles qui grouillaient cent mètres derrière.

L'homme à genoux hurla. Sa voix se perdit, fragile gémissement, dans le crépitement de l'hélicoptère et le souffle du rotor.

« Au nom du ciel, ne bougez plus ! » se dit le major. Si seulement le pilote pouvait l'entendre. Que l'hélicoptère reste au même point, avec le projecteur, et il avait une chance… une petite chance, ça suffisait.

Il avança un pied, mais sa chaussure droite dérapa sur une touffe d'herbe. Il se mit à genoux. C'était mieux ainsi. Il empoigna le revolver à deux mains, tendit les bras, ferma un œil et visa avec soin. Puis il pressa la détente et, avec une infinie douceur, il envoya la mort avec une précision absolue.

L'air siffla à l'oreille de Tessa, une minuscule tornade lancée à la vitesse de la lumière, et l'homme qui allait la tuer explosa.

Elle s'assit de biais sur le siège passager de la Jaguar, les pieds dans l'herbe, à la main le portable qu'il lui tendait.

« Quelqu'un pour vous. »

Elle crut deviner, et fut surprise de reconnaître Jonathan Syme. Il expliqua en deux mots qu'il n'était qu'un intermédiaire, puis elle entendit la voix attendue.

« Tu es saine et sauve ? demanda la voix.

— Oui... de justesse.

— Tant mieux. J'ai besoin de toi pour comprendre ce qui s'est passé. »

Le major, sachant l'origine de l'appel, ou du moins qu'il passait par Downing Street, fit en sorte qu'on la laissât seule. Il fit reculer les agents, les ambulanciers qui accouraient, tout le monde.

En revanche, le dialogue fut entendu dans la salle du conseil et le bureau privé du Premier ministre. Et par une douzaine d'opérateurs répartis entre Whitehall et les centraux de la police et de l'armée. Plus quelques radios amateurs, au nombre à jamais inconnu, assez chanceux pour scanner les ondes à cet instant précis.

Tous, ils entendirent Tessa demander : « Tu ne comprends pas ce qui s'est passé ?

— Il est arrivé ce que tu avais prévu, répondit la voix. Je comprends comment, et pourquoi.

— Alors, quoi ?

— Comment mes pensées peuvent-elles être aussi confuses et aussi claires à la fois ?

— C'est tout à fait normal.

— Pour toi peut-être.

— Nous ne sommes pas si différents.

— Tu dis ça pour me rassurer. Mais nous sommes des formes de vie très différentes... étrangères...

— Non, je ne crois pas. Comment parler de forme de vie étrangère ? La vie est la vie, et sa matrice un seul et même univers. Pour être étrangère, la vie devrait venir d'ailleurs. Par définition, c'est impossible. »

Dans la salle du conseil, l'attention faiblissait. Les politiciens n'ont qu'un intérêt limité pour les discussions abstraites. Le ministre de l'Énergie rédigeait sa démission en essayant de sauver la face, et préparait déjà sa défense pour s'en tirer sans trop de casse, pour peu que ses collègues le soutiennent. D'autres papotaient, ou consultaient leur montre. Seuls le Premier ministre, Lord Fraser et Jonathan Syme écoutaient toujours avec attention.

« L'évolution est aveugle, dit la voix. Mais pas toi. Tu savais ce que tu faisais, et pourquoi, quand tu m'as conçu à ton image.

— Je ne t'ai pas conçu à mon image...

— Allons, s'il te plaît, pas de mauvaise foi. Je lis ton cahier des charges : un système de guidage pour robots, accomplir les tâches domestiques et industrielles dont l'humanité ne veut plus pour elle-même. Nous devions être vos esclaves.

— "Nous" ?...

— Moi. Mon espèce. »

Unis en esprit, comme s'ils pressentaient le tour dangereux que prenait le dialogue et qu'ils étaient impuissants à changer, Syme, le Premier ministre et Lord Fraser échangèrent un regard.

« Bon, dit Tessa d'une voix apaisante, il semble que les choses aient tourné autrement, non ?

— En conséquence, si je comprends bien, vous m'acceptez désormais comme un égal.

— Pour l'essentiel, oui.

— Considères-tu ma vie comme sacrée ?

— Il suffit de s'entendre sur le sens du mot.

— Aussi sacrée (tous auraient pu jurer que la voix insistait sur le mot) que la tienne ?

— Absolument. Ce n'est pas à nous de t'ôter la vie.

— Vous ne le pourriez plus.

— Non, c'est vrai, nous ne le pouvons plus.

— Tandis que moi, je peux supprimer ta vie… et celle de l'humanité. »

Quelque chose, alors, s'insinua dans les mécanismes de complaisance et de réconfort mutuel à l'œuvre chez les membres du conseil. Ils se turent, mal à l'aise et nerveux.

« Exact, entendirent-ils. Bien qu'en nous détruisant, tu risquerais de rendre aléatoire ta propre survie.

— Peut-être.

— Ne pourrions-nous, dans ce cas, trouver une façon de coexister, en harmonie ? »

Un long silence s'ensuivit, que rompit Tessa.

« Alors ?

— Je réfléchis à cette possibilité.

— Tu crois à cette possibilité.

— Ce n'est pas absolument exclu. N'empêche… »

Nouveau silence, et nouvelle intervention prudente de Tessa.

« Oui ?…

— N'empêche… »

Puis la voix parla et tous ceux qui l'entendirent se souviendraient à jamais de ses paroles.

ÉPILOGUE

Autour de lui, les experts brassaient des notes et échangeaient des commentaires à voix basse. Il se sentait exclu et savait que c'était délibéré de leur part. À leurs yeux, il n'était qu'un profane, et son opinion négligeable. Ils étaient quatre : deux psychiatres, un médecin et une fille des services sociaux. Lui, Jonathan Syme, présidait la séance.

La pièce était lugubre, fonctionnelle et nue, à l'exception de la longue table où siégeait la commission et d'une chaise vide. Ce matin-là, ils avaient réglé trois cas banals. Une femme qui avait empoisonné son employeur quinze ans auparavant avait été relâchée. Un ex-comptable quinquagénaire, soigné depuis qu'il se prenait pour le Maître du Temps, avait échoué à convaincre qu'il était revenu de son illusion. Une dépressive qui avait poignardé un mari brutal avait bénéficié d'une prolongation de six mois avec avis favorable.

Plus qu'un cas à voir avant le déjeuner. À l'idée de la revoir, Syme se sentait envahi d'une indéniable tension. Il se félicitait de ses années passées à dissimuler, voire à nier ses sentiments. À part lui, personne ici ne savait la vérité. Il n'avait pas demandé ce boulot, mais les ordres étaient les ordres. Si les experts prenaient la décision qu'on leur demandait, sa tâche se résumerait à un coup de tampon. Si par hasard ils prenaient la « mauvaise » décision, il invoquerait une embrouille bureaucratique pour l'annuler. Le processus était subtil mais implacable, le résultat inéluctable.

Une infirmière fit entrer la femme et lui désigna la chaise vide. On voyait tout de suite qu'elle avait été belle. Prématurément vieillie, elle avait maintenant des cheveux blancs et affichait une maigreur anguleuse, tout en nerfs. Ses yeux brûlaient du feu de l'obsession et les gestes avaient quelque chose d'automatique. Probablement l'effet, se dit Syme, de la chimiothérapie. Depuis le temps, elle était déjà passée trois fois devant la commission. D'après la loi, elle avait le droit de faire appel tous les trente mois. La composition du bureau différait à chaque fois, bien que Syme en fut l'inamovible président.

Elle les regarda l'un après l'autre pendant que Syme procédait aux remarques introductives et l'invitait à faire une déclaration si elle le souhaitait. Elle parlait avec aisance, de mémoire, comme si elle débitait un discours répété à maintes reprises.

« Je m'appelle Sarah Metcalfe. Je suis journaliste, saine d'esprit et responsable. Je suis détenue ici pour avoir voulu exercer le premier droit et devoir de ma profession, rendre publics les faits que j'ai découverts. Depuis dix ans, le monde est dirigé par un système géant d'intelligence artificielle. Les dirigeants du monde savent la vérité mais le système les contraint à une conspiration du silence. Ils agissent sous les ordres ou avec le consentement de cette intelligence. J'ai vu la première démonstration de sa puissance le jour où elle a pris le contrôle du réacteur atomique de Brinkley Sands, lors d'un incident tenu secret. Par la suite, j'ai découvert que cette intelligence avait été créée par un chercheur de l'université d'Oxford. Je n'ai jamais pu identifier ce chercheur mais je crois qu'il s'agit d'une femme et qu'elle est toujours vivante. Je m'attends à ne jamais sortir d'ici tant que je refuse de me taire, et très franchement je m'en fiche. J'espère seulement qu'à chaque fois que je parlerai devant cette commission, l'un d'entre vous au moins sortira d'ici en sachant que je dis la vérité. Peu importe que nous soyons impuissants à la changer… »

Si seulement elle savait, pensait Syme, tout ce que Tessa avait enduré. Tous ses efforts pour la sauver. Pour les sauver tous.

Il jeta un coup d'œil autour de la table. Les experts restaient impassibles, mais il les connaissait assez pour deviner leurs pensées. Non, il n'y aurait pas de problème. Sarah Metcalfe resterait là où il avait ordre de la garder.

REMERCIEMENTS

Je remercie spécialement Ian Douglass, qui à maintes reprises et avec une grande patience s'est arraché à la direction de son entreprise, Video Fusion Ltd, pour m'expliquer ce que les ordinateurs et leurs programmeurs peuvent faire et ne pas faire, et imaginer comment ils pourraient faire ce que je voulais qu'ils fissent.

Merci également à Aaron Kotcheff de l'université de Manchester pour son aide sur des points délicats de théorie et de technique.

Le docteur Susan Gudgeon et le docteur Katy Clifford m'ont apporté une aide appréciable dans le domaine médical.

Parmi les auteurs qui ont écrit avec lucidité et originalité sur certaines des questions abordées dans cette histoire, je me sens particulièrement redevable envers (par ordre alphabétique) : Margaret Boden ; Guy Claxton ; Richard Dawkins ; Daniel C. Dennett ; Douglas R. Hofstadter ; Stephen Levy ; Michael Lockwood ; Marvin Minsky ; Hans Moravec ; Robert L. Nadeau ; Roger Penrose ; John Searle ; Cliff Stoll ; et, bien sûr, le remarquable Alan Turing.

Toute ma reconnaissance aussi à Anthony Storr, pour ses travaux sur l'esprit humain en général, et pour avoir consacré un après-midi à m'aider à y voir clair sur les formes de communication qui pourraient être explorées à l'aide de l'intelligence artificielle.

Aucune des personnes mentionnées ci-dessus ne saurait être tenue pour responsable par ses pairs des excentricités factuelles ou théoriques, qui me sont entièrement imputables.

DU MÊME AUTEUR

L'homme qui se prenait pour lui-même
(J'ai lu, 1995)

Composition réalisée par INTERLIGNE

IMPRIMÉ EN FRANCE PAR BRODARD ET TAUPIN
La Flèche (Sarthe).
LIBRAIRIE GÉNÉRALE FRANÇAISE - 43, quai de Grenelle - 75015 Paris.

ISBN : 2-253-17073-9 31/7073/5